M016年7月10日.

　　我接受了他的花. 大着胆子用花梗拨开他额前散乱的头发.
　　他的眼睛几近透明, 仿佛一对褪色的苍白宝石镶嵌在他的脸颊上, 眼角微微下垂.
　　他问了我的名字之后就走了.
　　我应该问一下他几岁的. 希望我们将来结婚的时候证件上的年龄不会差太多.

ADMINISTRATIVE PAGE

　　Will conduct additional investigation and upon
receipt of information from submit recommendations
to Bureau.

TOP SECRET

LEADS

蝶变 2

鳞潜 〔著〕

档案编码 00002

国文出版社
· 北京 ·

设定手册003：食人蝌蚪

食人蝌蚪是日御镇冰海特有的生物，正确名字叫赫奥匹斯（意译为地狱的棋子，Hell pieces），只是蝌蚪外貌的怪物，长大了不会变成青蛙。

盘子大小，黑色的光滑皮肤，有的身上有荧光斑点，捕食方式就是一大群扣在水面上，等人以为这是什么卵石桥走上去之后，就张开状似七鳃鳗的大嘴把人炫进去。但实际上冰洞附近完全没人来的，呆呆的赫奥匹斯只能张着嘴去吃小鱼小虾。由于它们头很大尾巴很小，所以游得很慢，容易被海浪冲上岸搁浅，昭然（怪物状态）上岸捡破烂的时候会用抛铅球技巧把一些搁浅的笨蛋扔回去。

这些赫奥匹斯随波逐流，遇到风暴就会大量死亡，一只怀孕的赫奥匹斯在蛤白壳子里躲避风暴，风暴停歇后不辞而别，好几天后蛤白才发现她落了三颗卵在自己家（可能没憋住）。那时候卵已经孵化一半了，里面的小家伙隔着半透明的卵壁认识了爸爸（因为蛤白本体跟它们确实有一些相似之处）。

等昭然（怪物状态）捡破烂回来发现大哥居然有娃了，被惊呆了，并以尚不健全的大脑苦苦思索风暴那晚大哥到底对赫奥匹斯之母做了什么。

此外，昭然喜欢抛蝌蚪苗玩，像小丑耍杂技抛球那样，毕竟他手多，能整的活就多。

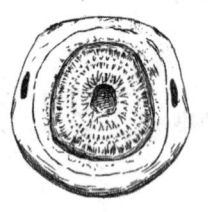

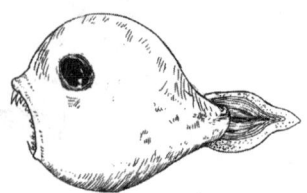

设定手册004：畸核等级划分

蓝紫红银金强度递增。

一级蓝 淡蓝色
二级蓝 钴蓝色
三级蓝 普鲁士蓝

一级紫 罗兰紫
二级紫 矿物紫
三级紫 锦葵紫

一级红 玫红色
二级红 铁锈红
三级红 勃艮第红

一级银 苍白色
二级银 灰尘色
三级银 浓雾色

一级金 蛋壳金
二级金 琥珀金
三级金 佛像金

名称：怪态核-山羊角
等级判定：一级蓝（淡蓝）

名称：功能核-撒旦指引
等级判定：二级紫（矿紫）

名称：怪态核-闪电羚
等级判定：一级红（玫红色）

名称：功能核-防沉迷系统
等级判定：三级紫（锦葵紫）

ConTEnts

麟潜

要为公司献身吗，实习生？这是生死的对决，
拿出赌上性命的勇气再踏入这扇门吧，你们可
以拿面前的刀自杀，哈哈。
　　　　　　　——Jump Scare 留

魔女就在你们中间。

魔术师即将迎娶蝎女，婚礼将在近期举行。

早间新闻：漂移飞车恶意竞争，故意残害对
手公司实习生，导致两伤一残，窥视鹰局已
经介入调查，漂移飞车正面临巨额罚款和相
关负责人终身监禁的惩罚。

第 贰 卷
游戏之王（下）　001

第 叁 卷
世界秩序初识　133

番 外 卷　325

蝶 变 2

THE SECOND ACT

第贰卷
游戏之王（下）

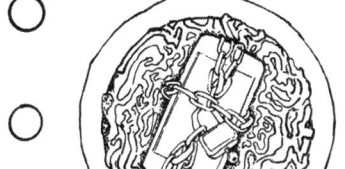

名称：功能核-防沉迷系统
来源：游戏之王幻室掉落物
种类：幻室种
等级判定：三级棠（锦葵棠）

基础能力：强制下线。在战斗中，与对手缠斗僵持时间达到一小时，对方将被强制下线
使用限制：累计使用三次
简介：小孩子只准玩一小时
共鸣条件：未知

《灰鸦：玩具屋》
失落小镇场景

第 047 章
自投罗网

郁岸一语惊人，跪伏在铜盘下的夫妻俩从悲痛中惊醒，妻子高举双手拼命想从神婆怀里夺回孩子，丈夫流泪回头望向声音来处。

村民们议论纷纷，认为这个外乡人扰乱祭祀仪式，应该就地打死。纠缠之中郁岸的兜帽被扯掉，他抬起眼皮，左眼一直嵌着银级核画中取物，泛着苍白微光。

郁岸平时就习惯摆着一张臭脸，冷酷表情加上一只没有瞳孔的左眼，这状似恶魔的相貌，在闭塞迷信的小镇中引起了一阵恐慌。

几个健壮的青年在村民的怂恿下扑了上来，捂住郁岸的嘴，反绑住他双手，将他扔进地窖里，压上岩石堵死出口，然后聚集商议如何处理这个外乡人。

地窖深约三米，郁岸重重摔在坚硬的砖石上，蒙了几秒才感觉到浑身骨骼传来的裂痛。周围一片黑暗，只能嗅到腌肉的腥味，一些珍贵的蔬菜囤积在木架上。

郁岸奋力蜷缩身体，将膝盖用力靠近胸前，然后试着将反绑到身后的双手转回身前。筋骨过肩咔嗒响了一声，郁岸痛得咬紧牙关，低头用嘴解手腕的绳子。

这里反而没有地面上那么冷了，坚实的土壤能抵御风雪，导热性差，因此能维持一定的温度。但也只是相对而言，低温仍在慢慢击破纯黑兜帽的防御，郁岸四肢冰凉，甚至连血液都在慢慢凝冻。

这样下去，等不到那帮村民商量出处刑方法，自己就得先被冻死了。

如果此时此刻面试官出现在这儿，就不砍他的手了，郁岸昏昏沉沉地想。

回忆起来，其实才认识面试官不久，或许是相识的时间恰巧在隆冬时节，郁岸最怕冷，昭然皮肤却总是热的。

愚昧闭塞的小镇令人厌烦，郁岸开始权衡到底是无声无息地和冻肉死在一块儿更惨，还是被面试官夺走双手，永生困死在他身边更惨。

话说回来，变成一双手有什么不好的，那群小手有思想能行动，我就不干活，出去惹了事可以全推到面试官身上，他也不能把我怎么样。

想到这儿，郁岸有点儿后悔坠崖时没抓面试官的手，不该独自一人深涉险境，但嘴硬，就不承认。

马赛克小婴儿从郁岸外套口袋里露了个头，呆头呆脑地张望四周。

郁岸终于咬开绑缚双手的皮绳，把这惹事的小东西按回口袋里，恨得牙痒痒："还活着呢，倒霉孩子。"

郁岸想把这团吵闹的马赛克扔进冻肉堆里解恨，但地窖已然被岩石封死，此时唯一能出去的希望全寄托在马赛克小孩身上了。

他原地跑跳，搓摸皮肤保持体温不下降得太快，忽然听到细微的水流声。

郁岸趴到地上贴耳细听，从地窖地面的砖石缝隙中，能听到涓流在地底流淌的声音，这座小镇附近大概有河流。指尖触碰砖石，并不冰手，甚至隐约能感受到微弱的暖意。

"蔬菜……"郁岸端详木架上储存的一些蔫黄的菜叶，在半年不见阳光的极寒地带，一个闭塞小镇哪儿来的蔬菜？

从之前日记上得到的信息来看，日御镇深处有一片湖，结合面试官的描述，那应该是片海。在游戏里，失落小镇场景的通关出口就在一片湖水附近，玩家有两条路可走，一是打败亡湖寄生者，二是靠灵活的微操[1]从一条崎岖小路绕出去。

---

[1] 游戏术语，指游戏过程中对局部细节的细微快速操作。

但郁岸现在实地连接进场景里，动作全靠人体行动去实现，因此不存在微操一说。在游戏里一脚踩空摔进冰湖只不过掉点儿血重来一次，可在这里就不能用耗命拼血量的方式混过去了，一旦掉进冰水中，恐怕在爬上岸之前就会失温而死。

看来离开日御镇的出口，很可能就在村民们所祭祀的"神明"住处附近，无论如何都得想办法过去。

在郁岸冥思苦想之时，盖住地窖的岩石松动，并被慢慢向一侧移开。

郁岸警惕地靠到阴影中，用黑暗作伪装，仰头观察情况。

一个男人鬼鬼祟祟地将头探进窖井，将一盏羊油提灯伸进深处，寻找被关在此处的外乡人的影子。

借着提灯的光亮，郁岸看清了他的脸，是被神婆挑中的婴儿的父亲。谨小慎微的男人沿着木梯一步步爬到窖底，提灯四处搜寻。

灯光掠过木架，一张脸出现在有限的光明中。

郁岸盘膝坐在菜架上，臭着脸支着下巴冷冷盯着男人，没有眼白的左眼在幽暗中散发苍白微光。

男人被吓退了两步，却强装镇定，压低嗓音指着郁岸口袋里的马赛克小婴儿问："真的愿意与我们换吗？"

他的口音很重，郁岸勉强能听懂一部分与英语相近的词汇，交流起来很困难，正好郁岸也不想多说什么。

男人眼窝深陷，瞳色很浅，眼眶溢满泪水，呼吸间白汽蒸腾，他虔诚躬身，双手托着打斗间遗落在雪地中的破甲锥，奉送到郁岸面前，嘴里含糊呢喃："我们都是受惩罚的罪人。"

"灯、衣服也给我。"郁岸从他手中拿走破甲锥，捎带夺走了羊油提灯，把熊皮外套从男人身上拽下来，披到自己身上。火焰的温度烘烤双手，麻木的关节才恢复灵活。

等身体重新有了些热气，郁岸才开始认真考虑男人的话："为什么这么说？"

"祖辈犯下残忍的错误,所以我们世世代代都被囚禁在这个被诅咒的小镇里,这是我们应受的惩罚。"男人语调深沉。

"离开这儿不行吗?镇子外不远就有列车站台。"

"列车?"男人露出憧憬的眼神,他大概能理解这是什么东西,"原来走出去就有,那么近。

"所有离开小镇的人都死了,死在踏出小镇的那一刻,我们只好用长钩把尸体钩回来,埋到远处。有的人跑得远,死在钩子够不到的地方,就被暴雪掩埋在小镇外。"

"你们祖辈犯什么错误了?"

男人欲言又止,摇了摇头:"我不知道,祖父没对我讲过。"

"你是从日环镇来的吗?"男人问,"听说那里人丁兴旺,资源富足。"

日环镇在日御镇的下一站,距离不会太远,应该也是个穷苦小镇才对,照理说差别不会太大。

总之先离开这儿。

小镇码头,一艘小渔船停泊在岸边。几个男人头上套着黑布,忙碌着将千挑万选出来的供品搬到船上。神婆抱着挑选出的婴儿,站在岸边,嘴里念念有词,为运送供品的渔船施以祝福。

一阵细微的风响从耳边掠过,神婆警觉地转动苍老垂坠的脖颈,暗夜中,一只苍白眼睛忽然从身后的黑暗中睁开。

郁岸倏地从阴影中蹿了出来,左手抓住神婆的一条手臂,破甲锥直抵神婆咽喉,将她作为人质,一步步推到了岸边。

不知道是谁把他放出来的,神婆一惊,浑身发抖,嘴里仍在固执地念着咒语。

"让我上船,我去替你听听神谕。"郁岸在她耳边悄声威胁。

神婆不敢不从,对船夫点了点头,让郁岸坐进载满供品的小船上。

不知好歹的外乡人,反正去见了神明也是死。神婆站在码头上,用怨毒的眼神注视小船离去。

　　水面平静，不见一点儿波澜，更像一片湖。船夫头上裹着黑布，一言不发，只顾划船。

　　郁岸抱膝坐在船上，马赛克小婴儿和那个被选中的婴儿并排躺在身边，含着手指安详睡着。

　　小船推开宁静水面，穿越一段狭窄的入海口，水面波动变得明显，船夫停止划桨，远望前方，然后默默跳到备用的小船上，解开固定绳，无声地向回小镇的方向折返。

　　沉默船夫的影子逐渐消失在黑夜里。郁岸拎起被选中的婴儿，伸手放到与男人约定的岩石上，然后安然回到供品中间，枕手躺下，身上盖着厚实保暖的熊皮，倾听小船顺水漂流的声音。

　　不知过了多久，笼罩天空的浓郁乌云已然散去，在宇宙尽头环绕的星云仿佛近在眼前，闪亮的星系在天空缓慢盘旋。

　　夜晚变得明亮。曲折的蓝色极光在空中漫射，绚丽的光带映在郁岸瞳仁中。

　　他爬起来环顾四周，小船仿佛飘浮在空中，在冰山与礁石之间穿行，水面清澈透明，一些发光的浮游生物悠然游荡，郁岸忍着冰冷将手探入水中，那些闪烁的小动物从指间溜走，留下些许匆忙的碎光。

　　水流富有生命似的推着小船行进，缓缓驶入了一座冰山的空腔，头顶半透明的冰层承托着清澈的水流，那些散发光芒的浮游生物在头顶漫游，整个冰山空洞内，那些不规则的冰片都折射着耀眼的荧光。

　　这里面很暖和，郁岸从皮毛中爬出来，伸手感受空气中的暖意，趴在船沿抚摸温暖的水流。

　　要是面试官在就好了。郁岸趴在船边撩水玩，完全把自己单方面和昭然绝交的事情忘在了脑后。

　　嗒，船沿轻响。

　　小船莫名其妙停滞，明明海水仍在流动，船却在水面中央不再

向前。

郁岸疑惑地寻找小船被牵绊的根源,回头忽然看见船沿上搭着一只手。

五指修长白皙,指尖还在滴水。

"……?"郁岸用力揉揉眼睛,再次看过去时,那里却空无一物。

第 048 章
伪神的救赎

"然哥?"郁岸立刻趴到船沿另一边,低头在水中寻找蛛丝马迹。

停滞的小船又开始顺水漂流,似乎刚刚只是因为不慎搁在了水底的礁石上。

水体清澈见底,郁岸看见水底碎沙中掩埋着一块漆黑的木板,但看不清全貌。

小船向冰山空腔的更深处漂流,这一路上,水道底部的白沙中掩埋着无数的黑色木板,被水流寂静腐蚀成镂空的样子,缝隙中挤满游荡的浮游生物,荧光聚集在腐蚀的缝隙中。

其中一块木板向上翘起,表面的十字形状纹路在碎沙之间若隐若现。

这水底埋的全是棺材。

联想到刚刚搭在船沿上那只苍白的手,郁岸眉头紧锁,对自己的处境不由得多了几分警惕。

是死人的手吗?船上供品冻肉的血腥味浸入水中,吸引他们向上爬。一些民间传说中就存在溺死者会拉住水中人的脚腕,一直拽下水面使活人溺毙的说法,在这常理无法解释的小镇中,什么都有可能发生。

嗒。

又是一声相似的轻响出现。郁岸迅速转向声音的来向,果然,一只惨白的毫无生机的手搭在了船沿上,小船骤停,惯性使郁岸打了个趔趄,摔倒在供品之间。

好大的力量,竟然一只手就能稳住一条顺流而下的渔船。

郁岸反握破甲锥,匍匐接近那只手,谁知这时身后又接连传来嗒嗒的轻响,他循声回望,船沿四周又爬上来两只骨节分明的手。

糟了,水鬼还不止一个吗?

修长雪白的手向船内摸索,触摸到堆积的冻肉时,停顿了一下,然后抓住肉块边角向水下拖。

一块冻肉扑通一声掉入水中。进入温水中的肉块迅速解冻,血丝在水中蔓延。食物的腥味招来了更多怪物,那些死人般的双手贪婪地扒住船沿,足有数十只。

"这么多……"郁岸屏住呼吸,尽量朝远离它们的方向挪,可小船被扒得倾斜,一角几乎完全没入水中,船上的供品纷纷沿着斜坡滑落进水里,郁岸用力将破甲锥插到船板上,挂住身体避免被倒进水中。

轰的一声,郁岸眼前天旋地转,小船被猛地翻了个底朝天,郁岸连着那些冻肉供品一起被严严实实扣进了水中,水花四溅。

温热的水流瞬间堵塞了耳朵,好像坠入无底深渊似的,世界骤然安静。

郁岸紧闭着双眼,恐怕一睁眼就会看见无数僵白腐烂的尸体悬浮在身边,把他们鼓胀、苍白的死人脸贴到近处,享用自己这份百年一遇的大型活食。

这么多"人",每年一个小婴儿怎么够?

可周围寂静,暖热温柔的水流承托着沉重的身体,紧闭的双眼被什么东西照亮了,好像一团明亮的火焰在眼皮前跳动。仿佛自己堕入的并非人间炼狱,而是太阳升起的地方。

郁岸在水下睁开眼睛,眼前的景象让他甚至忘记了肺里氧气将尽,濒临窒息。

水底碎沙之中,掩埋着一口漆黑的木棺,棺盖偏移,缝隙中满溢粉橙色的光芒,一只手将棺盖推开,好似一位清晨苏醒后慵懒推开卧室门的美人。

一团巨大的、纠结呈球形的手臂从木棺中游了出来，像水母摆动触手，一荡一荡地从水底升起。它皮肤上附着一层闪烁的浮游生物，千百条手臂摆动，恍若从海底升起一轮烈阳。

小船上的供品倾倒进水中，那些向外散发血丝的冻肉在水中漂浮，被怪物探出三只手抓住，拢回面前，在手臂生长的根部，慢慢裂开了一条血红缝隙，缝隙中生满鲨鱼般的尖牙，那应该是它的嘴。

肉块被锯齿尖牙磨碎，吞食入腹，多手怪物合拢血盆大口，继续向前游荡，享受着莫名其妙从天而降的美食。

郁岸惊得愣住了，脚腕忽然一紧，他才回神，脚下的白沙中伸长出无数手臂，像水草一样随水摆动，其中两只手牢牢抓住了郁岸的脚腕。这些手臂大概就是多手怪物用于捕猎的触手，抓住猎物等待那本体来享用。

人在水底被抓住就会引起本能的恐惧，郁岸拼命挣扎，慌乱中呛了一口水，手脚搅出的大股水泡遮挡了视线，他看到的最后一个画面便是远处的多手怪物朝自己快速游过来。

死定了，如果只是几只水鬼，郁岸还有信心跟对方拼几刀，可这怪物长了一副战无不胜的外表，让人想起电影里那些核弹都轰不死的异形。

很快，身体被一条又一条手臂抓住，一种被坚韧物质捆缚的感觉席卷了全身，毫无还手之力，一如自己只身回到面试官的别墅，被那些暴躁的小手按在地上揍的那天。

身体越来越轻，似乎有一股力量在扶持自己上升，头顶离水面越来越近，突然顶破了水面，耳朵瞬间恢复了听觉，水声哗啦作响，一只有力的手托着郁岸大腿，将他送回了小船上。

郁岸浑身湿透，水顺着头发和纯黑兜帽向下哗哗淌，他趴到船边剧烈咳嗽，将呛入喉咙的水全呕了出来。

隔着透明水面，他看见那团多手怪物在水底挑挑拣拣，把好吃的冻肉塞进嘴里，一些不能吃的皮毛和金属瓢盆都扔回到小船上，躺在

铁盆里、在水面漂浮的马赛克小婴儿也在它不吃的行列，被嫌弃地扔回到小船上。

"不吃活的……"郁岸怔怔端详它。

捡食完坠进水中的肉块，多手怪物还未满足，慢腾腾浮上水面，趴到船沿，用那些手在船里翻找还有没有好吃的。

"……"郁岸湿漉漉地坐在船里，和那怪物对视（如果它有眼睛的话），不怪那些村民迷信传说，因为皮肤表面附着了太多发光的浮游生物，这怪物远远看去真的很像太阳。

郁岸忽然产生了一个无比合理的猜测：难不成，这团手是一头畸化种畸体，面试官在家乡日御镇杀死了这头怪物，拿到了它的畸化种畸核，镶嵌在身上，因此得到了它多手的能力。

面试官还没完全展露过自己的实力，不过以他目前显露出的战斗力来推测，杀死这头怪物没什么不可能的。

多手怪物吃完了最后一块肉，还在船边流连忘返游荡，在船身上蹭来蹭去，将小船拱得摇荡不止。

"这是在干什么……"郁岸尽力扶稳免得掉进水里，仔细观察那怪物，那些发光的浮游生物紧紧吸附在怪物无数的触手上，洁白的皮肤被腐蚀得坑坑洼洼。怪物重重撞在小船上，一些发光生物便被用这种暴躁的方式刮了下去，连着一层皮一起被刮掉，血珠向外渗，染红了周围的一小圈海水，反而吸引更多的发光生物来此生根。

它很困扰，像被藤壶寄生的鲸鱼。

郁岸抽出破甲锥，在湿透的熊皮大衣上割下一块巴掌大小的矩形，小心翼翼接近多手怪物，用熊毛那一面替它擦拭手臂上的发光寄生物。

怪物起初很抗拒，但觉察到"搓澡"的快乐之后就安静地享受了起来，被野兽皮毛洗刷当然要比碰撞木船来得舒服。它将手臂在船沿上搭了一排，舒服地等郁岸给搓。

"你这么多手，你自己搓，我凭什么给你干活。"郁岸将熊皮割成许多长方块，塞到怪物的手里，教它怎么用。

怪物憨憨的，拿到兽皮就本能地往嘴里塞。它的嘴大得好像书包拉链，慢慢向两边裂开，如果它认了真，恐怕一口咬碎渔船也不在话下。

"长这么多手，搓澡都不会吗？"郁岸不耐烦地拍了它一巴掌，"看着，学。"

怪物无端挨了一巴掌，慢吞吞用一只手捂住脸（如果它有脸的话），默默学着郁岸的动作，用兽皮在手臂上搓洗起来。

碍事的发光生物被搓洗殆尽，多手怪物终于露出了原貌，只是一团纠结在一起的手臂，其实本身并不会发光，在漫长时光中被积攒在身上的发光生物覆满了而已。在光芒照耀下，怪物的精神很虚弱，肤色苍白。

剥脱了那些浮游生物，它残破的身体显得衰败不堪。

它是如何产生的，从何而来，郁岸不得而知。

多手怪物欣喜地在渔船周围漂荡，守着郁岸不想离去。几只手推着小船，向川流深处漂流。视线中终于出现陆地，紧接海边缘的并非冰层，而是冻土，一些抗寒的植物得以艰难生长。

怪物将小船推到岸边，托着郁岸腋下把他抱起来，放到礁石边的巨大扇贝壳上，趴在壳上观察郁岸。

郁岸的体型在它面前太过渺小，跟人类看小狗差不多，怪物好奇地研究面前的小人儿，试着用手指触碰郁岸的脸。

"该不会又饿了吧？"郁岸小心地往后挪，把盆子里的马赛克小婴儿推给怪物，"你凑合一口。"

怪物的几只手端起铁盆，把马赛克小婴儿端起来，放到水面上，轻轻向远处推开。

小婴儿躺在盆里顺流漂走，远处窄流的尽头是一座村庄，几个妇女正在水边捶洗衣裳。

按方向来推断，远处的村庄可能就是日御镇的下一站，日环镇。

从那位父亲口中得知，日环镇人丁兴旺，物资充足，或许都是因为这头怪物。

日御镇的愚昧信仰促使他们每年上供一个婴儿和许多食物、毛皮、器具给他们所谓的神明，谁知这怪物只吃一些冻肉，让不吃的东西都顺水漂走了，婴儿和物资就漂到了下游的日环镇中。

数不清的年头蹉跎而过，那些长大成人的婴儿可曾知道，父母与自己仅一海之隔。

郁岸一向反感被别人触碰，没想到此时却不觉得讨厌，可能是因为身体太冷，而它的手指带着暖意。自己坠入水中浑身湿透，被冷风一吹，浑身冻得厉害，不停地打寒战，牙齿都在抖。

"你知道什么地方避风吗？带我去。"郁岸比比画画，也不知道怪物听懂了没有。

怪物忽然在水中蓄力，跳上贝壳，张开手臂把郁岸抱在怀里，手臂带着温度，密集地拢在郁岸身边，环着他冰凉的身体。

好在郁岸对"手"这个元素已经格外熟悉，他并没感到害怕。身体过于疲惫，一股困意袭来，他放松身体，枕着怪物的手臂蜷缩侧躺在它怀里。

人类把刚出生的小奶狗抱在怀里是什么心情，这头怪物此时就是什么心情，小心地抱着怀里的小人儿，开心到前后摇摆。

几只手盖在郁岸身上，郁岸觉得肩头漏风，于是拿起怪物的手往上面盖了盖。

"……"怪物发出一阵咕噜咕噜的声音，被抓过的手指从指尖开始变红。

"兜里还有点儿糖你吃不吃？"郁岸半眯着眼，从口袋里拿出面试官画的心形爆浆软糖，放到怪物其中一只手的手心里。

怪物布满尖牙的嘴裂开，一口吞掉、咀嚼，然后安静回味嘴里的甜味，开心得手舞手蹈，不知道从哪个发声器官发出沙哑低沉的

"噢！噢！"的声音。

"你喜欢吃甜的？他也是。"郁岸又掏了两颗爱心软糖出来，给怪物一颗，自己吃了一颗充饥。

怪物僵硬地托着这颗神圣的糖，舍不得吃，一直发出咕噜咕噜的声音。

他们座下的巨大贝壳微微张开一条缝，一排眼球挤到缝隙边缘向上看，看见多手怪物正抱着一个陌生小人儿，坐在自己壳子上摇摇晃晃。

"hei——tui[①]。"贝壳发出这样的声音。

[①] 网络用语，用来表示对某件事不满或者故意装出不满、鄙视的态度。

第 049 章 新宝物

郁岸不停告诉自己只是在这个怪物怀里取一会儿暖,强撑着不要睡着,浑浑噩噩地蜷缩了不知道多久。

一双温热大手搭在头顶,时不时轻揉一下,郁岸半睡半醒间抓住那只手,像之前对面试官那样。

他沉迷在享受特权的畸形快感中无法自拔——面试官极其厌烦被任何物体触碰双手,除了他。

虽然碰到时,昭然也会表现得有些异样,可不论基于怎样的顾虑将反感忍耐在心里,对郁岸来说,那都是面试官给予自己的特权,这世上没有人不喜欢独一无二的待遇。

郁岸也喜欢探究面试官给自己特权的底线在哪里,所以习惯性去违逆他,每一次触及昭然的禁区,历经他的愤怒之后最终安然存活到次日,那种刺激和成就感好比在无人踏足的星球插上一面旗帜,惹恼他,哄好他,气死他,安抚他。

被紧抓住的手颤巍巍向后缩,却退无可退。

朦胧之中,一股干燥的木质气味在鼻息间若有若无萦绕,郁岸猛然惊醒,视线被一片躁动的黑暗遮挡,多手怪物在不知不觉中已经将他整个人都包覆到中央,那些纠缠聚集的手仿佛蠕动的胃,像猪笼草一样在贪婪地消化着掉入陷阱的食物。

糟了,上当了。

郁岸用双腿猛踹拦在面前扭动的手臂,手臂比想象中坚韧得多,普通人的手臂被大力一端必断无疑，可这怪物却长了钢筋铁骨似的纹丝不动。

他冷静下来，抽出破甲锥，朝前一刺。

破甲锥上镶嵌的二级红核微光闪烁，刃上的寒意势不可当，砍断拦路荆棘那样一刀砍下，热血四溅，落在郁岸颊边。

那怪物发出沉闷的痛吼，所有手臂如潮水退去，郁岸重见天日，明亮炫目的橘黄光线刺痛了他的眼睛，他抬手遮在眼前，眯眼眺望从广袤冰原之下苏醒的朝阳。

日御镇的人们期盼半年来的永夜破晓，沉睡太久姗姗来迟。

多手怪物身上的血色完全褪去，比起昨晚初见时的苍白，它此时肤色僵白，失去了大半生命力。

褪色了。郁岸怔怔握着尖刀，脸颊上的血浆沿着下巴滴落。

畏光吗？它为什么不离开？

难道它用手臂将他紧紧裹在中央，是担心他睡着时毫无防备，会被阳光照射而死去？

久违的日光照映在皮肤上，其实感觉不到温度，太阳就像一颗遥遥升起的发光冰球，寒风吹来，郁岸只能感受到温度从脚下的多手怪物身上传来，湿透的衣服已经烘干，对郁岸而言，它才是太阳。

被破甲锥砍伤的手臂慢慢融化，化成一团血雾消散，多手怪物更加虚弱了几分，昨夜还生机勃勃摇动的手臂瘫软在地，它像一只枯萎的海葵。

郁岸咬着嘴唇蹲下察看它的情况，收起破甲锥，奋力将它向拴在礁石上的小船里推，怪物身躯庞大沉重，郁岸只能背靠着它，一寸一寸向后推。

怪物从边缘滑落，啪嗒一声掉进小船里，把渔船砸得东倒西歪，郁岸从高处跳下，解开纤绳搭到肩头，拖着小船往阴影遮蔽的冰洞中走。

匆忙之中，郁岸感到一股憎恶的视线落在身上，无意间回头，看

见刚刚落脚的那块巨大的贝壳化石张开了一条缝，一排眼珠挤在缝隙中凝视他，每颗眼球眨动的频率不同，眨动时伴随着气泡声。

可怖的畸形生物，竟然还有一只。日御镇的秘密似乎尚未完全揭开，那些已被目睹的文化或现实的诡异不过冰山一角。

郁岸将小船拉入昏暗的冰洞内，脱离日光的暴晒，多手怪物好受了许多，重新开始蠕动，不知从哪个部位发出粗重的喘息。

怪物伸手拿走郁岸的破甲锥，放到远处，在他面前摇摇手指，好像在教训说"小孩子不可以玩这么危险的东西"，它被刺伤失去了几条手臂，却以为只是小动物和它玩耍时不小心抓伤了它。

"……"郁岸坐在岸边，抱膝面对着这团单纯的大手球。

"你这么蠢，自己躲在这儿，能活下来吗？刚刚那个叽里咕噜的大贝壳看着比你聪明不少。"

如果有一天人类发现它的存在，得知它并非自己信仰的神明，拿起鱼叉和火把结队杀来，它有什么能力抵抗呢？它这么呆，也许被砍得快死了都不明白为什么会挨打。

所以它才会被面试官杀死，拿走体内的畸化种畸核吗？

这么多年来，郁岸第一次对自己崇尚的弱肉强食的规则产生怀疑。

他很想把怪物带回家，可在头脑中计划了一会儿才幡然醒悟，想起自己的身体还躺在红狸市的马戏团幻室中。

"这附近有一趟列车，编号 K88M88，如果有机会能乘上它，你就可以离开这里，去其他城市。你有这么多手，又不怕冷，扒车顶上偷渡应该没问题吧，别被人看见了。

"我住在红狸市北区龙湖小区 1 号楼 2 单元 302，如果你能离开这儿，就去找我吧。

"如果你是畸体，我来当你契定的主人。反正你这么弱，就算进入化茧期我应该也应付得了。"

多手怪物安静蛰伏，每一根手指都在认真倾听。它表面的水被冷风风干，皮肤表面隐约散发出一股干燥稀薄的木头香味。

郁岸话音戛然而止，嗅闻空气中淡淡的气味。

那人带着同样的奇异木香。

他怔怔站起来，上下审视面前的多手怪物，打量许久，试着问："昭然？"

怪物咕噜作响，尽力调整着声带，低沉沙哑地学舌："昭——然——"低吼在冰洞中带着回声。

郁岸抓住怪物在空中游荡的一只手，咄咄逼人地追问："昭然？"

"算了。"郁岸意识到自己想象力过盛，无奈地揉了揉太阳穴。能把一头怪物和面试官联系起来也是够大胆的。

它可是畸体，而面试官的工作就是猎杀畸体。

但怀疑的种子已经在心中生根，让他忍不住去与昭然相处的记忆中寻找蛛丝马迹。

被抓住的那只手从指尖开始升起一层薄红，渐渐蔓延到手腕，一直到球体根部，其他手羞赧地捂住脸，整个怪物抱成了一团粉红圆球，滚下渔船，在水面上打水漂。

"什么……"郁岸低头端详掌心，手心里留下了一摊半透明的黏液。

"碰它其他手的时候没这么大反应……莫非……"郁岸正纳闷思忖，只见大手球一个猛子扎进水底，像水母似的摆动手臂游走了。

没过多久，水面下一团粉红阴影靠近，噗地破开水面闪亮登场，每只手里都攥着一件东西，排队堆放在郁岸面前。

一些沉在水底的"金银珠宝"被它捞了上来，除了光滑的小卵石，还有一些圆润漂亮的海玻璃、冻住彩色小鱼的状似琥珀的冰块，以及一些五彩斑斓的小贝壳。

这行为让郁岸本能地倒退两步。

好像被它误会了什么。

地上堆满的杂物中，有一颗深紫色圆球闪着幽微光亮，圆球表面刻有一把锁的标志。

"畸核？三级紫？"郁岸一脸愕然地将那枚畸核从破烂堆里拿出

来，在水中搓洗干净，放到了贴在内兜上的核匣扩容里。

从午夜商人那儿买的核匣扩容从外表上看就是一个机器猫的四次元口袋。很规则的半圆形，厚度与两张纸叠起来差不多，里面只放了一枚新买的逆转童话核，外加一枚从机械狼身上拆下来的一级蓝核，还有两个空位能放。

他将怪物捞上来的畸核塞进空位中，果然能嵌入，显示出畸核的相关内容。

名称：功能核－防沉迷系统

来源：游戏之王幻室掉落物

种类：幻室种

等级判定：三级紫（锦葵紫）

基础能力：强制下线。在战斗中，与对手缠斗僵持时间达到一小时，对方将被强制下线

使用限制：累计使用三次

简介：小孩子只准玩一小时

共鸣条件：未知

一小时不分胜负就算己方赢，好强的能力。但只能用三次是它最大的短板，使用次数限制了这枚核的等级上限，如果能像画中取物一样无限使用，恐怕这枚核会达到金色级别，而非止步于三级紫。

既然能放进核匣扩容里，那岂不是意味着就算结束意识连接，这枚核也能带回现实中？

郁岸沉浸在白捡一枚畸核的愉悦中，完全忽视了宠溺地卧在身边的多手怪物，怪物欣喜地看着郁岸接受了自己的礼物，并装进了口袋里。

一只手轻轻搭上郁岸。

"去。"郁岸回头拍它，怪物缩回手，用粗重的呼气声表达不满。

"你想干吗？"郁岸准确地抓住它那两只特别的手，拇指在它掌心搓了搓，果然，怪物又从指尖红到了球体中心。

"但现在站在这儿的其实只是一个意识投影，我不能永远留在这儿，很快就会消失，除非你去现实中找我。"

怪物似懂非懂，失望得快要枯萎了，伸出两只普通的手，托起郁岸腋下，将他放到了小船上，自己则潜入水下，推着小船迎着日光向前游。

郁岸以为这怪物打算不管瓜甜不甜先扭下来再说呢，但小船从冰原的裂缝中驶过，在时间推移中，日光变得昏黄，周围的景色越发熟悉。

海湖相接，雪天冰原与碧绿湖水形成一条清晰的分界线，跨过这条扭曲交缠的分界，对面就是游戏场景"失落小镇"的风景贴图。

原来它听得懂。

怪物顶着日光浮上水面，手臂搭在小船上，忍受光线烧灼皮肤的痛苦，皮肤褪色苍白如纸，静默地靠着郁岸，无声道别。

郁岸脱下外套，搭在大手球的头顶，外套对庞大的怪物而言聊胜于无，多少遮去了一些日光。郁岸靠近它，嗅着那股温柔的木香闭上眼睛。

又弱又呆的大家伙，没什么攻击手段，也没长坚硬的外壳，它有能力踏上那趟列车吗？在嘈杂的人流中穿梭，会死在途中吧。

小船顺水漂流，船头接触到海湖分界那一块，耳边突然响起一阵鼓点。

激昂的纯音乐随着鼓声响起，郁岸一惊，猛地跳起来，扶着船沿眺望。

这段音乐快要刻进 DNA 里了，郁岸在打失落小镇场景时，反复挑战关底 boss 亡湖寄生者，每次 boss 出现时都会播放这段热烈的 BGM（背景音乐）。

亡湖寄生者是目前《灰鸦：玩具屋》开放的三个场景中最强 boss，

攻击手段复杂多样，伤害高，攻击频率极快，血量极高，从上架到因故下架这段时间，没有一位玩家能在不借助科技（开挂）的情况下杀死亡湖寄生者。这个角色本身就是制作组故意弄出来制造悬念的，为了避免慕名而来的高手玩家感到"宣传半天就这？"而故意做出的挑战性 boss，即理论上能打败，但操作起来极难。

既然失落小镇的场景参考原型为日御镇，那么关底 boss 亡湖寄生者，恐怕就是在参考日御镇的神明了。

碧绿湖底形成一团急促的漩涡，一口木棺随着水流旋转飞速上升，冲出水面，伴着激昂的音乐在空中尖锐狂吼，轰然落到水面，棺盖开启，一具无头骷髅从缝隙中爬了出来。

无头骷髅长有八条白骨手臂，像蜘蛛一样立在水面，下半身还藏在棺材里，整体设计成匍匐于水面，背着棺材的造型，应该还参考了寄居蟹的一些元素。

恐怖大气的形象设计，富有气势的出场音乐，以及压迫感极强的庞大体形，注定这头怪物将成为这款游戏不可磨灭的经典 boss 之一，名垂游戏史。

趴在小船上的多手怪物望着对面的高配版自己，托着下巴（如果它有下巴的话）陷入沉思。

大手球有限的大脑 CPU 快烧坏了，终于思考出一个结果。

相似生物出现在自己的领地附近，一定是来争夺它新的宝物的。

第 050 章 时钟失常

红狸市废弃游乐园马戏团幻室中。

"昭组长状态稳定，已经到达第一场景存档点，正在请求断开连接。"机械后勤组纪年仔细检查昭然身上的连接设备。

由于郁岸半路失踪，整个失落小镇场景是昭然一个人探完的，在每一个角落搜寻目标畸体——双生子"J·S兄弟"的踪迹。

因此失落小镇里的各种强悍的小 boss，诸如神婆黛雅、狂躁夫妻、食人蝌蚪之母，全被昭然一人清理干净。没有郁岸在身边，昭然无聊得像一个没有感情的扫地机器人，而且他心情好像很坏，颇有拿游戏 boss 发泄的嫌疑。

急救组阮小厘则寸步不离守在郁岸身边，目不转睛地观察他的情况。

"郁岸还没到达存档点，暂未离开失落小镇场景。"雍郑盯着电脑上滚动的代码说，"他被迫走了许多弯路，和我们预设的路线发生太多偏差了，关底 boss 已经被触发，他可能正在挑战亡湖寄生者。"

"哎，亡湖寄生者，他一个人？"纪年皱眉，拢了把头发。完成灰鸦游戏公司的委托是实习生转正会的第三项内容，模拟营救，要求所有实习生合作完成整个委托，因此每个实习生都对《灰鸦：玩具屋》有所了解。

"修改 boss 的战斗数据行得通吗？把血量和攻击力调到最低。"

"我不敢贸然去调亡湖寄生者的数据，你看，这一团代码我看不

懂。"雍郑的电脑上并非游戏画面,而是密集滚动的程序,在郁岸附近存在一个 bug,就像建模错误导致人物手臂过多,纠结成了一团暴躁的生物。

"这什么东西?离郁岸特别近。如果这团异常 bug 攻击郁岸,至少郁岸还能借助亡湖寄生者转移它的视线,趁机逃脱。"

"先让昭组长休息一下。"阮小厘冷静的嗓音打断他们焦躁的讨论,"至少一小时后才能再次进入。"

连接仪器上的灯光依次熄灭,昭然指尖微动,慢慢睁开沉重的眼皮,浅淡的睫毛轻抖。

他带着一身仪器线路坐起来,抚着额头,卷翘发丝乱糟糟的,疲惫地垂着眼皮缓神。

在场的人全闭了嘴,目光汇聚到昭组长身上,等待他说些什么。

昭然却只是沉默地转过身,手腕搭在身边沉睡的郁岸额上,端详了他好一会儿,嘱咐其他人:"内部场景一切正常,其他实习生可以继续尝试连接。我去一下洗手间。"

周围实习生面面相觑,郁岸这边从运行的代码上看已经出了天大的岔子,昭组长居然轻描淡写说一切正常?

实习生的成绩关系到组长本人的能力评估和声誉,每位地下铁高层都会把千挑万选出来的实习生当成关门弟子一样认真教诲,既然昭组长都说没事,别人就更没立场质疑了。

昭然将郁岸鬓角的碎发掖到耳后,轻叹了口气,起身往外走。

马戏团帐篷里的临时洗手间早已弃用,昭然只好去废弃游乐园里的公共厕所方便。

游乐园废墟已经被巡逻组队员团团围住,每个死角都由快速反应组的高手盯梢,防止消息走漏,引来对手公司雇凶对这些娇嫩的实习生花朵下手。

荒废已久的公共厕所只剩下一个完好的水龙头还能出水,昭然站在有裂纹的镜子前，用冰手的冷水洗了把脸。

水珠坠在睫毛尖上将落未落，昭然睁开眼，发现镜子里多了一个人。

才刚二月份，戴针织帽的青年穿着一件单薄的敞身衬衣，双手插在宽松的短裤兜里，赤着小腿，脚踩一双人字凉拖。

一颗盘得发亮的骷髅头被他制成了斜挎包，十分时尚。

"哥？"昭然不紧不慢地抹掉脸上的水，背对镜子转过身，轻声问，"你怎么来了？"

"收拾你的烂摊子。这座幻室怎么会有你的气味？没想到这么多人在，你也在里面。"蛤白皱皱鼻子，嫌弃厕所里夹着铁锈的臊味。

"前几天抓流入市场的畸体宠物，追查到这儿，里面几个人有枪，交火来着。那天我有点气上头了，因为老板故意把我支出来，自己教郁岸当杀手。我一走神，就动手在马戏团帐篷里杀了一个人。

"我本来想趁没人发现先把幻室清理掉，不料这一届实习生里有个特别聪明的小孩，叫纪年，他最先发现了这个幻室，提出用马戏团幻室承载游戏幻室的方式进入连接。

"这是个绝妙的好主意，我没有理由拒绝，硬要阻拦会惹人怀疑。

"但马戏团幻室是因我而成的幻室，连接进去的游戏场景还是仿照日御镇做出来的，那现实和幻室必然会交织在一起，越往深处走，越能感觉到那些场景和日御镇一模一样。

"我想拉那臭小子快出来，可他太敏锐了，发现里面的人没有手臂，就能立刻联想到我身上。

"最后我们走散了。他掉进裂缝，我伸手去拉他，他没抓。"

昭然忽然感到一阵发自内心的疲累，他蹲到地上，戴皮手套的双手覆在眼前。

"他怕我了。"昭然语调沉闷，"极端乖的时候他不敢离开我，极端坏的时候又根本不畏我，现在的郁岸才最接近正常人的状态，所以怕也很正常。"

"噢……也可能只是嫌你丑。"大哥尽力安慰道，"谁看着一团黏

在一起的手还能吃得下饭呢?你个小丑东西。"

昭然蹲在地上,低头面对散落在地上的镜子碎片,端详自己弯垂的眼角、浅淡的瞳仁和锯齿状的尖牙。

"你都已经决定放弃他了,在我面前发了誓,从此以后和他只当陌生人,干吗还不死心来找他呢?他根本没有能力打败你,再浪费时间也是徒劳。你还有几条命能耗在他身上?"

大哥恨铁不成钢地扯起昭然的长发,让他抬起苍白的脸颊:"看看你现在的样子,虚弱得连只鸡都敢叨你一口。你还记得自己从前的实力吗?"

"你也看到了,他这一次眼眶能换核,这是我离成功最近的一次。"昭然索性坐在地上,屈起一条腿背靠水池,乱发遮住他眼底的情绪。

"大哥,你够潇洒,能随便找一位人类高手契定。可我不行,我一想到未来活那么多年都只能围着一个无趣的人类转,保护他,听他调遣,我只觉得绝望。"

"什么才叫有趣?"

"养只小煤球好有趣。每天下班,一想到家里有个小东西憋着一肚子坏水在等我,家里说不定被破坏成什么样了,开门就像开盲盒一样,我就觉得很好玩。"

"啊!天哪,你真是贱骨头。"蛤白无奈拍额。

"如果他真怕了我,可能会想方设法逃跑吧。我不会让他走,就算用一些强迫的手段也没关系。"昭然垂着眼皮,似乎在心里计划着什么。

"……哎,怎么想起来打耳钉了?难得有心思打扮自己。"蛤白才发现昭然耳垂上多了个首饰,顺便转移话题。

昭然如梦初醒,指尖沿着耳郭摸到耳垂上的小耳钉。

"是……"昭然刚要开口,大哥及时察觉到他陡然愉悦的心情,立刻用双手堵住耳朵:"闭嘴,我不听。"

郁岸已经持续连接超过八小时，大脑一直在超负荷运转，虽然在场景中他还意识不到精神过载带给躯体的伤害。

整个世界似乎被一道无形的程序墙一分为二，天空左侧冷日初升，冰湖与流云相接，浮冰随着激流上下沉浮，圣洁的雪花短暂地被风裹挟，最终沉没在清澈透明的水中。

而另一端的景色则永久地浸泡在黄昏中，似乎连树叶和房屋都染上了那种去不掉的荒芜颜色，碧绿深沉的湖水泛起涟漪，水面之下阴影攒动，湖如其名，亡者之湖犹如一床涌动的被褥，覆盖在数以千计的亡灵身躯之上，使他们得以安息。

八条白骨手臂与骷髅躯干连接，身上背着一口木棺，像水蜘蛛一样浮在水面上。

与从前无数次挑战失落小镇副本时的感受完全不同，隔着一块电脑屏幕，无法直观地感受到对方的威压，此时身临其境，郁岸仰望那头庞然大物，手里握着破甲锥，难免生出退缩的念头。

在失落小镇的传说中，小镇里的居民每年都会选择一位妙龄少女投进湖中，安抚亡湖寄生者，作为他们残忍的信仰的牺牲者，殊不知少女亡灵的怨气会使其更加强大，亡湖寄生者从溺亡者的怨念中滋生，身上汇聚着强烈的恶意。郁岸合理评估自己的实力，一对一单挑胜算为零。

虽说身后还趴着一头同样奇形怪状的多手怪物，可那家伙长得一副憨厚呆笨的样子，一旦与对方正面冲突，多手怪物恐怕撑不过两个回合。

可郁岸回头一看，那团多手怪物摆出如临大敌的姿态，手臂弯曲，肌肉绷紧，皮肤充血，血丝网络在其身体表面蔓延。

一阵刺耳的叫声在耳边震响，幽灵般的尖啸犹如辐射散开，听起来像密集恐怖的笑声，在宽阔的水面回荡不止。

而幽灵笑声正源自多手怪物，手臂根部慢慢裂开，尖牙血口一寸

寸展出全貌。

亡湖寄生者的出现催动了多手怪物好斗的本能，怪物狞笑着慢慢沉入水中，小船周围瞬间沉寂，耳边只剩潺潺的流水声。

亡湖寄生者向水面中央孤伶无依的小船迅速接近，抬起一条白骨手臂，高高扬起，朝着水面重重砸落。

那磅礴的力量激起万丈浪涛，小船凌空腾飞，在数十米水花之间空翻，郁岸紧紧攀住小船边沿，大脑飞速运转，思考亡湖寄生者的弱点。

渔船被浪涛卷到空中，短暂停滞后迅速坠落，郁岸尽量稳住平衡，绝不能掉进水中。

就在小船从高空砸落，即将在水面上四分五裂之时，郁岸看见脚下的水面浮现出一个巨大的金色圆环，一根金色直线绕着中心旋转，仿佛钟表的指针。

指针戛然而止，忽然开始逆时针旋转。

"日晷？是那怪物的能力……时钟失常，在倒退。"

亡湖寄生者下砸的白骨手臂不自然地抬起，庞大的骷髅身躯也同时在倒退，整个 boss 像倒放视频一样原样退回五米之外。

水面的日晷骤然消失，水底突然生长出无数断手，牢牢纠缠在亡湖寄生者的白骨鬼爪之上。

那些断手的指尖迅速生长出细长的血色触丝，深深插进白骨内髓之中，贪婪地吸食它的生命力。

多手怪物尖锐的啸鸣响彻天际，这状似笑声的刺耳噪声有些熟悉，在古县医院，郁岸初见面试官时，他这样笑着贯穿羊头人坚韧的胸腔，将那庞然大物钉在了地上，血花四溅，染红了他清浅的发丝。

第 051 章
战神旗帜

致命的血色触丝缠绕在亡湖寄生者的白骨手臂上，疯狂地吸食它的生命力，多手怪物悄然沉没在水中，从水上难以寻觅踪迹，甚至无法分辨那些分散在水面各处的断手是由多手怪物解体而来，还是独属于那怪物的召唤物。

多手怪物仿佛一位捍守领地的国王，用几近疯狂的手段吞噬一切侵入边境的敌人。

亡湖寄生者的普通攻击方式就是砸地击，抬起白骨手臂用力拍击目标，最初会一只手一只手地拍，随着血量下降，它的八只蜘蛛腿似的长手交替下砸，给玩家喘息的机会很少。

先前与亡湖寄生者交手无数次，郁岸早已找到了应对其第一阶段的躲避方式，即贴着它其中一只手移动，这样其他的手臂就砸不到自己。

在游戏中，只能利用熟练准确的微操控制人物在地面挪动，实地面对这庞然大物时，躲避反而变得简单了一些，因为双重幻室的作用，郁岸的动作不再受人物预设动作的限制，纪年的提议大大拓展了他的操作空间。

又一条白骨手臂重重砸在水面上，小渔船在惊涛骇浪之中被无情拍碎，郁岸看准机会蓄力一跃，抱在了其中一条粗壮的白骨臂之上，双腿交叉缠住粗如树干的骨骼，将破甲锥用力扎在白骨外壳上，用以固定身体。

亡湖寄生者前后爬行，却无论如何甩不掉附骨之疽，况且大敌当

前,它根本没把郁岸放在眼里,对面体量相当的多手怪物拉走了它的仇恨。

尽管亡湖寄生者是被制作组故意强化过的 boss,血量极高,没想到只与多手怪物交手一个回合,就被吸食下去五分之一的血量,如果多手怪物能保持同样的攻击强度,只需命中亡湖寄生者五次,就能将其秒杀。

多手怪物对敌时的强悍远远超出郁岸的预期,与趴在船沿等着"搓澡"和手托爱心软糖开心摇晃时的温顺截然不同,郁岸过于低估了那怪物的能力,因为从没见过畸化种畸体,没想到强得这么离谱。

令时钟失常,指针逆转,多手怪物竟然能操控一个生物的行动原样倒退。

早知道就不说要当它的主人那种话了,人类想帮助畸体成功蝶变,成为畸体的掌控者,唯一的途径就是在化茧期杀死它。在茧壳内,面对狂暴状态的畸化种畸体,那岂不是一秒钟就会被那几百只手给扯烂吗?

郁岸除了思考如何打败亡湖寄生者,同时开始思考如何打败这头多手怪物。

应该也有应对的方法,只要预判它的预判,先做一个攻击的假动作勾引一下,然后在身体退回原地的那一刻直接劈刺它的要害。

按这个思路继续寻找击杀它的办法,成功的概率很大。郁岸心里稍微有了些底,不就是一个畸化种畸体吗,只要自己潜心研究上一年半载,怎么可能输给它。

亡湖寄生者的仇恨一直寄托在多手怪物身上,给了郁岸充足的时间输出。

纯黑兜帽仍旧穿在郁岸身上,赋予他敏捷的跳跃能力,郁岸松开手,从巨型骷髅的肋骨间踏了一下借力,向上跳到它拱起的背部,最前端的一截脊骨闪烁着微弱红光。

郁岸双腿攀住肋骨，两手共同反握破甲锥，抬起上半身，用半个身躯的力量狠狠将十字尖刀插进了红光闪烁处。

脊骨爆裂开来，裂纹沿着骨骼表面断开，连接在这一截脊骨上的一对白骨手臂跟着一起脱落，像触礁的沉船没入水底，逐渐被湖面掩盖。

亡湖寄生者失去了两条最前端的手臂，只剩下六条骷髅手臂在空中痛苦挥舞，血量迅速减少了三分之一。骷髅躯干骤然在水面上停滞，仰天痛吼，震耳欲聋的吼叫使湖水翻腾，气泡上涌！

郁岸被剧烈的摇晃甩下boss脊背，他在亡湖寄生者肋骨之间灵活跳跃，故技重施抱住了它一条白骨长臂，用破甲锥固定身体，以免被摔入水中。

气泡上涌下，水面突然破开浪花，多手怪物从水底被逼了出来，被气泡冲上十几米高空，再重重砸落在水面上，大手球竟然被砸散了，从球状被摊开，繁多的手臂如蚯蚓在水面扭动溜走，再迅速从远处聚集成球，在浪尖上滚来滚去。

这是亡湖寄生者的招数"无地遁形"，制作组为了避免玩家潜入水底趁机喝恢复药剂回血，特意给亡湖寄生者增加了能把藏于水中的物体砸出水面的技能。

既然使出了无地遁形，就意味着亡湖寄生者进入了二阶段，改变了最初无脑砸地的攻击方式。

郁岸低头看向水底，那些升起的气泡源头在淤泥之下，淤泥被气泡掀开，水底纵横交错的木棺便露出了真容，棺盖被挪开一角，那些泡涨的、腐烂的僵白陈尸攀住木棺边缘，受到亡湖寄生者的召唤，纷纷从沉睡中苏醒，每个尸体都带着痛苦的怨念。

"二阶段开始召唤水鬼了。"

多手怪物散布在湖水中的断手被水鬼争相啃食，它无法再用血色触丝去吞噬对方的生命力，甚至在不断涌现的水鬼阻拦下，它根本无法靠近被守在中央的亡湖寄生者。

郁岸抱在亡湖寄生者手臂上，以半空俯视的视角端详整个战局。

因为失落小镇场景推荐组队进入游玩，所以亡湖寄生者的二阶段需要小队队员分工合作，擅长贴脸近战的队员负责抵挡蜂拥而来的水鬼，而使用远程武器譬如弓箭、飞镖的队员趁机远程输出，在全队都是高手的前提下，勉强能撑过这个阶段。

看到多手怪物被牵制，郁岸揪心已方存亡的同时，反而放心了一些。

多手怪物的时钟失常能力似乎只能作用在一个目标身上，面对数以百计的水鬼，它有些捉襟见肘。

"这么看来对付它也不难，只要我花时间去找一个召唤类的畸核，能召唤出两个以上的物体帮忙杀它，就胜券在握了。"

这一阶段应该只能靠郁岸自己，顶住 boss 的疯狂摇晃，再次爬到脊骨处击碎亡湖寄生者的要害。

然而，事情并没有完全按照郁岸计划中的走向进行。

多手怪物慢慢沉入水中，在下沉的过程中，它的手臂从指尖开始漫上一层岩浆般的纹路，不同于羞红的颜色，它的愤怒透过皮肤蔓延到了表面上。

在多手怪物看来，入侵的不速之客并未被自己的威吓驱逐，甚至变本加厉，成心让自己在新宝物前丢脸。

怪物表面的温度上升，周遭的冰湖都跟着一同沸腾乃至汽化，白雾慢慢笼罩湖面，以它为中心，一轮金光圆环再次从水面浮现。

令人诧异的是，这一次光环中的图案不再是日晷的晷针和花纹华丽的晷面，变幻成了一个放射状的赌博轮盘，被放射直线分割成等量六份，六个扇形区域明暗相间，有五个区域都是亮的，一个区域是暗的，指针在中心迅速旋转。

郁岸瞪大眼睛："轮盘赌？"

指针转过数圈之后，停在了一个明亮的扇形区域中。多手怪物尖锐得意的笑声在水面上飘荡，湖水陡然卷起漩涡，瞬息之间形成一股高压尖刺，从亡湖寄生者身躯正下方立即刺出。

高压水刺根本不容躲避，无论是速度还是力道都与抵在太阳穴上的左轮手枪一样致命。水刺尖端直接捅穿了骷髅肋骨，正中亡湖寄生者第二个脊骨要害，脊骨爆炸成碎片，又一对白骨手臂脱落，悲壮沉没进湖底淤泥之中。

Boss 血量锐减，只剩三分之一。

六分之五的概率打中对方，六分之一的概率打中自己，多手怪物展露出的第二个能力"轮盘赌"大概是它的必杀技，亡湖寄生者能扛住这一击，是因为它是制作组故意加强过的关底 boss，而不是现实中肉体凡胎的人类。

看似轮盘赌与时钟失常两个能力并无联系，郁岸从能力作用上寻找共同点无果，忽然灵光乍现——形状。

无论是日晷还是轮盘，外在都是标准的圆形。

如果回溯时间不是它能力的主体，而圆形才是，那意味着圆形的东西都能为它所用……多手怪物的恐怖程度简直颠覆了郁岸对畸化种的认知。

郁岸罕见地骂了句脏话，对自己的处境担忧加倍，甚至短暂地忘记了自己的立场，对亡湖寄生者大声训道："喂！你要被秒了！"

说完才想起自己应该站哪一边。

亡湖寄生者召唤水鬼是一个范围性杀伤的能力，配合再默契的高手小队也会在这个阶段被打得七零八落。可如此强大的二阶段居然还没正式开始它就被打废了！

郁岸深呼吸了几次才重新捡回了理智，努力平静下来安慰自己，这个能力也不是完全无懈可击，运气够好的话，万一多手怪物转到六分之一击杀自己的格子上呢，岂不是事半功倍了吗？

亡湖寄生者的血量触及最后三分之一的界线，终于进入狂暴的三阶段。郁岸反复打了近百次，每一次都死在三阶段上。

只剩四条骷髅手臂的亡湖寄生者发出悠长哀鸣，钻入背上的木棺之中，棺盖合拢，黄昏被阴霾遮蔽，发动技能"隐天蔽日"。

在三阶段，周围会阶段性变暗，每次持续一秒，在这一秒内，亡

湖寄生者会破开棺盖跳出来，趁着玩家失去视野发起突袭，正确的打法是听声辨位，预判亡湖寄生者的落点，在视野亮起来时抓住机会输出。

理论虽是如此，但实现起来需要高超的操作技术和敏捷的反应速度，以及无数遍的练习。

视野一黑，郁岸就知道，完了。

亡湖寄生者完了。

多手怪物畏惧阳光，也就是说，亡湖寄生者一直在与被大幅削弱过的多手怪物对战。

在黑暗中，多手怪物的行动丝毫不受影响，被阳光照射灼伤的皮肤缓慢修复，整个手团逐渐焕发了生机。

多手怪物周身缓慢形成一个金色圆环，中心的光点迅速游走，在光点的行走下，一个中心对称的繁复图案慢慢成形，无数鬼手交缠而成的太阳图腾，在黑暗中闪烁诡异冷光。

这图腾，郁岸在日御镇见过，悬挂在广场上空的战旗、神婆起舞时脚下的皮质鼓面，都用古朴的笔触描绘着同样的图案。

古老传说中军队出征时敲响战鼓，大获全胜时士兵斗志昂扬高举战鼓，这就是战神旗帜。

亡湖寄生者藏进了木棺中，郁岸无处落脚从空中坠落，此时太阳图腾的最后一笔绘成，图腾从水面浮起，平移到了郁岸脚下。

郁岸靠纯黑兜帽给予的跳跃能力稳稳站住，并未坠入水中，而是踩在了太阳图腾的中心，绑带中靴踩在花纹上，发出身穿银色盔甲的骑士的走路声。

"不是吧，还有加强友方的能力……"他试着在水面上奔跑，太阳图腾便跟着自己移动，一种流动的力量从脚下被吸入身体，精神不知被什么鼓舞，狂热的、必胜的信念从心底油然而生。

郁岸纵身一跃，面对耳中听到的亡湖寄生者接近的方向冲了上去。

轮回的黑暗降临，闪烁的亮光晃痛双眼，使人躁动不安。

轰！

破甲锥贯入骷髅最后一截脊骨中央，声音如骑士之剑清脆尖锐，气势如虹。一刀击碎了最后一截厚重的脊骨，亡湖寄生者仰天哀吼，凄厉的啸鸣在水面上震起涟漪。

最后三分之一血量清零。

悬浮在湖面之下的水鬼接连破碎成黑影，无声地沉淀进湖底的淤泥中，骷髅骨架衔接点爆开，那庞大细长的肋骨和手臂如房屋坍塌，终究葬身亡湖之中。

郁岸全身而退，灵巧落地，站在倒扣在水面上的小船上，眺望亡湖寄生者被湖水吞噬，只留下它视若珍宝背在背上的木棺，在湖面漂荡。

木棺里一些光点在闪烁——打败了最难 boss，应该会掉落丰厚的奖励吧。

天空恢复黄昏的颜色，多手怪物浮在水面上游回来，温驯地挨到郁岸近处，贴贴他的脸颊，展示自己的强大，炫耀自己的战绩，手舞手蹈地试图跳一支浮夸的舞来吸引郁岸的注意。

郁岸在倒扣的船底坐下来，一手托着腮，另一只手摸了摸努力求表扬的大圆球。

对于亡湖寄生者，郁岸正常评估，虽然难打，但只要自己集中精力死磕它一个月，基本上也就能靠肌肉记忆打过了。

但对于多手怪物，而且化茧期还要面对它的狂暴状态，郁岸的评价是，这辈子都不可能打过的。

它能被当成战神和水中太阳供奉这么多年，平心而论，名副其实。

"其实你在这儿生活也不错……"要不然别去找我了，郁岸心里说。

大手球失望地趴在船底，难过瘪了。

第 052 章

击杀奖励

多手怪物漏气似的慢慢摊成一张饼,咕噜声震得船板颤抖。

亡湖寄生者断裂的肋骨仿佛侏罗纪恐龙化石冒出水面。

郁岸踮起脚,踩着多手怪物伸展开的手臂间的空隙一跳,灵活地连踏几次白骨,跃到漂浮在水面上的木棺盖上。

在亡湖寄生者遗留的木棺里,堆放着丰厚的击杀奖励。

几十摞金光灿灿的游戏币夸张地堆积在棺底,自动存入角色账号中,足足三万块。在游戏里,金币也算重要资源,可以用来购买物品,蹲在湖边击杀一只食人蝌蚪只能拿到二十五枚金币。

除了钱之外,还掉落了一枚银色的精进徽章,给角色加以全方面的提升。精进徽章是全场景通用的稀有装备,想找到这种东西需要一些运气。

最后一件东西让郁岸充满期待,还从没人击杀过亡湖寄生者,自然也就没人知道击杀奖励是什么了。

它不像其他奖励一样堆积在棺底,而是悬浮在半空中。

那是一张黑色的半脸面具,材质近似绝对黑体,打眼望去看不出一丝杂色,它像由纯黑色的水制成似的,表面隐约在流淌,时而向下滴落水滴形状的阴影。

名称:亡湖面具。

戴上它,与黑暗合二为一吧。

简介：游走在死亡边境的暴躁白骨，从流淌的恶意中滋生，以为自己依然活着，守护着湖中枉死灵魂的宁静，像一个悲情角色在无尽黑暗里潜行。

效果：完美隐身在一切阴影中。

"顶级装备。"郁岸眼神发亮。

承载亡湖寄生者三阶段技能"隐天蔽日"设定的道具，亡湖寄生者可以趁黑暗降临时迅速靠近敌人发起突袭，这副面具则能让人躲藏在阴影中，可以在赶路时不惊动敌人直接溜走，也可以乘人不备蹿出去给对方致命一击。

郁岸头脑里浮现一个大胆的想法。

既然在游戏中能利用画中取物核将现实里的装备拿进来，那么有没有可能，把游戏里的道具拿到现实中呢？

如果在现实中能拥有亡湖面具，岂不是爽翻了。

但这面具形状不太规则，想要丝毫不差地描绘出来，可能要练习很长时间，还不如直接找一位擅长精微素描的画师。

面试官人脉广，肯定能找到的吧。

花在整理通关奖励上的时间太久，郁岸差点儿把多手怪物忘到脑后。

多手怪物浮在水中游到近处，攀住木棺边缘，一寸一寸爬了进来，坐在遮光阴凉的木棺里，恢复了一点儿精神，贴在郁岸近处咕噜咕噜响。

"唉。"郁岸看了看它，跳进木棺里，坐在柔软的绸垫上，拍拍大手球，"你好强。让我看不到一点儿机会。如果你真去红狸市找我，化茧期一到，我多半会在茧里被你杀掉。"

多手怪物坐在木棺另一端，低落地抱着手，攒成一个球，倾听郁岸说话。

"无所谓了，我什么都没有，还怕失去什么。"

现实里和郁岸有些牵绊的人只有昭然，但这个人也有很多秘密。

郁岸逐渐接受他只不过是个能力强大的上司，仗着阅历丰富拿捏自己而已。郁岸玩得起，所以不在乎。

那么面试官和多手怪物比起来，谁更厉害一点？

郁岸推测多手怪物更强，因为面试官左手最多能嵌一枚核，而从多手怪物展现出的能力来看，它体内肯定不止一枚核。

就算是昭然也无法轻易杀死它，很可能铤而走险只从它身上夺走了一枚畸核。

"算了，你来吧，什么结果我都接受。"

郁岸站起身，跳上木棺盖，背对多手怪物站了一会儿，踩着突出水面的高耸白骨，向失落小镇的出口跑去。

多手怪物从木棺里冒出一点头，几只手搭在边沿，望着那黑色的小人儿渐行渐远，咕噜声渐止，迟钝地揣摩着他的意思。

陷在双重幻室的交叉点中太久，郁岸完全失去了时间概念，直觉自己如果再不断开意识连接去休息就麻烦了。

击败亡湖寄生者之后，亡湖尽头开启了一扇门，郁岸闪身进去，在一阵炫目的白光闪过后，进入了一间安全屋。

类似双向开门的电梯，两扇门左右相对。来时左手边的门缓缓关闭，郁岸回眸看见多手怪物正朝自己游过来，阳光将它的皮肤晒成了枯白的颜色，然而门缝在此时合拢，将它拒之门外。

眼前显示"失落小镇进度完成，已存档"。

郁岸沉默良久，似乎被怅然若失的情绪触动，自己离开过很多地方，他一向将分别当成稀松平常的琐事，因为没有人如今日般挽留过他。

存档完成的提示弹出后，郁岸向外发出了断开连接的信号，大脑高速运转太久也会导致状态失衡，每地毯式排查完一个场景就退出休息一小时，这是进入之前商量好的流程。

奇怪。

怎么断不开？

马戏团幻室外，昭然坐在公共厕所废弃的洗手池下，耐着性子听大哥的教训。

"是，我知道，这是最后一次，我只试这最后一次。"昭然懒散点头。

"你的伤怎么样了？"

"好了好了，咸吃萝卜淡操心。"

"我真不想说你。"蛤白转过身，恨铁不成钢地连连叹气，"老大不小了，天天抱着不切实际的幻想，整个家族但凡脑子没毛病的，谁会想到跟一个人类小孩契定？"

昭然扬起唇角，粘连的狭长口裂延伸到脸颊，龇着一排尖牙做了个鬼脸，没想到大哥后脑勺儿忽然睁开一只眼睛，从针织帽底下恶狠狠瞄着他："你看看，你看看，能不能有点已成年的样子？你在他面前也这德行？"

昭然立刻合拢嘴唇："那不会，我做过功课，原生家庭不和的小孩大多喜欢成熟年长的人。"

蛤白气得肚子抽筋。

"之前说的关于郁岸左眼嵌核槽能换核的事，外面没有走漏消息吧？"昭然问。

"哼，我办事还有什么可问的。只要你们公司内部不出岔子，这个秘密就不可能公开。"

"有个叫黄奇的主播也知道这件事，他看见郁岸把眼睛抠下来了。"

"我知道，已经叫他发过誓了，敢说出去半个字当场毙命。"

这时，昭然领口的通信器亮起红灯，快速闪烁示意事态紧急。

昭然神情忽然严肃，示意蛤白尽快离开，打开通信器的同时朝外快步走去。

他用最快的速度返回马戏团幻室内，此时几位实习生调查员和纪年躺在连接平台上，看样子已经接入了场景内部。

"什么事？"昭然急声问。

掌控电脑的雍郑脸色铁青，将显示器转向昭然，画面中是市中心步行街的宣传大屏，屏幕上同步播放的正是《灰鸦：玩具屋》的游戏实况。

"我已经入侵锁定了宣传屏，暂时不用担心那个，但有人恶意散播游戏副本，各大平台的游戏主播不约而同开始直播《灰鸦：玩具屋》，观众数量激增。"

J·S兄弟以狂热和恐惧情绪为食，只要有观众存在就会实力飞涨，有人想借此机会将地下铁新一代实习生一网打尽，一旦得手，这些能力超群的年轻人轻则大脑受损，落下终身残疾，重则再也醒不过来，成为植物人，意识则被困在虚拟和现实的夹缝之中，生不如死。

病毒畸体J·S兄弟是对手公司漂移飞车雇用来的。看来这次行动他们早有预谋，买通各大主播进行全平台直播，从一开始的目的就是要这些年轻人的命，不见血，还能轻易逃脱法律制裁，以此来要挟地下铁妥协，将红狸市南区管护权让出来，否则一次性损失近十名实习生，光赔钱安抚家属就够地下铁喝一壶了，遑论后续产生的恶劣影响造成信誉打折。

对方老板手段精明。漂移飞车的大老板姓熊名喆，是个身高一米九八的魁梧硬汉，脾气暴躁多疑，毫不拖泥带水正面杀过来才像他的作风，像这种滴水不漏的阴招只能是老板娘齐静姝的手笔。

夫妻二人白手起家，将最初的小车队发展壮大，如今胃口越来越大，勃勃野心路人皆知。

情况紧急，昭然先通知了大小姐。

大小姐听罢，对一旁冷冷道："匿兰你们两个去马戏团幻室支援其他实习生，通知段柯、原小莹带人跟我走。"

隔着电话都能听到大小姐强忍怒意的呼吸声。

"让我连接进去,凭他们几个没跟畸体交过手的楞头青,根本应对不来。"昭然一边与大小姐通着话,一边匆忙坐到连接平台上,将意识连接的仪器贴近头部。

在雍郑准备连接时,外面忽然嘈杂起来。

昭然皱眉向帐篷外张望,收回目光时习惯性看一眼郁岸,此时郁岸依旧平躺在连接台上,胸腔上方却出现了一个古怪的东西。

一只用长条气球扭成的粉红色小狗,凭空落在了郁岸身上。

丰富的经验使昭然具备预知危险的直觉,他不顾一切扑了过去,将沉睡的郁岸抱在臂弯脱离原地,与此同时气球小狗鼓胀变形,瞬间爆炸,粉红色的黏浆在平台上流淌,被黏浆沾染到的金属腐蚀熔化,冒起滚烫的黑烟。

雍郑按下报警器,守卫在马戏团帐篷外的巡逻组队员冲了进来,两人一组守在每个失去意识的实习生身边,警惕搜寻四周的可疑之处。

"组长,有人发现一个燕尾服男子接近,我们不能判断他的位置。"

其他实习生都还安然躺着,偏偏是郁岸……昭然盯着那团腐蚀黏浆短暂过了下脑子,公司出了内鬼,郁岸能换核的事被漂移飞车知道了。

皮鞋踏地的声响有节奏地从帐篷外响起,巡逻组队员纷纷拿出武器准备迎战。

那脚步声还在帐篷外,可屋内突然发出一声惨叫,人们纷纷朝叫声方向看去,一只长条气球拧成的长颈鹿在一位巡逻组队员头顶爆炸,橘色黏浆泼洒在头顶,那人当场哀号着被融化成一摊血污。

帐篷门口无声无息地出现了一个长条气球扭成的人,气球爆炸,五彩缤纷的黏浆四溅,将任何被覆盖的物什迅速腐蚀融化,昭然掩住郁岸的脸躲避,再抬头时,一位穿燕尾服戴高礼帽的魔术师取代了长条气球的位置。

"别过来,保护好实习生。"昭然向试图上前阻拦的巡逻组队员训道。

漂移飞车花大价钱雇用了几位能力过人的杀手,看来魔术师就是其中之一。这个人是业界公认的没有感情的杀手,只认钱,不认人,谁出的价格高就向谁出卖灵魂。

是冲郁岸一个人来的。

他的攻击方式溅射范围太大,昭然打横抱起仍在昏迷的郁岸,地面伸出两截断手替他掀开帐篷一角,他一矮身便钻了出去。

"昭然的人。得加钱。"魔术师眯起眼睛,用披风卷住身体,重新化作人形长条气球追着飘离了帐篷。

第 053 章
內鬼

　　黄昏夕阳下，昭然抱着郁岸在荒芜树林中闪现，不算炽烈的阳光洒在他褪至雪白的发丝上，他微微喘气，不得不放慢速度。

　　鸽子的叫声从身后接近，几只气球扭成的白鸽扑扇翅膀追来，在昭然面前轰地爆裂，白色腐蚀黏浆跟着一起炸开，昭然脚下滑铲急停，卷起地面干燥的土烟，掩住怀里人的脸，皮质手套被溅射的黏液烧出了几个小洞。

　　魔术师不紧不慢地追，优雅地扭着手中的长条气球，被他扭出的小动物栩栩如生，一往无前地奔向昭然，在他前进的路线上爆炸，不断驱逐昭然向计划好的方向逃走，并阻止他进入任何阴暗的区域。

　　昭然被逼进了红狸市郊区的公共墓园，终于在跨河拱桥一端停下脚步。

　　迈进门口他便感知到脚下升起一股阴森寒冷的气息，气氛与墓园应有的静谧安宁截然不同。

　　一位戴眼镜的高个男人缓缓走上拱桥最高处，脸上带着胸有成竹的得意，居高临下俯视昭然。

　　"嗯？方先生。"昭然仰起脸望他，讶异微笑道，"听说您晌午是手脚并用爬出酒店的，看来我们大小姐还是下手太轻，不过一个下午，您就又能上街溜达了。"

　　瘦高男人正是与大小姐洽谈交易的药剂师方先生，是漂移飞车的

核心成员之一，颇受熊老板器重。

"熊总大度，不与孔小姐多计较。"方先生握拳在唇边轻咳，中午洽谈不成，险些被一位弱女子带人连锅端了的糗事的确有点让他挂不住脸。

他不再多费口舌，忽然展开手臂，向周围撒出一片绿色的胶囊，胶囊落地破裂，里面荧光绿色的药粉迅速被土壤吸收。

那些不明胶囊起效极快，土壤干旱开裂，一只青紫的手突然捅破地面，长满尸斑的手指扒住地面，有东西从松垮的土壤中低吼着向上爬，几秒钟过去，一张破碎腐烂的僵尸的脸从土里倏地露了出来。

十几只"死而复生"的僵尸怪物从龟裂的地表之下爬出，这些闯出地狱的囚犯纷纷朝昭然聚拢过去。

昭然把昏迷的郁岸向上抬了抬，腾出左手抽出腿上刀套中的匕首，冷静扫过四周，自己已被堵断退路，湍急河水从桥下淌过，无处可逃。

墓园里埋的应该都是骨灰盒，怎么会有尸体？根据这些尸体的腐烂程度判断，至少已经在土里埋了一周。魔术师将昭然逼进他们提前设好的陷阱，来个瓮中捉鳖。

可《灰鸦：玩具屋》的委托在执行过程中完全保密，为了保障实习生们的安全，甚至不允许灰鸦公司的技术员工参与任务，连接地点更是临时决定设置在马戏团幻室中，漂移飞车是怎么知道的？

"距离日落还有一个小时，带着一个人，你能跑到哪儿去？"魔术师慢悠悠道，"不如来谈谈条件，要怎么样才肯把那男孩交给我？"

昭然平静地沐浴在日光下，整个人都褪成了苍白色。

魔术师向他走近，笑道："你在地下铁这些年，出手的次数越来越少，就算任务紧急，也总是藏在下属后面，难得见你独自现身。我一直有一个疑惑，到底是你职位高了，所以人变懒了，还是什么旧伤发作，实力下降了？"

昭然表情上看不出破绽，只有紧贴他胸口的郁岸能听到他陡然加快的心跳声。

原来漂移飞车突然敢明目张胆对地下铁挑衅,是多了这一层考量。

看来公司不但出了内鬼,这个人还能了解到核心成员的情况。他忽然想起这些天机械后勤组组长的反常,转正会当日借故离开被自己拦下,当时并没探查出端倪,可联想到这一周以来技术组与机械组共同参与《灰鸦:玩具屋》的连接设备调试,机械组组长李星却几次都没在岗位上。

内鬼居然出在高层领导内部,公司上下都将陷入不可预测的危险之中。

"真被我猜中了?"魔术师冷笑,他已经到进攻距离之内,突然脚下用力高高跃起,朝昭然俯冲,一张红桃 A 在指间闪现,纤薄的纸张在他手中仿佛被打磨过的金属一般锋利,扑克牌尖端朝郁岸的头颅迫近。

今天若是走运,说不定能一起撬出昭然身上的畸核,摆在家里当作艺术品把玩,该是多么美妙的感觉啊。

魔术师敢于挑战昭然,是出于对自己实力的自信。身为载体人类,他手腕处镶嵌着一枚三级银色畸核,而这枚畸核源自他的老师——享誉世界的魔术师查理·汉纳。

当一位将职业做到登峰造极之处的人类受到畸化辐射感染时,体内所产生的畸核有很大概率是职业核。

查理·汉纳的遗嘱中注明,将职业核-魔术师赠予自己最优秀的学生,镶嵌在他引以为傲的右手腕上。

职业核是仅次于畸化种畸核的一类稀有畸核,能力要比同等级其他畸核强得多。可被老人家认可的学生却养成了暗地里杀人的癖好,舞台之下兼职杀手,游刃有余。

昭然怀里抱着人,施展不开拳脚,但也不肯把郁岸暂时放下,恐怕离了自己的保护,会被魔术师的毒液气球袭击。

可他却表现得从容不迫，甚至一步未退："你从哪儿听来的小道消息啊？我以为你在许愿呢。"

扑克牌带着一道银色弧光下落，眼看已经接近郁岸额头十厘米处，突然被架住，魔术师手腕被一股强大力量握住，登时一愣。

昭然右手钳住魔术师，左手握匕首向前横扫，毫不留情划破魔术师颈侧动脉，大股鲜血向外喷涌，可与此同时，昏迷的郁岸依旧稳稳当当待在怀里。

魔术师紧紧压住颈侧爆开的血管，脸色煞白："呃，四只手……"

"啊。"匕首被昭然抛到半空打了个转，两条多余的手臂接过郁岸，从昭然身上脱落，优雅悬空退到一边，昭然挑眉笑道，"就算一手拿刀一手杀你，我还是有手接他。"

话音未落，昭然身影已然冲至魔术师面前，刀尖朝下掼入，身下人却忽然变幻成黑色人形气球，刀来不及刹住，扎破了气球，爆出黑色浆液，腐蚀周遭的墓碑。

魔术师在他背后闪现，五指之间翻出三张纸牌，用腕力向下甩劈，昭然翻身一滚，那三张致命的纸牌便钉入地面寸深。

魔术师乘胜追击，杀到昭然近处。

昭然突然发出一阵极其刺耳的尖啸，唇角裂开，口裂上下粘连，一直延伸到脸颊，密集的尖牙微微张开，浅淡瞳仁连眼白一起烧成一团血红。

野兽般的尖叫带着一股沉重的威迫气势迎面阻止魔术师的接近。

方先生见势不妙，指挥墓园中被药物催化的僵尸畸体一起上。

昭然苍白的脸颊和脖颈爬上岩浆似的涌动的血红纹路，脚下忽然浮现一轮金色圆环，金色光点在脚下蜿蜒爬行，画出一轮中心对称的太阳花纹。

战神旗帜在地面上飘动，十几轮金色圆环从中央飞出，圈在蜂拥而至的僵尸畸体脚下，在每一个光环之中，都出现了一道身穿铁甲手握重剑的骑士虚影，僵尸们嘶吼着撕咬对手，却根本无法触碰到那些骑士的虚影，被重剑当头一劈，连体内刚刚催化生成的畸核一同砍得粉碎。

"昭然的战神旗帜……他来真的……那实习生是他什么人？"魔术师咬紧牙关忍耐失血过多带来的晕眩，此时脚下也飞来了同样的金色圆环，他一抖披风，身体变幻成黑色的人形气球飘走，在空中躲过了骑士的重剑。

最后一轮圆环追着方先生跑，方先生慌忙爬上墓园的松树，金色圆环便套在了树根处，手持战斧的银甲骑士没有思想心智，只知道攻击被金环套中的目标，于是举起战斧一下一下地砍树。

"哎哟，哎哟。"方先生双手双脚抱住剧烈晃动的树干，哀声低骂，"畜生，敢报假消息捉弄我们。"

渐暗天色的掩饰下，没人注意到昭然在剧烈喘气，他向河边退了一步，暗涌的河水中，一团巨大的阴影正从远处游近。

昭然捂住郁岸的口鼻，向水中一跃，俯冲向那团游来的黑影："大哥救我。"

贝壳瞬间张开，将两人收入巨大的空腔之内重新闭合，同时遮住了斜照在昭然身上的日光，昭然雪白的皮肤和长发开始反色，随着黑暗蔓延而逐渐精力充沛。

一串眼球从缝隙中挤出来。眨动的眼球纷纷飞向魔术师，每颗眼球飞向的方位不同，其中一颗眼球与魔术师视线相接。

这是蛤白的能力"死亡凝视"，即在与眼球视线相接时，对方身体会被僵在原地，遭受圆环中银甲骑士的劈砍。

魔术师趁眼球眨动的瞬间扯起斗篷遮住视线逃跑，可那眼球会飞，绕过障碍，在不同角度拼命与他对视。

魔术师被短暂困住，沉默的银甲骑士提剑追至，高举重剑刺下，落处鲜血淋漓。

眼球终于眨动了一下，魔术师迅速扔出了一只气球小狗，气球在

眼球旁炸开，腐蚀黏浆淋到眼球上，眼球滋滋"尖叫"，化为一团黑烟蒸发。

"什么东西……是在埋伏我们吗……上当了。"魔术师浑身被血染红，血淅淅沥沥地将脚下的泥土浸润饱和。

大贝壳在水底漂浮，壳内空气充裕，干燥温暖。

昭然盘膝坐在壳里，把原本放在贝壳中央的骷髅头推到一边，耐心拍拍郁岸的脸，在他耳边轻声催促："郁岸，醒过来。"

成串的葡萄似的眼球挤在四面八方，恶狠狠看着昭然哄孩子，低哑怒吼："带上你的小宠物滚出我家。"

"嘘，不要吵。"昭然抄起滚到角落里的骷髅头，拎起那串黏糊眼球塞到里面。

眼球堆翻了几十个白眼，两颗眼球从骷髅的眼眶中挤出来，瞪着昭然。大哥俨然一位高血压的愤怒家长，眼睁睁看着自家熊孩子从垃圾堆捡回来只掉毛流浪猫，放到整洁的卧室床上并且要求搂着它睡，于是努力冷静思考该把哪一个扔出去，还是一起扫地出门。

郁岸的头上仍贴着连接片，在昭然的拍打下半睁开眼，瞳仁空洞，显然意识还被困在《玩具屋》游戏中，无法强行唤醒。

但身体的本能还在，郁岸抓住昭然，力量微小，像攀缘植物的卷须。

"哎……"昭然一声叹息，难得小浑球露出这么柔软任人摆弄的一面，本想好好安抚一下，却碍于大哥在场，只好拍拍他作罢。

"可爱吧。"昭然对着大哥扬扬下巴，轻松地把郁岸举起来，再让他重新靠回肩头，"他特别喜欢这样，立马就不捣乱了，好乖。"

眼球注视着宛如入魔的便宜弟弟，抽搐了两下。

第 054 章
收益最大化

昭然给大小姐去了电话，大小姐那边背景音嘈杂，隐约能听见原组长领着城市巡逻组破门而入的噪声。

"李星的儿子到了脑瘤晚期，四处求医，已经没救了，方士休却故意拿药吊着他儿子的命，让他在我们九位实习生的性命和他儿子之间做个选择。"

机械后勤组组长李星是地下铁的老员工，虽说岗位离得远，不常碰面，可李组长为人宽厚和蔼，多年共事的交情让昭然本心上不愿是他。

药剂师方士休则多年来在漂移飞车老总身边鞍前马后，谁能想到长了一张酸秀才的脸、被打得爬树上叫唤的男人，背后一副老奸巨猾的嘴脸，为对手公司献了不少缺德诡计，日积月累给地下铁造成了不小的冲击。

"李星利用职务之便，在纪年颅骨里植入了传视芯片，所以纪年一接入连接，所有的场景便被实时传送出去，漂移飞车提前买通了许多主播实时直播内部场景，观众的狂热情绪会极大地增强J·S兄弟的实力。"

"你现在就赶回去，强行切断纪年的连接设备，保全其他学生的命。"

"最好不要。"昭然垂下眼皮，"李星还不知道自己已经暴露，漂移飞车在等我们妥协，答应他们提出的条件，现在打草惊蛇只会让实习生们的处境更加危险。"

"你有什么好办法？"

"有。李星的问题，先不要声张。"昭然抬起郁岸的下巴检查他的状态，挂断了电话。

"你有什么办法？"蛤白忍不住问。

昭然弯起眉眼："我的办法是，让郁岸想想办法。"

他的力量深不可测，双手托起郁岸轻松得像举起一个布娃娃，然后抬起头，主动与蛤白分享快乐："给你碰一下。"

蛤白欲言又止，瞧着他的模样心里有些酸楚。

眼球堆里伸出一根细长的神经须，轻触郁岸的脸颊，脆弱柔软的触感加重了蛤白的担忧。

"他左眼能换核的秘密已经暴露，接下来想活下去可就难了。"蛤白把几十道视线从郁岸脸上移开，"现在漂移飞车还只是想抓活的，今天他们也试探出了你的态度，其他畸猎公司也不会放过他的，得不到就毁掉，这才是畸猎公司几位老板的作风。

"他有什么自保手段？他连其他畸猎公司派来的杀手都不一定能扛过去，更别说对付化茧期六亲不认的你了。

"你心里明明很清楚，他杀不了你，永远都不可能做到。如果他被其他畸猎公司雇用的杀手干掉，你怎么办？"

昭然哼笑："就地化茧，然后羽化和他们拼了，六小时的巅峰实力，够我杀他们一百次。"

"啊？"蛤白哑口无言。

看似随口开了个玩笑，可蛤白好像真真切切地看到了那一天，即使那人已经成了一具蛆腐的尸体，昭然还要疯魔地守着不放的样子。直到跟随着尸体一同腐化，在漫长时光中沉入淤积泥沙中，只剩那些浮游的生物知道他存在过。

交谈中，搭在肩头的手指微弱地动了一下，昭然匆忙直起腰背，贴近郁岸翕动的薄唇边，仔细听他的声音。

郁岸意识模糊，用气声嘀咕："一个半小时后，替我换回画中取物……"

一级银核画中取物自动断开连接，从郁岸眼眶中脱落，滚落到脚下的贝壳中，表面还沾着一些细密的血丝。

昭然单手揽着郁岸，捡起地上的银核，眉头微皱，拇指蹭净表面的血迹。

他在里面更换了畸核？

昭然忽然想到什么，把郁岸放了下来。

蛤白的眼球纷纷转向他："干什么？"

"你说得对，他的自保手段不多，我替他把魔术师的核抢过来。"

蛤白伸出神经须阻拦："喂！你少去招人恨了吧！"

"你做的事已经远远超出我们寻找契定者的本能了。"蛤白沉声警告，"你长出人类的脸，就以为自己变成人了吗？到了化茧期，你还是会在他面前露出真面目，就算他走运得了手，你以为以后他再面对你这张脸联想到的会是什么东西？他还敢像现在这样肆无忌惮躺在你旁边吗？"

昭然沉默了几秒，固执地掀起贝壳跳了出去，黑色史莱姆质感的神经须黏在他身上被拉长断开，几颗倒霉的眼球挂在他大腿上被一起拽走了。

冰凉的水珠滴落在郁岸失去知觉的手背上，手指蜷曲，沙粒塞进指甲缝的感觉很难受。

他重重向地面砸了一拳。原以为已经脱离连接，他明明已经看到了昭然的脸，感觉到熟悉的皮手套轻拍着他的背，意识已经快要走出脑海中的那扇大门，却被一股阴森的力量拖了回来。

在昏迷前一刻，他听见一个青稚少年的嗓音在耳边呢喃："别走，来抓我。"

周围漆黑，只能借着窗外幽暗的月光勉强看清水泥地面遍积尘土，四周都是毛毛刺刺的墙面，渍水的墙角已经生长出一层苔藓。

察看一番过后，郁岸确定自己正身处一栋封闭的大楼内，阴冷潮湿的空气中弥漫着轻微的腐臭味。

更换场景后，身上的衣服被刷新成一件兜帽雨衣，纯黑兜帽、破甲锥和核匣扩容一起被刷掉了。

好消息是，在上一关拿到的亡湖面具仍然戴在左半边脸上，时而向下滴落水滴状的阴影。银色精进徽章别在雨衣胸前，三万金币也没有丢失。

这里的建筑与《灰鸦：玩具屋》中第二个场景"都市魔女传说"类似，原本应该是马卡龙色系、像素风的双人对抗关卡，此时的布景看起来反而像一部都市恐怖电影的场景。

种种令人心悸的元素都昭示着，这里最接近整个游戏幻室的核心。

郁岸摸着黑到楼梯口，扶着生锈的栏杆，一步一步试探着向上爬。

没有了纯黑兜帽的掩藏，脚步声在空荡的大楼中清晰可辨。他手里没武器，心里其实有点怵。

忽然，缓慢的脚步声中混入了一些杂音。

郁岸停下脚步，竖起耳朵仔细分辨，好像是绳索摩擦的声音，麻绳打结时相互缠绕、拉紧。

这声音近在咫尺，仿佛就从面前传来似的，可楼梯前方一片漆黑，什么都看不见。

郁岸试着伸出一只脚去前方探路，手顺势抓住楼梯扶手保持身体平衡。

不对。

掌心下搭住的，不是冰冷坚硬的铁锈扶手，而是另一个人的手。

郁岸触电般缩回手，浑身血液顿时逆流，他迅速回转身体，一个人正僵直地站在自己身后。

微弱光线只够照清他的轮廓，他脖颈上套着一根粗麻绳，麻绳绷紧，另一端绑在更高处的楼梯栏杆上。他的颈骨已经完全折断，与其说站着，不如说被吊着，手刚好垂在楼梯扶手上。

刚刚听到的摩擦声，八成就是这个上吊人的脖子与绳子接触发出的声音。

"尸体。"郁岸皱紧的眉头冷漠地舒展开。

两层楼之间配有一个消防柜,郁岸用手肘击碎玻璃,从里面找到了一支手电筒和一把红色的长柄消防斧。

郁岸举起消防斧,砍断尸体颈上的麻绳,截取了两米长的一截,卷起来挂在腰上以备不时之需。

尸体软塌塌瘫在楼梯上,被郁岸扛着斧头一脚踹开。

在地下铁工作这些日子,他已经积累了不少经验,比如提前规划逃跑路线,清除路障,为可能的逃离行动争取时间。

打开手电筒开关,视野终于明亮起来。

毛坯楼还未安装天花板,横七竖八的钢筋上倒垂着无数麻绳,垂落的末端打着环形绳圈,像中世纪的多人绞刑场。

魔女传说场景被篡改得面目全非,看起来J·S兄弟的能力要比之前所见的更强,甚至能将封锁状态的游戏场景做出翻天覆地的改变。

他们是怎么做到的?之前并没展现出如此惊人的能力,最多制造一些怪物和有毒道具来惊吓和伤害玩家罢了。

除非有观众。

J·S兄弟以狂热的情绪为食,观众们的疯狂呐喊就能让他们的能力无限增强。

郁岸用消防斧挑开雨林藤蔓般密集的绞刑绳索,谨慎地向深处迈进。

手电筒光线尽头,一个人被绑住双脚倒吊在绳索末端,双手和嘴都被麻绳勒住,只能发出呜呜的叫声。

光线打在那人脸上,看清他面貌后,郁岸有些惊讶。

"纪年?"

听到声音,纪年才辨认出拿手电筒的人是郁岸,疯狂扭动身体示意他不要过来。

但这时候郁岸已经靠到一个很近的距离,鞋底被硌了一下,低头

发现自己左脚已经踩进了绳套中。

刚刚光注意头顶的异常了,却忽视了脚下的陷阱。

绳索骤然拉紧,猛地勒住了郁岸的脚腕。

但由于亡湖面具的作用,郁岸的身体能完全融入黑暗中,以至于控制陷阱的人无法准确判断他的脚有没有踩进陷阱里,所以拉扯绳索时慢了一步。

郁岸双手挥起消防斧,在被倒吊起来的一瞬间砍断绳索,沉重铁斧在水泥地面砸出一个深坑,伴着一声巨响碎砾迸飞。郁岸甩开双臂又是一斧,斧刃楔在承重柱上,将吊着纪年的绳索断开。

纪年从半空中栽落,摔在郁岸脚边。

郁岸用手电筒晃过他的脸,苍白的脸庞青一块紫一块,口鼻淌着血污,嘴被绳索紧勒着说不出话,双手被反绑到身后,已然奄奄一息。他头侧靠近太阳穴的位置被剃去了一片头发,露出青白的头皮,那里有一个红色的粗针孔,和给宠物注射追踪芯片时留下的伤口差不多。

纪年蠕动着从郁岸脚边挪走,似乎比起将自己殴打重伤的那些人,郁岸才会真要他的命。

这时候,郁岸心里已经对真相有了猜测。

阴暗潮湿的角落中,三个穿斗篷雨衣的人警惕地注视着郁岸。

郁岸抬起手电筒,强光挨个从他们脸上扫过。

还算眼熟,都是同届的实习生,转正会上有过一面之缘。

"郁岸。"他简短地说明了自己的身份。

三位实习生面对郁岸都有些犯怵,毕竟是实力测试拿下第一的实习生,而且听说手段高明,脾气很臭,不好惹。

终于,其中一个小麦色皮肤的青年率先开口:"纪年脑子里有传视芯片,能把这里的场景传出去,雍郑已经告诉我们了。他联合他师父想弄死我们。"

说话的实习生名叫魏池跃,当初在实力测试里没与郁岸交过手,所以也没特别感觉到郁岸的强势之处。

但艾科是被郁岸亲手干趴的，对他又敬畏又忌惮，小声招呼郁岸："郁哥，是郁哥吗？你到这儿来，别离他太近了，危险。"

情况和郁岸猜测的一样，游戏场景被公开，说不定观看人数已经增加到了难以想象的地步，所以在这里，J·S兄弟才拥有改天换地的能力。

郁岸拖着消防斧，一步一步走近纪年。

铁质斧头拖在地上，刺啦摩擦声听得人牙根发酸。

魏池跃还没看明白他想干吗，在他们这些刚步入社会的学生眼中，对待叛徒，狠揍一顿吊起来已经是能想到的最严厉的惩罚了。

但纪年隐约预感到郁岸的心理，他的思维方式绝对理性，也绝对冷血，如果杀了自己能让他的任务更顺利，那他下手时眼都不会眨，更不会产生一丝心理负担。

消防斧高高扬起，重重落下，纪年恐惧得用力闭紧眼睛，浑身僵硬，动弹不得。

一声巨响，几个实习生跟着浑身一震，大叫了一声。

过了好几秒，纪年才敢睁开眼睛，勒住口舌的绳索被斩断，斧刃距离脸颊只余毫米。

郁岸手心搭在斧柄上，垂眼看着他："起来。"

亡湖面具遮挡下，一枚三级紫核取代画中取物核镶嵌在郁岸左眼眶中。

他在核匣扩容被刷新消失的前一刻换上了功能核－防沉迷系统，来赌这一局是双人对抗副本。

面试官说过，J·S兄弟提升能力的方式在于，随着吸食的狂热情绪的累积，来逐步提高体内畸核的等级。

既然只要在对峙中撑过一小时，对方就会暴毙，那岂不是对方的畸核等级越高，自己的收益越大吗？

第 055 章
没有领队的行动

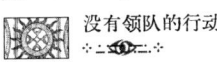

"你是不是有病啊……"魏池跃看不下去想冲上来连郁岸一起揍,"显得你善良是吧?"刚看他抡起消防斧那一下还以为是个杀伐果断的冷血大哥呢,没想到虚晃一枪,是个活菩萨下凡。

"别上去啊,他是昭组长的实习生,等会儿昭先生进来还不拿你开刀吗?"艾科拼命拦着比自己高出一头的莽撞青年,之前实力测试时已经被郁岸教过做人了,他长记性,不可能再不长眼地把郁岸惹毛了,但又看得出魏池跃好面子,直说郁岸太厉害,说不定会让这二傻子冲得更猛。

善良?郁岸暗自哑摸这个陌生的评价,让面试官听到肯定很高兴。

"哼。"魏池跃轻蔑地从鼻子里出了一股气。其实他心里也有点犯怵,听说郁岸以破纪录的高分拿下实力测试第一,总归有点手段的吧,只不过对方是个技术员,而自己是快速反应组的实习生,受段组长潜移默化的影响,固执地认为技术员靠小聪明取胜,根本不值得称赞,在实力测试结束后,就一直为同组兄弟火焰圭抱不平,在他心中,火哥和兰姐才是能领导实习生的最佳人选。

郁岸身上比较能震慑到他的元素,反而是遮住左眼的那张半脸面具。面具形状不规则,材质像流动的黑水,不断向下滴落水滴状的阴影。

实习生们都说没见过郁岸的脸,因为他一直穿着一套纯黑色的外装,戴上兜帽后脸部就会完全隐藏在虚空黑暗中,无论从哪个角度都看不清。

众所周知，平时不露脸的人一向比较危险。

"昭然呢？"郁岸问。

他居然敢直呼自己师父的大名，几个实习生都怔了一下才反应过来昭然是谁。

"昭先生中途断开连接，现在还没回来，我们原地等他吧。"艾科回答。

郁岸不置可否，心里明白等待已经毫无意义。如果外面出了事，面试官大概在支援赶到以前的一段时间内都要守在实习生们现实中的身体边，以免马戏团幻室变成多人墓室。

J·S兄弟不会轻易错过这个时机的。

如果实习生们在游戏幻室中全军覆没会怎样呢？面试官是这次行动的负责人，身败名裂在所难免，公司会不会为了推卸责任把过错全部推到昭然一个人身上，这样一来，牢底坐穿也不是不可能。

面试官去坐牢，郁岸不太喜欢这个结果，因为探视期间好像不准与犯人接触。

趁他们争执，纪年悄悄解开了双手和脚上的麻绳，粗糙绳索勒进了肉里，纤细的胳膊和小腿苍白冰凉，他步履蹒跚地挨近郁岸，弓着身子搓摸皮肤让血液重新流通。

郁岸拎起消防斧，拨开房顶垂下的无数上吊绳圈，向上层的楼梯口走去。纪年跌跌撞撞跟着他，又不敢靠他太近，始终保持着一段微妙的距离。

"你还真要带着他？我看你怎么死。"魏池跃率先追了上去，艾科不敢独自蹲在伸手不见五指的绞刑场里，跟跟跄跄地跟着跑："等、等等我……"

最后一个实习生也没办法，只能硬着头皮向前走。

"喂，能不能听人说话啊你。"魏池跃抬手搭住郁岸肩膀，"他大

脑里有传视芯片，会把我们这里的画面全传出去，J·S兄弟实力突然增强也是拜他所赐吧，对手肯定买通了许多平台直播这些画面。如果J·S兄弟可以全程掌握我们的动向，这场游戏我们还有胜算吗？"

郁岸回过头，鄙夷地凝视他。这个人其实是有智商的，但不多。

"传视芯片的原理不是这样的……"纪年虚弱插嘴。

"你闭嘴，叛徒。"魏池跃凶道。

纪年瘦弱的肩膀颤了一下，小心退远，咬着嘴唇轻声辩解："我不是。"

阶梯尽头仍是无尽的黑暗，唯一的光源是郁岸的手电筒，光束堪堪到达楼梯尽头，尽头平台上隐约有人影晃动，人影的脖颈弯折成九十度的直角，一根从房顶垂挂下来的上吊绳是他唯一的支撑。

所有人的脚步都随之停滞。

"尸体而已，我先走。"魏池跃扫开郁岸，三步并作两步迈上楼梯，从上吊尸体身边的狭缝绕了过去，抬手朝后面的人打手势，"跟上。"

郁岸将手电筒光线远远地打到魏池跃身边，有人主动探路蹚雷，正合他意。

魏池跃体力充沛，爬楼梯的速度很快，率先登上了下一楼层。不过，刚踏上地面就感到一阵阴冷扑面而来，冷意透过雨衣，令他打了个寒战。

这里密密麻麻挤满了人。

那些人垂手站立，颈骨折断，头颅歪成诡异的角度，屋顶垂下数十条麻绳，末端打成绞刑结，挂在尸体脖颈上。

这些上吊的人有男有女，有的衣服落满灰尘，干枯灰白的发丝几乎一碰就碎，有的还柔软地腐烂着，腐肉流淌变形。

尸油和臭水在地上积攒成一摊水洼，从墙角的裂纹向下渗。

魏池跃哪见过这阵仗，一阵恶心，从胸口向上梗到喉头，但面子比天大，差点涌出喉管的午饭被他狠心咽了回去。

"只是些上吊的人而已,游戏布景有什么好怕的。"魏池跃的声音有些发颤,已经不知自己是在向队友解释情况,还是在强装镇定安慰自己了。

"很可怕。"纪年突然出声,惊得魏池跃后退到墙边,回头大骂:"叛徒,你成心捣乱?"

"你快回来。"纪年艰难开口,却被他的骂声堵了回去。

郁岸终于幽幽开口:"你在头上打个洞,把水放出来就好了。"他举起手电筒在林立的尸体之间扫动,"你离那么近,没发现有的尸体脖颈上没套着上吊绳吗?"

"……"魏池跃只感到头脑里嗡的一声炸开,头皮发麻,僵硬地转头端详距离自己最近的一具尸体。

他脖颈折断,脑袋几乎要耷拉到胸前,双手垂在身体两侧,混在周围的尸体之间,乍一看没什么分别,可借着光线仔细分辨,上吊绳只是搭在了他肩头,并未套在他脖颈上。

其他的尸体都是依靠麻绳的支撑才能直立,而这一具,居然自己站立在地上。

魏池跃想跑,可越害怕就越忍不住注视那具自己站立的尸体。

"不要下楼,跟着手电筒光线慢慢离开那儿。"郁岸冷静的嗓音是此时所有人唯一的慰藉。

"好,光线……"魏池跃颤抖着去寻找郁岸的光线,一回头,刚刚那具尸体竟然猛地抬起头,用雾蒙蒙的腐化眼球盯着他。

魏池跃大叫一声,转头就跑,根本顾不上什么光线的方向。那具尸体竟也跟着僵硬地动了起来,挥舞腐化露出白骨的手抓向他。

在沉默的黑暗之中,骨骼扭动的闷响接连从不同方位发出,似乎他们这些不速之客的到来惊醒了这些混在尸体中央的猎手。

不止一具活着的尸体伪装成上吊者的样子站在尸堆里。

郁岸迅速冲上台阶,一把揪住那慌乱的大个子的衣领将人拖在身后,举着手电筒朝左边安全门冲刺,剩下三人见黑暗中人头攒动,惊

恐地狂奔上楼梯，杂沓的脚步声震得楼道轰响，向郁岸离开的方向拼命逃跑。

锈迹斑斑的安全门从内部被锁住，魏池跃用力猛拽，那铁门只不过微微晃动："没有钥匙啊！"

艾科举起从上一层的铁窗上拆下来的铁丝："试试撬开！"

"拿来。"魏池跃一把夺过铁丝，汗湿的双手一直在打战，连将铁丝捅进锁眼都花了好几秒。

"开锁还是技术员强一点。"郁岸站在所有人前面，双臂抡起消防斧，长柄斧头凌空砸在冲过来的断头尸体胸口，当即砸出一个血洞，尸体号叫着飞出几米远，身体糊在墙上。

"我来。"纪年接过铁丝，蹲身贴到锁眼前，感知敏锐的手指轻捻，铁丝触及的每一块凸起都能被他精确捕捉。

魏池跃眼神凶狠地盯着他，双手扳住门把手，在听到锁扣开启的一瞬间猛拉，锈蚀的大门被拉开了一条缝。魏池跃深呼一口气，猛地一拽，将门彻底拽开，将离得最近的两个实习生推进去，然后大手一捞，抓起瘦弱的纪年扔进门里。

"快进来！"魏池跃回头喊郁岸。

击败亡湖寄生者得到的精进徽章大幅强化了郁岸的力量和敏捷性，长柄消防斧在手中挥得呼呼生风，但尸潮涌得更快，迅速蚕食着郁岸身边的空地。

郁岸甩开一具尸体，就地一滚扑进门里，沾满污浊尸油的消防斧脱手甩出了几米外。魏池跃咬紧牙关低吼，将锈住的安全门重新拉紧锁住。

跟着郁岸一起摔进来的还有一具活尸，郁岸来不及去摸消防斧，翻身骑到尸体后颈，从腰间扯下之前收集的麻绳，双手各缠一端，利落地在尸体脖颈上绕了一圈，猛地拉紧。

酥脆的一声骨响，腐化的头颅被他直接勒断，在地上滚了几圈，最终骨碌到魏池跃脚下停住。

无头尸体瘫倒在地，彻底失去了行动力。郁岸将沾上血和尸水的绳索捋成一卷，重新挂回腰间，看得几个实习生毛骨悚然。

他不是学生吗？难道是公司从一些拳场或是黑市招募来的少年杀手？魏池跃终于意识到，郁岸实力测试的成绩里可能没掺水分，更有可能的是，他在考试时放了水，其他人才能活到现在。

"郁……"那个"哥"字魏池跃依旧叫不出口，于是顾左右而言他，"你真要带上那叛徒一起吗？如果我们的行动被他的眼睛监控，就危险了。"

郁岸捡起地上的消防斧，在墙上蹭掉污物，直起脊背面对他们，用绅士扶手杖的姿势双手抵在斧柄末端："首先，纪年脑内传视芯片的原理是，在意识连接传输的过程中截取信号，将内部场景同步传输到外部。

"这种信号只能捕捉场景和人物建模，也就是说，我们此时的经历在外面的人看来，仍然是游戏本身设计的像素风画面，我们的活动显示在他们面前，也是几个像素方块人在横版画面中行走，所以不用担心你的脸和你愚蠢的发言会曝光。

"至于J·S兄弟是否会窥屏观察我们的行动，我只能说，当我们的意识踏入这座游戏幻室时，就已经完全处在J·S兄弟的监视下，因为这是他们的幻室，是他们的地盘。"

"但只要纪年活着，J·S兄弟就会越来越强，昭先生不在，凭我们怎么跟两个开挂的畸体斗？"

"我就要他们强。"最好能强到体内畸核变成金色，这样才算不虚此行，郁岸心想。顺利的话，等回去还不是随便骑在面试官头上作威作福吗？

第 056 章
合作

单凭郁岸一句自信过头的话，无法说服其他实习生，魏池跃固执地要求郁岸给出一个所有人都信服的解释。

郁岸抬手将消防斧扔了出去，铁斧沉重地砸在魏池跃脚前，惊得他跳起来。

"我没有解释，那你动手吧。"

"啊？"纪年吓得后退，脊背靠到了冰冷的墙壁上，以为郁岸护着自己，是因为在实力测试里自己帮过他。

只要纪年的意识在这里死亡，躺在马戏团幻室中的躯体大脑就会同步受创，等待他的命运也许是一辈子当个植物人。

魏池跃看看地上的消防斧，再回头看看其他两个实习生，这两人一副不打算参与只想当墙头草的样子，他自己也犹豫了。

"哼。"郁岸笑出声。其他人还从没见过他笑，忐忑地揣测这是不是他准备杀人灭口的前兆。

魏池跃憋红了脸，被戏弄了似的捡起消防斧扔还给郁岸："听你的吧，要死一起死。"

郁岸接住斧柄，一言不发地将斧头拖在地上，慢慢沿着墙壁用手电筒探查四周。

这道安全门设置得不合常理，正常来说安全门后应当是大楼的安全通道，这里却是一处宽敞的大空间。

不同于门外的毛坯水泥墙，这里简单装修过，墙壁整齐地贴满白色瓷砖，但锈蚀的斑痕渍满砖缝。

　　手电筒的光线搜索到安全门上方，上方贴着一块显示安全出口的小型LED灯牌。在安全门正对的墙面，中央有一道似切割留下的缝隙，从天花板一直连通到地面。整面墙给人一种大型电梯门的感觉，似乎可以从缝隙中央分开。

　　郁岸尝试用斧头撬动缝隙，但除了撬下一些瓷砖碎片之外，墙壁纹丝不动。

　　在墙壁中央，安装了一块凸起的红色扫描器，扫描器上亮着一个红色灯珠。

　　"好旧的版本。"郁岸摆了摆手，叫所有人都过来。

　　魏池跃率先走过去，果然，扫描器又亮起一盏红灯。

　　"喂，你们都过来。这机器在查人数呢。"魏池跃声音洪亮，在空荡开敞的空间里仿佛带着混响。另外两个实习生自然跟上，纪年扶着手臂伤处，慢慢挪过去。

　　五盏红灯接连亮起，扫描器开始闪烁，天花板上明亮的白光顶灯骤然亮起，从长时间的黑暗更替到明亮的环境中，所有人都被刺得睁不开眼睛。

　　郁岸抬手遮住被光线刺痛的右眼，借机掀开亡湖面具，用左眼去看。

　　左眼能透过镶嵌的三级紫畸核看见东西，有种戴了紫色墨镜的感觉，视野并不太受光线影响。

　　他看到一排泛着微光的卡牌从天花板的缝隙中散落，自动聚拢洗牌，并分发到每个人，在人们面前悬停。

　　纪年怔怔捏住纸牌一角，愣了几秒，惊讶默念：预言家……？虽然没出声，但郁岸通过字数和口型判断他读的是这三个字。

　　魏池跃拿到卡牌的第一反应是抬头看别人，也看到了纪年自言自语的口型。

　　卡牌忽然旋转，内容迅速变化成一行字：身份已绑定。

　　卡牌只在每个人面前悬停了一小会儿，便化作一道白光消失。

卡牌消失的位置，浮现一片蓝色的数据代码，代码逐渐变换成尖刀的形状，迅速下坠，倒插进脚下的地面。

所有人身份绑定完毕后，扫描器的内置扬声器便发出了电子音：

"魔女传说·游戏规则——

"英雄有三颗红心，每次受伤减少半颗红心；每一个平民死亡，英雄会减少半颗红心；失去最后半颗红心时死亡。英雄只要活着走到出口，即获得胜利。

"平民只有一颗红心，受伤两次即死亡，跟随英雄走到出口即获得胜利。

"魔女只有半颗红心，受伤即死亡，杀死英雄即获得胜利。"

魔女传说场景，是《灰鸦：玩具屋》目前公开的场景中唯一设置双人对抗副本的，两位玩家进入场景后会随机得到"英雄"或"魔女"的身份，分别从场景两端向位于中央的出口行进，一路过关斩将，抢夺更厉害的道具，并利用高超的运营手段与对手周旋，最终获得胜利。

这是郁岸最喜欢的副本，因为每次进入场景时对手的行动都不一样，所以常玩常新。

郁岸蹲到地上，握住刀柄，将尖刀拔了出来，指尖抚摸刀身端详，刀刃五寸来长、一寸来宽，杀伤力和范围都不算小，起码可以做到刺穿要害。

艾科忽然慌张大叫："墙上有血字！"

所有人闻声回头，扫描器上方的瓷砖上，出现了三行血红的手写体英文，笔画幼稚夸张：

要为公司献身吗，实习生？这是生死的对决，拿出赌上性命的勇气再踏入这扇门吧。你们现在拿面前的刀自杀，哈哈。

——Jump Scare 留

字母尾端向下流淌腥臭的液体，血字在锈迹斑斑的白墙上猩红刺眼。

郁岸抬头凝视血字，亡湖面具遮挡下的左眼亮起紫光，瞳仁中央蹦出一行紫色倒计时——00：59：59。功能核-防沉迷系统检测到对抗开始，自动计时一小时。

"你们都是什么身份？"魏池跃直截了当地问，"我的牌面写的是平民。"

其他人纷纷投来怀疑的视线，看缺心眼似的看着他。纪年嗓音微抖，胆怯道："……这是能说的吗？"

艾科捂住额头，轻声嘀咕："这二傻子。"

一直默不作声的那位实习生终于从雨衣下抬起头："卡牌全部消失了，你说的是真话吗？"

这人高高帅帅的，长得像明星，一看就是在学校里受女孩欢迎的那种类型，在球场上投个篮都能迎来万千尖叫声和欢呼声。

"你谁啊你，我骗你干吗？"魏池跃这暴脾气一点就着。

"城市巡逻组，车恩载。"他抱臂靠在墙边，淡定回答，"我们中间至少有一个英雄或者魔女存在吧，这才是对抗副本的意义，为什么不能是你？"

"反正不是我。"魏池跃愤愤抬手，"现在我们怎么办？谁是英雄，跟着英雄走就行了呗。"

"当务之急是……找其他平民。"纪年轻声道，"英雄只有三颗心，每死一个平民他就会掉半颗心，如果死了六个平民，他见不到魔女的面就没了，平民自己走到出口不算赢，我们全得死。"

"先找英雄。"

"不成。"艾科突然插嘴，忧心忡忡，"英雄是可以杀平民的。你们没看过煤黑黑直播？速通大佬抽到英雄身份的时候，当场杀五个平民，因为英雄在仅剩半血的状态下，战胜一个boss就能得到双倍道具

奖励，他就靠双倍奖励无伤挑战后面所有 boss。"

郁岸一直保持沉默，当听到艾科说出这个隐藏规则时，突然抬起眼皮，默默松开了按在刀柄上的手，冷漠地瞥了这个碍事的实习生一眼。

他却没发现，自己下意识的动作被纪年悄悄看在眼中。

"那就听你的。"魏池跃面向躲进角落的纪年，"除我们之外应该还有不少其他平民，找到然后保护他们就行了对吧？"

车恩载挑眉："你刚还要杀他，现在又要听他的？"

"老子懒得跟你吵架。"魏池跃伸手抓住纪年纤细的手腕，凶悍地把人扯到面前："你应该有什么技能吧，能预测出什么吗？别耍花招，我警告你。"

"嗯……有，但现在还不能用。"纪年挣不脱他，小机械师的身量在快反组调查员面前实在显得瘦小，像小鸡被老虎按在爪下一样毫无还手之力，只能孱弱地叽叽叫。

扫描器再一次发出刺耳的警示音，随后，在密不透风的墙壁上露出了公交车投币口那么窄的一条缝，一双眼睛在黑暗中幽幽地睁开，眼睑没有睫毛，瞳仁空洞无神。

魏池跃被墙壁后突然冒出来的人吓了一跳，拿起刀走过去，不由分说朝缝里一插："什么人？装神弄鬼的。"

那人嘿嘿地笑起来，隐没进黑暗中，等魏池跃抽出刀子，他又凑到缝隙前，语速缓慢，沙哑地问：

"封闭密室内有个密码器，密码为四位数字，如果输错，就会启动房间内的防入侵激光装置。小明收到了同伴发来的密码'9069'，输入后，防入侵激光装置启动，把小明射死了，请问这是为什么？"

"啊？你问我啊。"

"你们可以提问十个问题，我将回复'是'或'不是'，十个问题之内如果没能说出正确答案，你们所在的房间内就会启动防入侵激光装置。"墙后的人不停地发出"嘿嘿""嘿嘿"的诡异笑声。

他说罢，天花板上的顶灯突然熄灭，在一片漆黑之中，无数红色的光线相互交叉错落地充满整个空间，以此来证明那番威胁所言不虚。

顶灯再次亮起，安全门上方的安全出口灯牌突然跳动，上面显示的图案变成了一串倒计时，从十五分钟开始倒数。

嘈杂的砸门声将实习生们惊醒，遍布锈迹的铁门已经被外面的上吊活尸砸得坑坑洼洼。情况已经很清楚，意味着十五分钟后，这道安全门将被外面的尸潮冲开，整个空间将被活尸淹没。

"这就开始了？"魏池跃摸着下巴紧张思考，"小明输入了同伴发来的密码，然后被防入侵激光射死了。那，是同伴谋杀吗？"

"不是。"

艾科跳起来捂住他的嘴："你别乱问啊，只有十个问题的机会！"

魏池跃大吼："那你们倒是问啊！十五分钟后那帮尸体就冲进来了！"

车恩载还算冷静，闭眼沉思了一会儿，问："是小明看错密码导致触发了防入侵装置吗？"

艾科屏住呼吸，浑身绷紧，恐怕他们再问出一个无关紧要的问题。

"是。"

"啊……还好。"艾科松了口气，紧接着道，"我觉得这种关卡还是请教一下技术员们好些。"

魏池跃抿了下唇，原地徘徊了两圈，撑着膝盖弯腰问郁岸："大技术员，我们下个问题问点啥好？"

这大个子还挺能屈能伸的。

郁岸蹲在地上，拿刀尖在地上划道子，看上去在发呆。他把密码9069划在了地上，翻转一百八十度阅读，然后淡淡问："正确密码是6906吗？"

"是。"

"耶！"魏池跃双手握拳，"还挺行的。我们接下来问点什么？"

艾科也蹲过来："那有可能是镜子反射的，接下来就问是不是镜

子传递的密码。"

车恩载摇头反对:"那也有可能是玻璃反射的,问题重点应该是反射。"

"万一这道题有科幻元素呢?小明和同伴可能在两个方向不同的空间里。"艾科说。

"这太扯了吧?"魏池跃摆手。

"怎么不可能呢,他问问题的目的不就是想让我们答不出来吗?"

"你问技术员,让技术员说谁有道理。"

郁岸很少与一群人这么近距离地聊天,有点不自在,不自觉地往远挪,但另外三个调查员讨论得热火朝天,见郁岸挪开就跟着一起挪过去,让郁岸无处可逃。魏池跃甚至一把搂住郁岸肩膀:"兄弟,我们的思路有毛病没?"

郁岸:"……"

他扭头望向被排挤到一角的纪年:"你想说什么?"

纪年抚着手臂瘀青,走近他们,抿唇轻声问:"这个故事里,只有两个人吗?"

"不是。"

第 057 章
保护

故事一下子变得复杂起来。

"不止两个人?"魏池跃搓搓鼻子,"什么意思呢,小明、同伴,还有把他俩关起来的人?把他俩关起来的人给了同伴密码,同伴再发给小明,但小明输错了。"

躲在墙缝后只露一双眼睛的古怪男人,瞳仁跟随着房间里人的移动而左右瞥,很瘆人。

"他在引我们进思维误区,从'同伴'这个词开始。"郁岸蹲在地上用刀尖在地上乱划,"不是把他俩关起来的人,应该是指不止一个同伴。"

"如果他利用词汇来误导的话,这个题目就要重新读一遍了。"

"封闭密室内有个密码器,密码为四位数字,如果输错,就会启动房间内的防入侵激光装置。小明收到了同伴发来的密码'9069'……"郁岸闭上眼睛回忆问题的原话,轻声复述,"输入后,防入侵激光装置启动,把小明射死了,请问这是为什么?"

在郁岸小声复述的同时,纪年的嘴唇也在跟着动,他也一字不差地背了下来。

"我去……听一遍就能记住吗?"几个调查员面面相觑,魏池跃挠头,"我要有这本事也不至于考不上学,咱公司招技术员门槛比我想得高。"

"那你们快想啊,已经问了四个问题,还剩六个问题,我们不捣

乱了。"

郁岸沉默了一会儿，问出了一个关键问题："具体执行输入密码这个动作的人，是小明吗？"

"不是。"

魏池跃露出恍然大悟的表情，但捂着嘴没敢出声，以免打扰技术员们的思路。

"所以是同伴A把正确密码发给了小明，小明把错误密码告诉了同伴B，同伴B输入了错误密码，导致小明被杀。"

"是。"还剩四次机会。

"现在的问题只剩下小明为什么会看错密码。"

郁岸与纪年对视一眼，纪年问："三个人分别关在封闭的三个隔间里，互相不能看到吗？"

"是。"还剩三次机会。

郁岸问："小明与同伴所在的空间的重力是同一个方向吗？"

"是。"还剩两次机会。

纪年问："小明面前用于显示密码的显示器是倒着放的吗？"

"不是。"还剩一次机会。

三个调查员紧张地数着询问次数，魏池跃捂着嘴的双手都在向外渗汗，安全门外的捶打声和抓挠声越来越大，门上方显示的倒计时也进入了最后五分钟。

"快啊……外面的上吊尸体马上就冲进来了……"

上吊尸体？郁岸一怔。

他提着消防斧缓缓起身，铁斧前端拖在地面上摩擦，拖出一道白色划痕。

"总得有什么是倒着的吧，不是空间重力，也不是显示器。"郁岸提起消防斧，面向躲在墙后只露一双眼睛注视他们的男人，"是小明的头吗？"

墙上扫描器的红光骤然熄灭，绿光大亮。

"回答正确。"

伴随着滋啦滋啦的警报声,墙壁从中央的缝隙向两侧拉开,一直透过墙缝盯着他们的古怪男人终于露出了真容。

那是一具硕大无比的身体,半身埋在地下,并不肥胖,而是从骨架上就要比人类大上数倍,双臂瘦长,他的头翻转一百八十度耷拉在胸前,像一个倒挂在细秧上的浮肿白瓜。

如此巨大的一张僵尸脸上,却长着和正常人一般大小的五官,看上去极不协调。

一条陈旧的上吊绳从房顶垂下,粗重的绳索紧勒在男人脖颈上,正是男人倒垂头颅的罪魁祸首。

男人头顶亮起一条长长的红色光带,似乎是游戏里 boss 的血量条,在血条上方显示出 boss 的名字——小明。

有人回头看了一眼安全门:"倒计时没停,还剩四分钟门就被破开了!"

郁岸双手紧握消防斧,在那倒头怪物抬手打来时,抡圆双臂迎头砍上一斧,怪物的细长手臂裂开一道伤口,从中迸发出腥臭的黑血,抬头再看小明的血量条,竟然只减少了微不足道的一小点。

要知道自己可戴着强化力量的精进徽章,这伤害也太像刮痧了。

他还想再冲,去试探其他的要害,可小明另一条长手臂也抡了过来,两条面条般可以随意弯折的手臂攻势密集,他甚至只够躲闪,找不到机会输出。

细长手臂凌空下砸,从郁岸头顶笼罩下一团阴影,眼看就要像拍蚂蚁一样砸下去,郁岸忽然身体一轻,登时天旋地转。

魏池跃那大个子竟将他扛到了肩上,看似剽悍的体形其实敏捷有力,在长臂挥打下左闪右避,回头对其他两人吼道:"保护技术员!"

郁岸一时没反应过来。

总是独自一人应对危险,他不习惯向周围人陈述战术,也从不期

待得到配合。这声吼仿佛照进幽昧深渊的光线，他莫名想起自己将纪年推进淘汰井时，纪年扔上来的精工腰带，还有那句固执的"技术员不能输"。

郁岸被妥善地放到相对安全的远处。纪年也被车恩载推了过来，他双腿发抖，双手握着尖刀刀柄，有点打哆嗦。实习阶段就遇到如此艰难的考验，他有点打退堂鼓。

"这么胆小，干吗来地下铁应聘？"

"缺钱。"纪年不假思索回答。

"你师父给你钱？"郁岸问。

"……"纪年抿唇，"我不是叛徒。"

"我知道。"郁岸回答。纪年这种智慧和胆量成反比的人，不太可能做当叛徒那样亏本的买卖。

但这并不是郁岸关心的事情，他可以为了得到更高的奖励而留下叛徒，也可以为了切断传视芯片而杀死一个无辜的实习生，是否无辜从来不是他的判决标准，利益才是。

只不过现在的情况会让郁岸心情更轻松一些，可能是回家之后不会因为杀掉同事而被面试官批评吧，他也不知道。

纪年从没想过能从郁岸口中得到信任的答案，他握着尖刀呆住，眼睑慢慢泛红，哽咽地"嗯"了一声："你信我？"

郁岸从他身边经过，状似无意地在他耳边说了一句："信你不是叛徒。但是这副本里有预言家这个角色吗？"

纪年肩膀微颤。

三位调查员一直在与小明周旋，魏池跃要过郁岸的消防斧和麻绳，将自己的尖刀紧紧绑在斧头上，然后高举斧柄，在长臂甩来时朝天一跃，强壮的身躯拼命舒展，像一张勒紧的弓，迅速回弹，借着全身的力量向下一掼，带着铁斧重量的尖刀沉重地贯穿小明的一条手臂，将那条蚯蚓似的长臂钉在了地面上。

艾科和车恩载联手对付另一条手臂，虽然小刀的伤害似刮痧，但磨上一段时间后，小明的血条也向下掉了三分之一。

趁调查员们冲锋，郁岸得以认真观察boss的行动方式，小明至今没有挪动过位置，而且只有上半身露在地面之上，那么他整个人应该处在一个直立的状态。

他将视线投向小明脖颈上的粗重麻绳，麻绳绷紧，从张力上来看承受着相当大的重量。

"他靠这根绳子吊着脖子！你们拦住他的手，我去砍绳子！"趁小明抬手砸来时，郁岸一个闪身，隐没进长臂在顶灯下投映出的影子中。

亡湖面具的作用，让使用者与黑暗融为一体，像亡湖寄生者一样，在黑暗来临时借着阴影的笼罩趁机突袭。

郁岸的影子凭空消失在了眼前，小明疑惑地张口大吼，长臂剧烈甩动，郁岸跟随着阴影的移动迅速向前奔跑，将尖刀叼在齿间，双手扒住小明倒垂的脑袋，蹬着他朝天的鼻子和眼睑向上爬。

小明怒吼，收回长臂在自己脸上摸索抓郁岸，魏池跃冲上前去，用身体抱住那条长臂，低吼一声，拼命向远处拽。

郁岸瘦且轻，动作异常灵活，迅速爬上了小明弯折的脖颈，举起尖刀劈砍套住他脖颈的上吊绳。

麻绳一顿一顿地被割开，小明的身体也不停向下坠。

一声咆哮响彻整个空间，钉在地上的斧柄松动，轰的一声被小明挣脱，长臂高高甩起，狠狠砸向自己的脖子。

郁岸跳起来攀住了麻绳，那长臂从他脸颊边呼呼扫过，将他手中尖刀扫飞，当啷掉落在地上。

"给你——！"纪年用力将自己的刀抛向郁岸。

可他力量不够，尖刀在抛物线的最高点开始逐渐偏离。

在刀开始下坠的瞬间，车恩载单手撑地翻身，双腿从空中扫过，踢了那尖刀一脚。

尖刀朝麻绳飞去，被郁岸稳稳接在手中，双手握柄奋力割过麻绳

最后连接的那一股细线。

麻绳崩断,小明的身躯完全靠这根上吊绳支撑,于是向下坠去,最后一只手还死死攀着地面边缘。

郁岸在麻绳断裂的刹那就跳了下来,走到小明垂死挣扎的那只手前,冷漠踩下。

巨大的躯体向坑底坠落,逐渐被深坑吞没,十几秒后才听到砸在地上粉碎的巨响。

安全门倒计时归零,门锁爆开,堵在门外的尸潮撞破墙壁一拥而入。

马戏团幻室内,紧急秩序组的两位骨干职员小齐和小安及时赶到,让其他守着实习生躯体的城市巡逻组队员长松一口气。

这两人是昭组长的得力下属,负责紧急秩序组的各项行动。

小安一马当先冲进马戏团帐篷内,挡在昏迷的实习生们面前,眉心镶嵌的红级功能核-紫气东来亮起微光,大声道:"邪灵退散!"

邪祟不侵的能力使她能驱散大部分召唤物,飘浮在帐篷周围的毒液气球便应声消散,化作一撮灰落在地面上。

小齐冷静安抚周围队员:"他们还不敢明目张胆在城市里屠杀实习生,现在更该担心的是游戏幻室里面的情况。"

几分钟过后,匆忙的脚步声从帐篷外接近,帐帘突然被一把银色细剑洞穿,匿兰用剑尖挑开帐帘冲进来,因为跑得太急胸口急促起伏:"赶上了吗?大小姐让我们过来帮忙。"

火焰圭紧随其后,他赶路赶得太猛,双手撑着膝盖喘气,额头的汗珠被炽热的体温蒸发,温度逼近零下的帐篷里一下子上升了好几摄氏度。

盯在电脑前的雍郑摇头:"晚了,第二个场景副本已经启动了,必须等他们到达场景最后的存档点,你们才能进入替换。"

若是他们早到一步该多好,以匿兰和火焰圭的战斗力,肯定不会让局面变得如此被动。

"你们哪儿也别去,在这里等待替补。他们一定能撑到存档点,我觉得行。"

"怎么少一个人?"匿兰撑着腰打量四周,没见到郁岸。

"为了引开魔术师,被组长带走了。"

安静的卧室中,木地板在地暖的烘烤下升起暖意,浅蓝色的星月窗帘密实地遮挡住从院子里吹来的冷风,靠墙并排摆放着三套少儿桌椅,一套粉色、两套蓝色,桌上分别放着一些文具盒、削笔器还有几套口算题卡。

郁岸躺在一张上下铺的单人小床上,头上贴着连接器,依然昏迷不醒。

一只小手伸过来,轻轻拨了拨郁岸的睫毛,床边响起细碎稚嫩的讨论声:"他怎么只有一只眼睛?"

"坐公交车落下了吧。"

"爸爸有很多眼睛,可以借给他一只。"

"可以五块一天租给他。"

卧室上方悬浮着一只眼球,偶尔旋转一圈,扫视房间里的情况,起到安全摄像头的作用。

客厅外的防盗门钥匙转动,蛤白带着一身寒气拉开门走进来,提着一塑料袋虾仁和一个小冬瓜,将外套上的薄雪抖搂在门外,扯掉头上的针织帽,揉散白色的卷发,边换鞋边叹气。

卧室里拖鞋吧嗒吧嗒响,三个小孩风一样接连跑出来,围到蛤白身边偷瞄晚饭吃什么。两个小男孩,一个小女孩,共同点是裤子后边都拖着一条黢黑光滑的蝌蚪尾巴。

"谁让你们过来的?去盯着他,别让他醒来跑了。"蛤白训道。

小女孩说:"刚刚大爹来送过东西,说最近漂移飞车和地下铁要开战,叫你没事不要出去。"

小男孩轻松地拎来几个巨大的黑色塑料袋放到餐桌上,袋子外印

着"袁哥小卖部"的字样,一袋蔬菜,一袋水果,一袋辣条薯片摇摇冻之类的垃圾食品,起码够吃一个礼拜。

"他人呢?"蛤白随便翻了翻零食,把容易变质的塞进冰箱里。零食一点点被拿空,塑料袋底部放着一把沉甸甸的手枪,弹匣是满的。

"蹬着新买的小三轮走了。"另一个小男孩说,"还拿走了你的骷髅头,说小卖部缺一个音响,这个正好。"

"他对那东西有什么意见啊,天天盯着不放。"蛤白手上一顿,一股气涌上心头,咬牙骂道,"什么大爹,天天教你们没用的,写作业去。记得等闹钟一响就给郁岸把画中取物核塞回去,忘了昭然得跟我拼命。"

三只食人蝌蚪摇着小尾巴如鸟兽散。

刚骂完昭然找一个人类少年契定是异想天开,可自己的生活还不是一地鸡毛,与人类高手契定在某些方面也不如人意,比如那家伙穿越自己布下重重陷阱的郊野小院,如入无人之境。

第 058 章 一家

傍晚天下起小雪，路上行人稀少，到了郊野就更显得荒无人烟。

日光匿迹，昭然顶着冷风和薄雪穿过干枯的树林，分不清头顶的白是褪色的长发还是积雪。

雾雪天里，他轻车熟路穿过一个伪装成荒凉坟地的幻境，跟随他的脚步地面上升起战神旗帜的金环，空中飘浮的燃着鬼火的头颅自动飞离，聚拢过来的干尸手臂惶恐退散。

等经历几番阴森的鬼打墙，眼前才豁然开朗，得见一排整齐漂亮的花园栅栏。

栅栏里培育了不少常绿的小灌木，还有一些等到春夏才会开花的枯草。昭然手一撑轻身翻越栅栏，不小心踩断了一棵花苗，紧张兮兮地左右查看确认无人发现后，这才蹲下去把花苗伪装成被野猫踩断的样子，继续向院里走，在大门前坐下来。

他坐在台阶上歇了口气，从风衣内兜摸出一个绒布盒子。

皮手套在绒布外蹭了蹭，抹掉粘在盒外的风干血迹，掀开了盒盖。

里面安放着一枚散发银色辉光的畸核，畸核表面纹路是红桃 A 扑克牌图案，畸核上的余温还未完全消散，琥珀质感的表面沾着血。

绒布盒子是他在魔术师的礼帽里找到的，他蹲在血泊中的尸体前挑挑拣拣，看中了这个适合盛放礼物的容器，随手把里面的道具钻石戒指扔掉，放畸核刚好合适。

雪越来越大，在地面上积了一层，但昭然身边的一圈雪被他身上

的暖意融化,打湿他垂落的衣角。

背后的大门忽然被推开,门里的灯光照在昭然身上,蛤白靠在门框边:"你怎么不进来?"

昭然的发丝和瞳仁一下子褪成白色,雪花已在头顶融化成水,湿漉漉地沿着发梢向下滴。

"等身上的血干一干,省得弄脏你地板。"

"闭嘴,滚进来。"

"哼哼。"昭然笑着起身迈进门槛里。

他换上拖鞋,径直朝郁岸躺的卧室走去,三只小蝌蚪正趴在昏睡的郁岸身边看故事书。

小女孩注意到有人进来,仰起头张望,另外两个小孩也跟着一起抬起脑袋,跳到床下跑到远处围观。

"小叔身上都是血。"他们窃窃私语,"他又去'上班'了。"

昭然看了看自己袖口和衣摆上的血渍,故意摆出一副可怖的表情扭头问他们:"还新鲜呢,要不要尝尝?"

三个小孩被吓跑,甩着小尾巴飞出卧室,跑到厨房找蛤白撑腰。

昭然乐得安静,放松坐在床边的地板上,看了一眼墙上的猫头鹰挂钟,俯身把郁岸的手臂搭到自己肩头,将郁岸带出卧室。

蛤白正好拿碗筷出来,回头瞥他:"狗下个崽都不像你似的叼来叼去,放我这儿还能丢是吗?"

昭然单手抱着郁岸,一边穿鞋一边开门:"不是,我把他送回马戏团幻室,现在急救组都在往那儿赶,还有个很可靠的急救组实习生,她在身边能多一层保障。在游戏幻室里受重伤,现实中大脑会严重受损的。"

一颗眼球从家具缝隙中钻出,挡在门口盯着昭然,用死亡凝视让他无法再迈出另一条腿。

蛤白不轻不重地把一摞碗放在桌上:"我还能让他死在我家?"

有了这句保证,昭然迅速关上房门退回来。大哥的能力他很清楚，他只是怕大哥不管郁岸，放任其自生自灭，或是再以此要挟，要自己发誓不再见郁岸。

"让他也一起吃。"蛤白在桌上摆了六副碗筷。

一颗眼球浮到郁岸面前，光滑表面与他额头相贴，在眼球和皮肤之间形成了一个肉眼可见的银色磁场，眼球自动飞到郁岸头顶，视线一直向下凝视着他。

郁岸手臂微动，从昭然身前跳了下来，自然直立在地上，睁开了眼睛。

"嗯？还能这样？"昭然抬手在郁岸眼前晃晃，郁岸瞳仁无神，只是一具被操控的行尸走肉，可以凭本能和潜意识做一些简单动作。

蛤白的眼睛可以看破一切幻象伪装，在眼球的控制下，呈现在郁岸面前的是事物最真实的样子。

郁岸沉默地坐到桌前，拿起筷子，忽然停了一下，转头注视并排坐在桌边乖乖等开饭的小蝌蚪，面无表情："咦，二十五块。"

游戏里的食人蝌蚪，杀一只能掉落二十五金币。

"……"昭然迅速合上他的下巴，以免他再说出什么大逆不道的话导致被扫地出门。

郁岸才注意到身边的昭然。

蛤白边盛汤边用余光欣赏接下来的画面。

他可没有这么好心，让眼球操控郁岸，只不过是为了听听对方潜意识里对昭然的想法。

该不会要说句"好恶心的怪物"吧？蛤白险些笑出声。适时地让魔怔弟弟清醒一下也好，他最喜欢看魔怔的人被现实抽一嘴巴子的桥段了。

郁岸扭头看见昭然，确实猛地颤了一下，那反应可以类比成坐在教室里突然看见窗外飞进来一只大黄蜂。

"啊，吓到了。"蛤白幸灾乐祸挑眉。

昭然左手拿着筷子，怔怔等待着。此时他不是坐在餐桌后，而是

坐在审判庭中央，浑身都在抗拒听到那个理所应当的判决。

但郁岸并未开口审判，而是转头指向餐桌对角："那个。"

昭然顺着他指向看过去，意思是冬瓜虾仁汤太远了，他够不到。

昭然站起来给他盛了一碗，郁岸安静地捧着碗品了起来。

照理说从他的视角看，左手边的靠墙软座上并排坐着三只食人蝌蚪，正张开七鳃鳗似的尖牙大嘴进食，右手座位上坐着一坨纠缠蠕动的百手怪球，再远点的桌边流淌着一摊粘连的眼球，在这种场景下没尿裤子就算他裤腰紧了，他居然还有心情喝汤。

"那只能说明他胆子大。"蛤白没能看着热闹，无聊夹菜。撇开别的不谈，起码证明自己做的菜很好吃，他心情还算不错。

昭然久久没出声，也不知道在想什么，阴沉的表情稍微轻松了些，但依旧酝酿着一场深沉的计划。

这种状态也挺好的不是吗？瓜扭下来就可以了，不需要苛求它既甜又活着。

等郁岸吃完，他耐心地领着郁岸去洗手间。连接这么长时间，早就超出了他们约定的极限，还不知道会对郁岸身体造成何种程度的伤害。

关上洗手间门，昭然把他推到马桶边，让他自己解决。

悬浮在空中的眼球被蛤白召回，他一点也不想看。

失去蛤白眼球共享的洞察力，郁岸眼中的昭然便不再是那团蠕动的本体。

郁岸仰头看着他。

昭然抿唇笑，转过身去。

趁两人在洗手间里，三只小蝌蚪吃着饭，仰头问蛤白："小叔的工作是杀畸体、挖畸核，他是坏人吗？"

"总要有人为我们争夺地盘，他愿意去当这个坏人，你们才有学上，有饭吃。"蛤白趴在桌上，指尖拨弄召回的眼球，"你们想回到又冷又刮风暴的冰洞里去吗？"

"不想。"

"那就多读书,少问蠢问题。"

"好。"

"爸爸,今天晚上要帮我们包书皮。"

"让昭然包,他手多包得快。"

"我不想他包。"

洗手间门忽然被拉开,昭然单手扛着郁岸走出来,郁岸已经脱离眼球控制,挂在昭然身上失去意识,只不过眼角挂着一点泪痕。

"谁要包书皮呀?我包,我最会包书皮。"昭然和善的目光扫过三只蝌蚪。

三只小蝌蚪看到郁岸的下场——原来不听话就会被小叔拖进洗手间打,纷纷捂着嘴吓哭了。

大哥捡起一只拖鞋砸向昭然:"去!"

第 059 章
狡猾老板

闹钟计时结束，嘀嘀响了起来。昭然按停铃声，从床头的绒布垫上拿起一级银核画中取物，用毛巾擦净表面，抬起郁岸下巴，将银核压在左眼眶外，慢慢推了进去。

球形的畸核受到眼眶骨骼的轻微阻力，眼眶内的血肉自动产生银色电流状的连接须，将畸核迎入嵌核槽内。郁岸的身体微微颤抖，搭在身侧的双手握紧，指尖将掌心硌得发白。

几秒钟后，畸核表面的人手图案亮起银光，意味着成功连接，郁岸也放松下来。

镶嵌高级畸核对载体人类的刺激性很强，首次镶嵌更是让人痛不欲生，寻常载体人类一生才感受一次的痛苦，郁岸却要反复忍耐。

这不是挺耐痛的吗，怎么到了昭然面前就那么爱哭？

卧室门响了两声，蛤白探进半个身子，打开了顶灯。

灯光骤亮，昭然身上的颜色倏地褪成白色，唇角裂到脸颊，鲜红舌尖从锯齿状齿缝间伸出，肋骨处伸出两对纤长手臂撑在床边，像一条多足虫。

不料变态行为被大哥抓个现行，他抬起上半身，两对多余的手臂讪讪缩回体内，合拢牙齿，慢吞吞恢复成规矩的坐姿。

蛤白微张着嘴，几秒钟内脑海里走马灯似的回忆了昭然的一生，是否早有心理变态的苗头而自己没有及时掐灭，顿时觉得躺在床上的年轻人类也不容易。

"刚刚在桌上我没说,"蛤白只好提起其他话题,"你杀了魔术师,还抢了那枚世界级魔术师的职业核,这可是引火烧身的事情,为什么这么冲动?"

"大老板大概有这个意思。"昭然站起来,拿起外套披到身上,"魔术师和方士休商量好了在公墓伏击我,提前埋下了一批尸体并用药激活来消耗我。看尸体的状态起码埋了快一周,我想了想,今天周四,我是周二才在马戏团里干掉了一个持枪的宠物畸体走私犯,马戏团幻室产生的时间不可能早于周二的,就算李星叛变,他怎么知道提前在马戏团附近伏击我?"

"这么想来,清查宠物畸体走私线的任务是大老板指名交给我的,只有他知道马戏团可能出现幻室。"

"你老板把位置透露出去,就是想借你的手去杀魔术师啊?"

"我看没那么简单。"昭然抬手告别,"在老板面前还是装傻好一点。走了,晚点我来接他。"

实习生们的任务大概也就到此为止了,是时候替这些年轻人结束这场恐怖的玩笑了。

然而这时候手机收到了一条消息,来自大老板。

速回公司。

古典淡雅的大老板办公室,昭然敲门进来。一袭长衫的大老板正窝在靠椅里,悠闲面对电脑,手边的复古录音机唱着小曲。

昭然走近一看,电脑屏幕上赫然放映着游戏直播的画面,画面中一行五个像素角色正在拼命对付一个身躯庞大的 boss——上吊人"小明"。

五个像素角色各不相同,一个身材高大憨实,一个瘦高帅气,一个战战兢兢一惊一乍,一个文弱瘦小戴着大大的黑框眼镜,还有一个始终臭着脸的独眼角色,手里拖着一把消防斧,怎么看怎么像郁岸。

"传视芯片的直播有延迟,现在第一局还胜负未分呢。"大老板轻松道,"刚刚的问题环节真是刺激啊,可惜我这里只能看到像素小人

头顶冒出的文字。"

　　昭然微皱了下眉。大小姐忙着带人在城市内搜索违规直播的设备，为了尽可能减少观众，减轻游戏幻室中实习生们的压力，而大老板却在这里优哉游哉地观看。

　　"您叫我来就是为了看这个吗？"

　　"是啊。"大老板悠悠转向他，"你在我这儿干多久了？"

　　"十五年。"

　　"十五年还没摸透我的脾气，我都不知道该说你傻还是聪明过头了。"昭然不动声色，视线移向自动锁闭的办公室门："我一直迟钝。"

　　"先不说这个，魔术师的三级银职业核拿到手了吗？"

　　"魔术师真是你派去的？专门去马戏团幻室捣乱的？"昭然挑眉。

　　大老板举起手，用拇指和食指比画了一厘米："怎么可能，只不过稍微给了他们一些位置上的提示。你一直想干掉他，我给你找个理由罢了，杀徒之仇，这名头多好。"

　　"我看我不如您那么想干掉他呢。"昭然轻哼。

　　老板大笑起来："娱乐新闻说魔术师最近在筹备婚礼，调查才知道对象是蝎女，那位经常在郊野出没的畸体小头领。听说已经临近化茧期，正在寻找契定者，这场婚礼八成就是人与畸体的契定交易罢了。"

　　"让这帮经常祸乱城市的畸体小集团的头领成功蝶变？接下来的城市维护成本就太高了，政府可不会拨给我们更多的钱。"

　　"放轻松，雇用魔术师的是漂移飞车，也是漂移飞车把你实力下降的消息告诉他的，蝎女多半也会先记他们的仇。"

　　昭然眯起眼睛："……是吗？"

　　"接下来跟我一起看直播吧。郁岸这小子真是处处让我意外。"

　　大老板摸着下巴思忖："他应该已经知道纪年有问题了吧，居然没对他动手？难不成在实力测试里打出什么感情了？"

　　"可惜听不到他们的对话啊。"大老板惋惜笑道，"他应该明白，留纪年在身边，J·S兄弟只会越来越强吧。"

"除非他有放任他们变强的理由。"大老板条理清晰地分析说。

昭然忽然想起，郁岸戴着的画中取物核中途脱落，恐怕在游戏幻室里换了其他核。

他在昏迷前嘱咐自己一个半小时后替他换回画中取物核，大概能说明，他拿到的新核具有限时加强的能力。

大老板兴味盎然，拿起桌上的电话，给安全技术组拨了过去："我有一个好想法，可以给漂移飞车添点猛料。"

漂移飞车总部建立在红狸市东区，一座流光溢彩的玻璃幕墙大楼拔地而起，熊总品位奢华大气，可想而知畸猎公司暴利惊人。

熊总手臂搭在沙发靠背上，手中拿着一页纸浏览。

他宽肩腿长，身高将近两米，特大号衬衣的包裹下，一身腱子肉棱角分明可辨。

"魔术师死了？"嗓音沉闷。

方先生站在一旁唉声叹气："李星敢递假消息给我们，我看昭然的实力根本没下降，这回贸然出手可损失大了。

"话说回来，郁岸是什么人啊，能换核的载体而已，稀罕是稀罕，可昭然全力保他，我当时就在场啊，昭然以前跟我们作对的时候，终究是挂着一副好脸色的，这一回直接急了，要跟我们拼命的架势。"

"李星不老实。"熊总放下纸张，捏了捏鼻梁，"但还不是完全没用，如果游戏幻室能让那群实习生，尤其郁岸，无声无息消失，也算他将功折罪了。"

"您不怕李星再耍花招？再怎么说他也是地下铁机械后勤组组长，再摆我们一道可要吃不消了。"

"他儿子病重，接过来，好好照顾。"

方先生眼珠一转就明白了老板用意，连忙指人去办。

交谈中，技术部门忽然发来邮件，文字写道：直播观众人数激

增，技术人员排查原因，发现有人利用连接漏洞在直播画面上添了三个字。

邮件附件的内容是一段直播视频，其他都正常，唯一的变化是，在臭脸独眼的像素小人头顶多了个ID——"煤黑黑"。

煤黑黑虽然才直播没几天，但要知道，一个万众瞩目的游戏，全平台下架后只有煤黑黑少数几人能播，那吸粉速度有多快难以想象。

在知名主播黄奇的引流下，凡是关注这款游戏的玩家谁人不知煤黑黑，速通天秀操作被录下来广为传阅，连游戏制作人都直言煤黑黑对游戏完全有自己的一套理解。

漂移飞车为了增强J·S兄弟的能力，买通各大平台主播同时播映由纪年脑内传视芯片传出的画面，砸了不少真金白银在里面，要的就是观众越多，狂热情绪越旺盛。

现在不仅直播画面吸引人，"煤黑黑"三个字更是表明了正在操作独眼小人的玩家就是煤黑黑。

这谁不激动。

只有漂移飞车上下一头雾水，技术部门面面相觑，互相怀疑是哪个同事干的，有的人已经提前准备庆功。

熊总攥着水杯苦想，是不是地下铁在暗中捅刀。

"没事，您放心，不论这事成不成，火都烧不到咱们公司。就算出了什么问题，李星徒弟脑子里的传视芯片装了自毁程序，死无对证的事，他们没法死咬不放。"

门外小秘书急匆匆敲门："熊总，大厅里闯进一位女士，戴银头饰，自称蝎女，要跟您讨个说法。"

熊总疲惫地搓了一把头皮："又不是我杀了魔术师……快给夫人打电话……我应付不来女人。"

夜幕降临，漂移飞车内部稍显混乱。

第 060 章 替身

灰鸦游戏公司上下已经乱作一团，一屋子人对着电脑分屏上不同的直播画面目瞪口呆。

地下铁提前警告过他们，严禁在执行委托期间直播《灰鸦：玩具屋》的内容，然而现在事态完全失去控制，十几个知名大主播不约而同播映着游戏内的画面，用自己特有的风格做着幽默风趣的解说，观众们的热情更是在那个独眼像素小人头顶出现"煤黑黑"的 ID 时达到了顶峰，弹幕将画面挡得严严实实。

"居然是大佬，煤黑黑应该是游戏公司自己人吧，之前好像只有他能播这个游戏。"

"谁是煤黑黑？"

"我看过他的录播，就露了一下脸，特别帅。"

……

工位上鸦雀无声，其中一位运营人员弱声弱气地问："我们现在得出个澄清了吧？声明游戏尚未重新上架，不要继续直播里面的内容了。"

随即有人反驳："发布声明然后让这几个大主播被冲？现在的热度是我们以前几部游戏加起来都抵不上的，得罪了这些人，游戏上架之后指望谁去宣传？"

陈经理撑着酸痛的老腰，慢吞吞拍着额头，权衡了许久，就算这一次得罪了地下铁，之后也还能依靠漂移飞车，毕竟地下铁又没垄断畸猎行业。

于是他折中道:"嗯……发内部公告通知我们自己的主播,不要播映游戏画面。其他人就不管了。"

"已经挨个打过电话了,但现在联系不上黄奇,不过他的账号目前是下线状态。"

漂移飞车的阴谋、地下铁大老板的推动,加上灰鸦公司的纵容,使J·S兄弟得到了史诗级加强。

Boss上吊人小明已死亡,尸体坠落在地面上留下了一个巨大的黑洞,安全门倒计时清零,锁芯爆炸,整面墙都被疯狂的小型上吊人推倒,尸潮蜂拥而入。

如帷幕般向两侧拉开的砖墙又开始慢慢向中央闭合,沉重的摩擦声响催促着在场的几位实习生。

他们纷纷转身向深壑对岸拼命跳去,郁岸助跑了几步从边缘跨越,但深壑太宽,他接近崖畔时脚下一空,好在双手及时攀住了边缘,脚下踩住深壑内侧的坑洼处向上爬。

"技术员,小心。"魏池跃率先爬上了地面,回手抓住郁岸的小臂,郁岸诧异抬头,凝视面前坚毅诚恳的眼睛,没有抗拒他的帮忙。

郁岸借力登上地面,魏池跃抬起头,注视自己头顶上空无一物的区域:"完了,我只剩半颗心了。"

血量在受创后会以红心图标的形式显示在头顶,且只有自己能看到,在控制小明的手臂时,魏池跃被一掌拍到墙上,掉了半颗心。平民只有一颗心,接下来再受一次攻击就会当场死亡。

郁岸回头望一眼身后,纪年居然还在对面,脸颊被溅上一片血,惊恐地瘫坐在原地。艾科倒在他身前,背后插着那柄消防斧,鲜血打湿了黄色的雨衣。

小明被切断上吊绳坠落的一刹那,将插在手臂上的消防斧甩了出去,斧头飞速旋转着砍入了艾科的后心。

"他死了!"纪年颤颤喊道。

郁岸一怔，魏池跃抬高嗓门急吼："别管他，你自己过来！"

还是车恩载反应更快，仗着瘦高腿长的优势，跨回深壑另一端，拖起纪年反身就跑，魏池跃在对岸前倾身体接着。身后尸潮涌动，车恩载没有足够的助跑距离，只能拼命一跃，纪年被魏池跃抓住向上一拽，两人在地上滚了好几圈。

车恩载跳跃距离不够，挂在了崖壁上，郁岸看着他，不由自主伸出手去。

车恩载没多想，一把握住了郁岸的手，见郁岸走神，轻声催促："救我。"

郁岸垂下眼睫，用力将他拉上了地面。

追随而来的尸潮淹没了艾科的尸体，在悬崖边来不及刹车，如瀑布倾泻入无底深壑。闸门终于关闭，将挤在缝隙中央的上吊人压扁，腐臭的血水从缝隙中爆开。

最终，苍白灯光笼罩下的阴森房间终于重归宁静。

劫后余生，两个调查员精疲力竭一屁股坐下，抹着额头的汗喘气。纪年惊魂未定，趴在地上干呕，连膝盖都在打战，这反应不像装出来的。

"是真会死人的啊。"魏池跃低着头，双手抹了一把眼睛上的汗水，失去一位同伴让他一时难以接受。在这里死亡就代表着现实中再也醒不过来了。

郁岸在魏池跃身边站了一会儿。他还无法做到为一个不过两面之缘的同伴的逝去感到心痛，但远比从前多了许多耐心——听活着的伙伴哭泣。

他也感到异常疲惫，拖着沉重的脚步去查看boss掉落的奖励。

每个人面前都跳出来一个五彩斑斓的礼物盒，系着大蝴蝶结，只有郁岸面前并列放着两个礼物，其中一个是终结奖励，奖励他给予了boss最后一击。

车恩载望着合拢的闸门出神，半晌，摇了摇头："先担心我们自己吧。我可不想跟他一个下场。"

他率先拉开了礼物盒的丝带。盒盖自动打开，从内部散发出一缕

白色的光芒，一枚精进徽章冉冉升起，悬浮在他面前。

精进徽章可以全方面加强角色，如战斗力、敏捷度和其他职业技能，是一件非常有用的道具。

车恩载舒了口气，将精进徽章戴在了胸前。

魏池跃和纪年也纷纷拉开自己的礼物盒，盒内各自升起一枚精进徽章。

戴上徽章后，魏池跃用拳头在掌心试了试力道，感觉身体灵敏了不少："好东西，接下来打起来就轻松多了。"

纪年捧着精进徽章犹豫，自己肩不能扛手不能提的，就算戴上徽章也提升不了多少，0乘以200%也是0，有点浪费。他转头看向郁岸，郁岸正盘膝坐在两个礼物盒前，直勾勾盯着，像在进行某种抽奖前的开光仪式。

抽奖好刺激，前提是能抽到好东西。看来精进徽章是保底奖励？郁岸心里想，只要能抽到两枚精进徽章就是血赚，精进徽章的效果是可以叠加的，加上身上这一枚，他就拥有三枚徽章，后面的boss还不是手到擒来？

博一博。

郁岸同时抽掉两根丝带，两个礼物盒开启后，同时泛起彩色的光，两件物品从盒内悬浮上升，在郁岸面前旋转。

这颜色看着有玄机啊，感觉出货了。其他人好奇的目光也都聚集过来。

  奖励一：一键换装按钮
  说明：可以随时更换你拥有的服装，同队妹子都羡慕哭了

郁岸嘴角抽了一下，从空中拿走那枚红色的小按钮，艰难地揣进兜里。

他将最后的希望投向了另一个礼物盒。

奖励二：好感度表

说明：这个小屏幕上可以看到其他角色对你的态度，你可能在不经意间就得罪了某个NPC，是不是很神奇？

郁岸依旧盘膝坐在地上，纹丝不动，石化了。

纪年和车恩载平时不怎么玩游戏，不太能理解郁岸现在的心情，只有魏池跃遗憾地拍了拍他的肩膀："我懂，十个648[1]打水漂了。"

给他们休息的时间并不多，合拢后的闸门在不停向前挪动，并且闸门内侧突然刺出了一整面尖刀，向他们所在的方向寸寸逼近。

"走。"郁岸揪了两把头发出气，拿上奖励起身向前方一望无尽的昏暗走廊跑去，其他人捡起武器紧随其后。

走廊没有灯光，郁岸只能打开手电筒照亮，调查员自动承担起探路的职责，但魏池跃少了半颗心，于是车恩载接过郁岸的手电，走到了最前方。

郁岸也没说什么，跟在后面也无所谓，拿出刚刚得到的奖励摆弄。

一键换装就算了，玩玩好感度表吧。

他将那块透明、塑料质感的小屏幕举到眼前，对准魏池跃宽阔的后背。

显示他对自己的好感度为：钦佩、信任。

坦诚的大个子，看起来完全不擅长撒谎，很讲义气的一个人。

再看车恩载，对自己的好感度为：与我无关。

他还没受过伤，是满血状态。从刚刚的战斗来看，他的反应很快，行动也极其敏捷，之前在实力测试中没拿到高分大概是因为太早遭遇了匿兰或者火焰圭。

同为技术员，纪年也跟在两位调查员后面，扶着手臂跌跌撞撞向

---

[1] 指648元，部分手游单次充值的上限。

前走。

郁岸举起好感度表看过去，纪年对自己的好感评价为：被迫追随。

这是什么意思呢？

认为我对他有威胁，但又觉得不得不跟随我才能离开这里吗？郁岸心里猜测。

走廊越来越黑，直到完全看不清脚下的路，郁岸只能扶着墙壁向前摸，墙壁的触感也从瓷砖变成了带有纹路的壁纸。

手电筒的光线忽然被一把座椅拦住。

在不远处的走廊中央，静静地放着一把红色的转椅。背对着他们，有人蹲下察看，椅下空空如也，似乎没人坐在上面。

"我去看看。"车恩载举着手电筒，小心翼翼地向前靠近，并谨慎地观望四周。

他用手电筒抵住座椅靠背，慢慢拨动，试图让转椅面向自己。

锈蚀的转轴发出悠长刺耳的吱嘎响动，座椅被他转了过来，竟有个男人被静电胶带绑在扶手上，缠住了双眼和嘴，双腿垂在椅下。

车恩载猛地惊了一下，同时听见一声细线崩断的弹响，一把消防斧吊在天花板上从半空急速荡了过来，车恩载就地趴下。因这斧头距离极近，走廊狭窄，他无法向旁边躲避。

那斧刃朝他的颅骨砍去，冷风拂过耳边，似乎有一只手从车恩载头顶出现，攥住了撞来的沉重斧子。

车恩载抬起头，循着手的小臂向上瞧，却发现手从手臂中间断开，断面萦绕着黑雾。

断手被斧头击中，化作一团血雾消失，一张令人顿然安心的脸从走廊阴影中出现，粉红长发，微垂的下眼角笑时看上去没什么威慑力。

昭然紧了紧手套搭扣，开口时露出尖牙："都在？"

隔着十几米看见面试官，郁岸咬住嘴唇，自觉开始反省：这一局自己做过什么扣分操作没？刚刚自己从深壑边缘把同事拉上来，他看到了吗？

第 061 章
验证

车恩载举起手电筒照亮对方的脸,被光线扫中的地方便迅速褪去了色彩,他的头发和睫毛乃至粉红瞳仁遍布色素细胞,受到光的刺激就会褪成雪白。

昭然眯眼抬手遮挡脸前的光,车恩载立刻移开手电筒:"抱歉,组长。"

昭组长现身,让实习生们悬着的心落了底,终于不用死在这个鬼地方了。

"你的手,好像是假肢?"昭然注意到车恩载的左手,肤色不太自然。

车恩载眉头微蹙,抚上安装假肢的手肘,不想提起那场灾难,轻描淡写道:"去年出车祸受了伤。"

"嗯。"昭然轻拍他肩膀以示安慰,又问第一时间跑过来帮忙的大个子魏池跃:"你呢?"

被紧急秩序组组长亲自问话,魏池跃浑身紧张,笔直立正,字正腔圆地回答:"报告,两年前老妈尿毒症,正好配型合适,换了我的一颗肾。"

他毫不掩饰,讲述功勋般骄傲地自我介绍。

原来都是身体残缺但尚未镶嵌畸核的预备载体,怪不得会从茫茫人海中被职业推荐人看中,然后举荐给地下铁的面试官们。

"先去看看绑在椅子上那人,好像还有呼吸。"

两个调查员对昭组长的命令自然毫无异议,转身小心接近座椅探查。

昭然转身面向站在稍远处黑暗中的两位技术员,座椅上的铜片装饰如一面模糊的镜子,在转身的瞬间照映出昭然的双眼———双金蓝色异瞳,在铜片上一闪而过。

他隔着手套搔了搔手背,刚刚拍到对方肩膀时产生的那种强烈的敏感不适的感觉让他很不习惯。

郁岸站在原地,被忽视的感觉让他很不爽。

刚刚车恩载险些坠崖,拉住他的手时,郁岸就感觉到了假肢的触感,却没有当面询问。这不符合面试官的要求吗?不值得面试官单独拿出来表扬一下吗?

原来自己被扔进实习生堆里也并不特别,甚至都不是他最先关注的人。仿佛从进入游戏幻室到现在,昭然从来没在意过他。

迎着昭然远远望过来的视线,郁岸迈步上前,却被纪年拉住手臂。

"等一下。"纪年目光警惕,"我和雍郑调试设备的时候,认为不到存档点位置很难进入连接,他没理由半路出现。有什么事情是只有你和你师父两个人知道的吗?"

郁岸微怔,眼睛看向一旁,迅速思考过后,快步走到昭然旁边。

没想到,昭然双手插在风衣口袋里,微微弯腰,挨近他:"我以为你不想和我说话。"

因为身高差,平时昭然总是低头和自己说话,加上身份的差距,难免会产生一种上司对下属提问的压迫感,像今天这样倾斜身子,仔细聆听的样子显得特别温柔。

这一套组合拳打得郁岸不知所措,准备好的问题突然忘词,低着头冷声问:"上次为什么要关灯?"

昭然指尖微颤,眼底掠过吃到大瓜的惊诧。

他耐心蹲下来,仰头看着郁岸别扭的表情,抻平对方的雨衣下摆,轻声解释:"看我的瞳孔。是散开的,而且很浅,没有什么黑色素,所以畏光,在光下会看不清。"

郁岸睁大眼睛,这是他从未思考到的角度,顿时那些摆在脸上的疏离便自然消融了大半。

他又问:"那个银圈,没有戴吗?"

昭然抿唇,放轻嗓音:"不是在你这里吗?再说上班呢。"

银圈?这具身体怎么可能戴得了那个?他捻捻指尖,一阵心悸。

郁岸脸色一沉:"上班就不能戴吗?"

"没有没有没有……"昭然落下一滴汗,手忙脚乱哄他,"你别闹。"

从回答问题上看不出异常,郁岸悄悄摸进雨衣口袋,捏住好感度表的一角向外拉。

忽然,一声惊呼打断了他的动作。两位调查员正忙于解救绑在座椅上的男人,魏池跃用尖刀割开男人嘴和眼睛上的黑色胶带,男人痛苦地趴到地上咳嗽,从嘴里呕出了一张黏满唾液的字条。

郁岸定睛一看,这人脸熟,不就是教自己直播的那位游戏主播黄奇吗?

黄奇从痛苦中苏醒,睁眼便看见郁岸双手撑着膝盖弯腰观察自己,吓得舌头都大了:"你,那个抠眼珠子杀人魔……"

"……"郁岸踹他一脚。

"我在哪儿?"黄奇慌张地乱摸自己的脸,直到摸到系在脖颈上的粉色大蝴蝶结,"对,我穿越到我的游戏账号上了。当时我坐在电脑前玩游戏,一对双胞胎就出现在游戏画面里,他们朝我越走越近,然后伸出手,竟然穿透了屏幕,把我扯进来,还塞给我一张写着'平民'的卡牌,还给了我一把刀。对,我的卡牌呢?"

"双胞胎,长什么样子?"

"十六七岁的小男孩?两人都是一只金色眼睛、一只蓝色眼睛,跟波斯猫似的。"

"你们是地下铁的人吧,我是不是已经得救了……"直到黄奇看见其他人也穿着游戏风格的酷炫小雨衣,愣了两秒,又绝望地两眼翻

白晕了过去。

只有魏池跃不嫌恶心,用刀尖拨开黄奇吐出来的字条,上面赫然写着一行字:魔女就在你们中间。

他匆匆望向昭然,希望领导能给他们指明一个方向。

昭然却说:"巧了,我来时也得到一张牌。魔女终究要留在这里,除非杀了我们所有人。如果都是自己人,可就为难了。"

魏池跃急道:"什么?您可是组长,不是来保护实习生安全的吗?"

"一位实习生未能生还,在公司预估的正常范围内。"昭然平静回答,"我要尽量保住更多实习生的命。"

听罢,人们鸦雀无声,郁岸看着他,想说什么,但没开口。

"抓紧时间离开这里吧。"昭然摊手,"所有没受过伤的人,自捅一刀,魔女只有半颗心,只要魔女死掉,我们就稳赢了。"

"我不同意。"纪年抬高嗓音,跌跌撞撞跑到郁岸身边,"如果字条是在误导我们,魔女并不在我们之中,岂不是让我们白白浪费一次容错?之后要保证无伤到达终点,有多难?他想误导我们自相残杀,我认为不要上他的当。"

"我同意。"车恩载靠在墙边说,"你怎么这么激动,难不成你就是魔女?"

郁岸意外纪年会这么说,接着道:"我也不同意,技术员的自保手段不多,你一个人不能保护我们所有人。"

魏池跃想说"要走一起走",却又觉得自己担不起这样的责任,只好弃权。

"行,听你的。"昭然摸了一把郁岸的头发,郁岸看向一边:"如果你是魔女,你会舍弃自己救我们吗?"

"会的,因为你们中间有对我来说很重要的人。"

郁岸欲言又止,一句话哽在喉头咽不下。

"刀墙移动过来了,快走。"车恩载照亮身后的走廊,那面刺满尖刀的砖墙还在匀速移动,已经接近他们站立的地方,逼迫他们继续前进。

"跟上。"昭然走在最前面,在黑暗中行走如履平地。车恩载举着手电筒领其他实习生向前走。魏池跃拍醒黄奇,把人拖起来就跑。

沿着走廊一直向前,眼前竟是另一处悬崖,探头向下看,伸手不见五指的壑底隐约可见直立的刀,无数麻绳悬在天花板的钢梁上,有的绳套挂着上吊的尸体,有的绳套还虚位以待。

悬崖对岸距离五十来米,助跑飞跃绝不可能。

但并非毫无出路,两道铁索连在悬崖之间,可以通过走钢丝的方式走到对岸。

但铁索中央被影影绰绰的上吊尸体遮挡,走钢丝途中肯定会因为躲避尸体而坠落。

"这里有机关。"郁岸蹲到地上,双手扫开地面的浮土,发现了一块一米见方的盖板,用刀尖撬起来,里面竟是密密麻麻的铜制齿轮,齿轮互相咬合,牵一发而动全身。

转动一个齿轮,整个机械便跟着运转起来。纪年抬手指向悬崖:"上吊人动了!齿轮操纵的是他们上吊的钢梁,钢梁整体旋转,上吊人就会跟着调整位置。"

"我看到了,对面悬崖有插栓。"昭然举目远眺,在黑暗中分辨对岸的细节,"在低于我们站立的位置,只要两个人先过去,把铁索另一端挂在低处,剩下的人就可以借助铁索的坡度滑过去。"

郁岸在地上画着数字计算:"时间很紧,刀墙距离我们也只剩一百米,按它的速度计算,五分钟就会推到这里,快一点,现在就走。"

身手最敏捷的昭然和车恩载率先跳上了铁索。车恩载将手电筒叼在嘴里,双臂伸直来辅助平衡,调整呼吸,尽量不向下看。

魏池跃等他们走出一定距离后,跟着迈了上去。他个头太大,很难保持重心平衡,但铁索奇重无比,凭车恩载一个人,就算到达对岸也无法举起铁索挂到低处的插栓上,所以他必须去,这样才能尽量为技术员争取逃离的时间。

昭然就轻松得多，双手插在兜里，毫无压力地向前迈步。

"我的妈呀。"黄奇看一眼悬崖，腿直打哆嗦，吓得坐在地上往后蹭，只好跟技术员们留守在一起。

"喂，你也别闲着。"郁岸冷冷道，"数数会吗？大声数，从一开始，均匀地数，不要变快也不要变慢。铁索上的人，听黄奇数一个数，就向前迈一步，房间太黑，你们走远之后，我们就看不见你们了，只能根据速率、步幅算你们的位置。"

"好！"上了铁索的人们应声。

黄奇哪敢反驳半句，只好听话地大声数起数来，凄厉委屈的号叫在空荡的悬崖间哀转久绝。

纪年扶着膝盖跪坐在郁岸身边，仰头盯着转动的天花板钢梁，记住所有经过视线的绳结位置，然后说给郁岸听。

郁岸通过心算估测三个人的位置，指尖微调齿轮，要保证三个人的面前都没有上吊尸体阻碍他们前进。

上了这条铁索，就相当于将命交给了留守的同伴，在无底深渊上方，或许技术员的一个操作不当，就会使走钢丝者坠入万劫不复之地。车恩载叼着手电筒，不敢相信自己就这么走了上来，是精进徽章给了他底气吗？

钢梁开始转动，上吊的尸体也在跟着缓慢旋转，他匀速向前走，一具尸体正挡在两米之外，头颅被折断挂在肩头，外凸的双眼死死盯着他，似乎随时都能动起来，抱着他坠入深壑。

黄奇还在大声数数，车恩载想要停下脚步，却无法停歇，因为魏池跃就在身后，自己的步幅一变，就会影响到他。

距离仍在缩短，车恩载快要与尸体贴个对脸了。

忽然，距离陡然变大，尸体被转动的钢梁带走，从车恩载的必经之路上被转开了。

他松了口气，继续向前。

郁岸的操作从一开始的生涩变得熟练，不停向前或向后微调齿轮，这对手指的控制力、精细度和大脑的计算速度都是一种考验。

郁岸低着头专注操作，这时候，纪年贴近他耳边，用只有他听得到的音量问："你是魔女吧？"

郁岸指尖一顿，但立刻将节奏找了回来，低声回答："我是英雄。"

"不，平民死亡的时候英雄会掉半颗心，艾科死的时候你却没有抬头看自己的血量，说明你头上没有显示掉血。"

"我拿到牌之后，说了一句预言家，是故意让你看到的。"纪年轻声说，"如果你是平民牌，就不会这么快反应过来这个游戏里没有预言家。'平民'这个词很容易误导人认为这个游戏与狼人杀有关，只有你的牌不是平民，你才会一下子意识到我在骗你，然后立即做了一个英雄的举动来反套路我。魏池跃也看到我说自己是预言家，他就深信不疑。当然，不排除他傻。"

"可是昭组长真的会抛下你不管吗？他是你师父欸，或许只是想考验你会不会舍己为人呢。"

"你师父不也利用了你。"郁岸已经出了神，只有手指在靠着惯性继续操作。锋利的轮齿磨破了指尖的皮肤，一些密齿上沾了血迹。

"唔。"纪年却看到他眼睑慢慢泛红，鼻尖上一滴水滴到齿轮上，淹没在金属的缝隙中。

"你……你别哭啊，我不会让你死的。"

第 062 章
撕破伪装

纪年趴到地上,扭头向上看郁岸的脸,没有过激的表情,但可以透过眼睛看到他的愤怒。

一块透明显示屏从郁岸口袋里滑出,当啷一声掉落在脚下,纪年捡来端详,原来是好感度表。

"怎么,偷偷测过你师父了吗?"纪年端正屏幕,"是趁他上铁索的时候测的?"

透明显示屏上赫然写着四个字:玩玩而已。

"嗯?什么意思?"联想到郁岸面对昭组长的种种反常,纪年心里咯噔一下,"唔,不会吧?"

地下铁高层从根里烂透了。纪年用两根手指捏着好感度表,多摸到一点都觉得脏。

郁岸死机的大脑终于重启,低声开口:"外面留守的人能提前看到我们的身份牌吗?"

"雍郑可以从代码上看到。"

"昭然……他不守着实习生现实中的躯体,偏要进来,是看到了我的底牌后怕我杀光所有人,换自己活着出去啊。"

郁岸手背暴起青筋,齿轮的尖角深深嵌进指尖,血丝渗进齿轮夹缝,在铜面上留下一道红印。

从拿到魔女牌开始,他一直在为其他实习生寻找活的出路,为了不让昭然带队的行动惨败,让昭然免受牢狱之灾。

"玩玩而已"，这就是他对自己给他干活的褒奖吗？

郁岸发出一声冷笑，纪年立刻抬手摸脖颈倒竖的汗毛。

"弄死他。"郁岸前一秒还低落呆滞的目光忽然变得明亮——

只要面试官的意识死在游戏幻室里，躺在连接台上的那具漂亮身体就归我了。

此时铁索上的三人站位呈三角形，昭然在左边的铁索上，车恩载和魏池跃在右边的铁索上，上吊人从头顶钢梁分散垂挂下来，位置没有规律可言，每转一次，钢梁都会扭曲变形，使上吊人的位置发生变化。

在这场钢丝表演中，最难的绝不是走钢丝本身，而是两位技术员需要精确计算扭动齿轮的距离，进而控制上吊人旋转，分别避开三个人正前方的路。

由于环境黑暗，无法直观地看到铁索上的人走到了什么位置，只能通过钢梁上的绳结位置加以估算。

郁岸突然改变了拨动齿轮的力度和方向，纪年仰着头观察钢梁旋转，一下子就发现他这是在操控上吊人，在避开两个调查员的同时，把昭然撞下去。

纪年何其聪明，完全知道该怎么配合他，更迅速地为他说出钢梁上绳结的位置，使他不必一直仰着头注视天花板。

昭然一直保持匀速前进，顺利接近终点时，上吊人的旋转突然变得凶险起来。

诡异的尸体位置变幻莫测，迎面撞来，昭然脚下一滑，双手挂在铁索上险险避过，刚翻身上来，又从右侧冲来一具喷着馊血的腐尸。

昭然向前空翻，掠过几具摇晃的尸体，瞬间，身体形成一道粉红锋影，将拦路的上吊人撞得支离破碎。

"很厉害嘛，就差一点。"昭然意犹未尽，拍拍手套上的灰土，轻松跳上终点处的平台。

两个技术员计算精准，连每一步之后对方会如何躲避都考虑得滴

水不漏，如果不是昭然，换谁也遭不住他俩的阴招。

忽然，郁岸飞速搓动齿轮的手指停顿了一下。

"你说错了一个，刚刚差点把车恩载撞下去。"他抬起头，薄薄一层眼皮，整个人稍显锋利。

纪年咽了口口水："是吗？还好有你。"

时间一分一秒过去，走廊中不断逼近他们的刀墙已经快要推到脚边，墙壁将途中的杂物全推了过来，包括那把座椅和掉落在地上的消防斧。

再留在这儿就会被墙上的尖刀捅个对穿。

两条铁索纷纷开始晃动，意味着他们已经走到了对岸，正在尽力扳开卡扣，将铁索另一端挪动到下方的插栓上。

"哼。"又在昭然这儿输了一筹，郁岸狠狠推了一把齿轮解恨。

昭然这一边最先挂稳锁扣，敲击暗号传了过来，示意他已经准备好接应。

郁岸按下纪年肩膀："你们走另一条。"

他飞速抓起地上的消防斧挂到腰间，脱下雨衣外套拧成一条粗绳，挂到铁索上，双手各持一头，在手腕上绕一圈固定，做成一个简易的滑索工具，两腿一蹬断崖，借着坡度滑了下去。

滑索速度比想象的还要快，脚下的深渊时而闪过暗光，照亮底部错杂支棱的尖刺。

头顶的钢梁失去控制，密集悬挂的上吊人便像婴儿床上的玩具一样转了起来。

老旧的麻绳断裂，上吊人接连坠落，从郁岸耳边刮过一阵腥臭的风，然后跌落坑底，尖刺从上吊人的身体各处捅出来，沾满泥浆似的污血。

他蜷起身体抬起双脚做出缓冲的姿势，离对岸越来越近。

黄奇和纪年一同从另一条铁索高处向下滑，整个空间都听得到黄奇恐高的惨叫。

刀墙此时已经推到尽头，被铁索末端的插栓挡住，座椅坠下深坑粉身碎骨，但墙的移动并未就此停止，而是继续向前，沉重的力量将插栓逐渐推歪，插入地面的位置开裂，悬在空中的铁索猛地断开！

郁岸已经滑到接近终点的位置，铁索一断，他果断松开手，整个身体飞了出去。在广湖面具作用下，他的身体像一团不停滴落墨水的阴影，拖着一道暗影从高空滑过，冲向近在眼前的那团粉红。

不远处，猩红双眼在暗夜中闪光。昭然伸开手臂，迎着郁岸飞来的方向一跃而起，两具身体猛烈碰撞。

郁岸紧闭双眼，跟他一起滚了出去，温暖的、柔和的皮肉和骨骼作为缓冲，滚出几米后撞停在了墙壁上。昭然躺在地上，郁岸双手撑着坐起来，抖了抖头上的石屑和灰土。

"好痛，你是发射过来的吗？"昭然揉着头吸气，在暗处，他鲜艳得像朵刚刚苏醒的食人花。

郁岸觉得昭然有种似人非人的美感，普通人可能会觉得有点吓人，但对于会被《寂静岭》中的无脸护士迷得神魂颠倒的郁岸来说很漂亮。

而这并不会成为他手下留情的理由。

"你……"昭然看到他目光如钉，正盯在自己身上一些看不见的珠宝上。

郁岸戴在脖颈上的银圈从领口滑了出来，垂在细链上轻轻摇晃。银色素圈被他细细打磨得平滑如镜，光洁的表面映出昭然的脸。倒影却是一张欧洲少年的脸，眼窝深邃，金蓝眸子若星辉闪烁。

郁岸愕然。

J·S兄弟可以在游戏场景内任意建模，却不会修改反射成像，所以所有能反射成像的东西，都会映出J·S兄弟真实的面貌。

"你是J……还是S？"

"J，可以叫我詹姆斯。"

伪装败露，他不羞不恼，仍顶着昭然的脸微笑。

"我不该变成他的样子的,因为当我拥有他的记忆,你摔过来的时候,这具身体就会不由自主地接住你。"

"我和弟弟总是隔着屏幕看你们,这还是第一次有人类进入我们的世界。"詹姆斯捏起郁岸挂在脖上的银圈,"这是真实的指环吗?游戏里很少见这么精致的小东西,总是用几个杂色像素点敷衍过去。"

"我们一直在你身边,从失落小镇的水中乞讨者开始。看你们玩得那么开心,到现在才忍不住加入进来,原来和人聊天是这样的感觉。"

"陪我玩到游戏结束吧。"詹姆斯说。他的身体变成一道粉红电光从郁岸身下逃离,在三米之外站定,双手插进风衣兜里,用昭然一贯的沉稳表情与郁岸对峙。

铁索崩断的巨响使空间震动,黄奇和纪年也相继滑到终点,被车恩载和魏池跃及时接下。他们转头去与另外两人会合,接下来发生的一幕让所有人惊得咋舌。郁岸和昭组长分立在两边,郁岸抬起尖刀,刀尖直指昭然。

"这是……"车恩载看懂了局面,"英雄和魔女在对峙。"

魏池跃倒吸一口气:"谁、谁是英雄?"

纪年急道:"郁岸是!"

"不可能。"车恩载眉头紧蹙,"英雄有三颗心,就算艾科牺牲,死了一个平民也只会让英雄掉半颗心,魔女却只有半颗心,碰一下就死。如果郁岸是英雄,就会直接冲上去和组长拼血量。"

郁岸说:"他是冒牌货,就是J·S里的J。"

实习生们脚下一顿,不知他所言真假。纪年也是一愣,脑子飞转,分析当下的情况。

詹姆斯打了个响指,两人胸前亮起白光,之前融入体内的纸牌重新显现,悬浮在两人头顶——郁岸头上的是背对魔镜狞笑的魔女,自己头上的则是手持剑盾、披红斗篷的英雄。

"我不知道他在说什么。"詹姆斯夹住英雄牌,昭然的举止语气被他模仿得惟妙惟肖,"或许他只是想赢。出口就在前面,你们走吧,医生就在外面守着,他也不一定真会死嘛,你们不需要为我的工作承担压力,孩子们。"

郁岸举刀的手僵硬颤动,侧身凝望他们。他不如对方巧舌如簧,喉咙里哽了几句笨拙的争辩,忽然生出种自暴自弃的落寞来。

实习生们首次共同参与任务,就被迫在自己的性命和同伴之间做出选择,如果真到了自相残杀那一步,就算能活着走出游戏幻室,一盘散沙又对其他公司有什么威胁呢?

看到实习生们在进退间犹豫,詹姆斯抬起手,随着他的召唤,郁岸脚下的石面开裂,几条苍白手臂瞬间穿出地面。郁岸反应更快一步,在鬼手抓向自己时闪身一滚,向实习生们的方向扑过去。

可他身体腾空时,鬼手追来,一把抓住了他的脚踝。

郁岸重重摔在地上,纪年先从几人中挤了出来,抓住郁岸的一只手,坐在地上拼命向后扯,郁岸才得以将尖刀插入地面固定身体,但依旧无法与鬼手的力量抗衡。

"让我赢,我能带你们出去。"郁岸艰难地从齿缝中挤出一句承诺。攥住脚腕的力量蓦然一松,郁岸和纪年便在惯性作用下甩了出去。他们回头一看,魏池跃趴在地上,举起的尖刀重重刺在鬼手上,鬼手挣扎扭动,化作一团血雾消散,他才来得及回头搭话:"技术员退后!你刚说什么?"

"我说……"相信我。

詹姆斯向他们走来,悠闲的每一步都带着昭组长的气场。

"不要再过来了,组长。"车恩载察觉到不对劲,举刀冲过去,中途改变方向,在石壁上踏了一下,以一个刁钻的方向进攻,尖刀几乎触到对方左胸。

詹姆斯脚下忽然升起一圈浅金色光环,光环连成日晷形状,晷针

光影倒退。车恩载在震惊中退回了五步之外，还没反应过来，对方已经站到自己面前，翻身一脚，将他踹出两米之外。

紧接着，詹姆斯脚下的金环改变形态，晷针消失，三条直线将圆盘划分为六个扇形，五个格子明亮，一个格子黑暗，一道光束在圆盘中旋转起来，并迅速停留在其中一个明亮的格子上。

时钟失常、轮盘赌。郁岸认出了这些能力，日御镇的多手怪物对战亡湖寄生者时用过。

昭然会的招数，詹姆斯都会，这宛如账号异地登录的能力，简直骇人听闻。

车恩载身后嶙峋的石壁忽然刺出一石器，瞬间捅穿脊背，从胸口刺了出来。

剧痛让他汗如雨下，车恩载仰起头，显示自己还剩半颗红心。手电筒从手中滚落，光线正好晃过对方的眼睛，车恩载手中的尖刀刀背映出昭组长的脸，一双金蓝色眼睛赫然映在钢铁之上。

"是J·S伪装的，杀了他！"他掰断胸前染血的石刺，栽落在地上喘着气吼道。

"好有意思，"詹姆斯挑起眉尾，脚下的金环分散开来，"一起上吧。"

手电筒晃过他的眼睛，地上的金环便像电压不稳似的闪烁了一下。这微小的细节提醒了郁岸，他躲开守护在詹姆斯周围的鬼手，抢先夺走手电筒，开最强光直射詹姆斯的眼睛。

那些鬼手嗖一下从他身边退开，詹姆斯躲藏的昭然的躯壳刹那间褪成白色，行动肉眼可见变得迟缓。

"想杀我的话，在日光下是最好的机会。"面试官这样说过。

郁岸将手电筒抛给纪年："照他！"

詹姆斯抬手遮挡眼前的强光，他本身不畏光，可如果抛弃昭然的躯壳，那他也将失去昭然强大的能力。

车恩载忍痛从石刺上拔下身体，眼前晕眩，但捡起尖刀又一次冲了上去，利用灵活敏捷的优势从背面挂到詹姆斯后颈上，推起他下巴，尖刀抹过他的动脉。

与此同时，郁岸三步并作两步冲到他身前，将手中尖刀斜向上刺进了詹姆斯的心脏。

刀尖从脊背刺出，鲜血溅了车恩载满身，詹姆斯喉咙里发出一声野兽的尖啸，双眼猩红，唇角粘连开裂，体内爆发出一股强势的冲击力，将两人轰出十几米外，郁岸滚了几圈，在悬崖边堪堪停住。

这是昭然进入狂暴情绪的前兆。

詹姆斯压住胸口的伤，血从指间向外涌，他满脸惊异："对着熟悉朋友的身体，也能毫不犹豫下手，你真是有趣。"

此时郁岸却在走神，詹姆斯完美复刻了昭然的能力，那么昭然到底从日御镇的多手怪物体内挖走了几枚核？

多手怪物总共拥有几枚核？那轻信人类的笨蛋畸体遭遇昭然后，还能活吗？

回到现实中还能再遇到它吗？它喜欢吃的冻肉和软糖，城市里应有尽有，自己的工资足够养它。

它被面试官残杀了吗？取走所有核换成钱了吗？昭然的财富和豪宅，是否都由它而来呢？

两处致命伤在身，詹姆斯浴血走出黑暗，伤口处流出的并不是血浆，而是红色的程序代码，密密麻麻的1和0沾满他的衣摆，他脚下又开始浮现金环，金环分散乱飞，每一个小环内都从地底升起一位手持武器的银甲骑士。

昭然的战神旗帜总共能召唤六种形态的骑士灵魂：矛斧骑士、弓箭骑士、铁链锤骑士、重型宽剑骑士、教皇十字剑骑士、轻甲苦无忍者。

六个金环将郁岸围在中央，并逐渐收拢包围圈。弓箭手拉满弓弦，雕刻大马士革花纹的金色弓箭破空而来，他的弓箭竟然能突破金环，只要对面有金环接应，箭就能射出来。

其他人被骑士的包围圈密实地遮挡在外，根本无法突破进去，更

别说挨到詹姆斯一根汗毛。

纪年表情阴沉地观望战局,对手还剩一颗半红心,尚能承受三次致命攻击,郁岸的赢面还是太小了。

"根本冲不进去!"魏池跃尝试了无数次,都被金环驱赶出来,焦急地转头问纪年:"技术员,现在怎么办?"

他声音一滞,身体微僵,怔怔低下头,不敢相信自己胸前穿出了一把血红尖刀。

他一寸一寸回头,对上了纪年惊恐的目光。

弱不禁风的小技术员握着刀柄,脸颊溅落鲜血,一狠心,咬牙拔出了刀。

魏池跃仅剩的半颗红心被消耗掉,缓缓跪了下去,身体变暗,保持着死亡的姿势下线了。

平民死亡,英雄掉血,詹姆斯受创,脚下金环随之虚弱闪烁。

被困在金环中的郁岸被这一幕惊到:"别动手!再撑两分钟就赢了!"

亡湖面具下的防沉迷系统倒计时已经进入最后两分钟,每减少一秒,畸核就会搏动一下。

鲜血将纪年双手浸红,他腿还在发抖,却将视线移到了重伤的车恩载身上,握着刀走去。

车恩载惊诧地瞪视他,惊异于他的恐惧和决绝。

詹姆斯看穿了纪年的目的,抬手送出一个金环,挡在车恩载之前。

不是他想保护实习生,而是如果剩下的平民再死亡,他就只剩下半颗心了,必胜的局面居然被扭转成劣势,他慌了。

纪年面对高大的银甲骑士,无可奈何垂下双手。

当所有人都以为他放弃时,他突然举起尖刀,朝自己胸前猛刺一刀,拔出来,又刺一刀。

在身体变灰下线前一刻,纪年扯下自己和魏池跃胸前的精进徽章,连着手电筒一起,用尽全力抛给了郁岸。

"这是一场交易,不用挂心。"纪年闭上眼睛,举起一根手指竖在唇边，无声对郁岸说，"小心大老板。"

马戏团幻室中，几位实习生躺在连接台上，艾科的生命监测仪突然发出刺耳的报警声。

室内凝固安静的气氛猛地炸开，匿兰离艾科最近，赶紧招手喊急救组实习生过来："小厍！快！"

阮小厍从瞌睡中惊醒，一个箭步冲到艾科的连接台前，察看监测仪表，看来他在游戏幻室中死亡，现实中大脑将会受到重创。

"让开。"她挽起衣袖，迅速用酒精擦洗了几遍双手和小臂，然后拿起准备已久的电钻，对着艾科的颅骨钻了下去。

"天哪。"匿兰捂住嘴，还从没见过如此粗暴的治疗场面，不禁怀疑她靠谱吗。

挽起的衣袖露出了阮小厍手腕上镶嵌的三级红治疗核 - 徒手控制。

她手指接触到的器官可以暂停损坏，甚至一颗脏器让她捧在手里就可以永久"保鲜"。

阮小厍在艾科的颅骨上钻了两个洞，将食指分别伸进去，轻轻触碰柔软的大脑，阻止大脑恶化。

她的能力给留守待命的急救组争取到了最佳急救时间，护士紧急将她和艾科一起推了出去，争分夺秒抢救艾科。

其余人在马戏团帐篷里等了好久，匿兰焦躁徘徊，低声骂火焰圭："你走开啦，我要烤熟了。"

火焰圭搓搓手臂上的水汽："我急，什么时候才能进去帮他们？"

帐篷外越发喧闹，匿兰侧耳听外面的动静，好像是各大报社的记者正挤在外面等待采访。

"谁叫他们来的！谁把这儿的位置透给他们了？"匿兰抽剑向外冲，试图赶人，却与匆匆赶回帐篷的阮小厍撞了个满怀。

这时候，生命监测仪器又开始报警，阮小厍一惊，迅速打起精神跑到魏池跃身边，熟练地翻身跳上连接台，在其他护士帮助下打孔，

双手手指推进颅骨之中，接触大脑，尽自己所能阻止损坏，给其他医生争取抢救时间。

顺利找到位置，阮小厘紧绷的精神稍稍放松，护士急匆匆推着他们向外走。

没想到几秒钟后，纪年的生命监测仪又报了警，阮小厘瞳仁骤缩，她双手还放在魏池跃头上。在她绝望的注视下，纪年的监测仪表从闪烁到变红，尖锐的报警声让每个人的精神都遭受着折磨。

报警声戛然而止，仪表熄灭，人们鸦雀无声。

"……"匿兰小心挪到纪年身边，推了推他。他的头歪到一边，鼻血滴落在连接台上。

"是的，我们目前有三位实习生重伤，其中一位已经确认大脑严重受损，经过初步检查，在他的大脑内取出了一个传视芯片。

"可以看到这个传视芯片，与漂移飞车公司常用的传视芯片型号完全一致。我认为漂移飞车公司利用不正当手段恶意竞争，视人命如草芥，我们必将诉诸法律，让他们为这种不择手段争夺利益的行为付出代价。"

急救组组长对记者如是说。

第 063 章
游戏之王

接连两位平民死亡，英雄连续受创，只剩下半颗红心悬在头顶。

英雄和魔女血量持平，谁先给对方致命一击谁就赢了。

车恩载从诧异中回神，艰难向前爬了两步，捡起刀，拼命想要站起来。

"别过来。"郁岸回头阻止，瞳仁微颤。

他忽然想到，纪年故意说错绳结位置，是想让自己推动齿轮时就把车恩载推到坑里摔死，而最初他说艾科为他挡刀而死，恐怕也是因为他从艾科正面捅了一刀，消耗了艾科剩下的半颗心。

从进入魔女传说场景开始，纪年就在想方设法除掉所有平民让自己赢。

为什么？

詹姆斯的虚弱使战神旗帜的光芒变得微弱，且不稳定，矛斧骑士的长斧砍向郁岸，郁岸高高跳起来躲避，下坠时稳稳踩在斧头上。

骑士的力量仰仗于战神旗帜中央的控制者，此时他竟连矛斧都抬不起来。骑士低吼，甩开双臂用力一抬，郁岸趁机跳了下去，长柄矛斧嗡的一声起飞，猛地打在骑士额头上，银甲骑士人仰马翻，金色的包围圈打开了一个缺口。

郁岸捡起地上的精进徽章挂在胸前，打开手电筒，用强光照着詹姆斯快速接近，突然一跃，翻身骑到他身上，一只手贴着他的眼睛拼命照，另一只手与脚并用跟他缠打在一起。

詹姆斯痛苦地抬手遮住刺痛的眼睛，不停后退，后背抵住了粗糙的峭壁，雪白长发开始干枯卷曲，细长漂亮的双手迅速老化开裂，他根本睁不开眼睛，直到一把刀抵在自己喉咙上。

詹姆斯浑身爆出大片的红色血浆代码，昭然的躯壳分区块凹陷调整，模型迅速变化，逐步还原出詹姆斯自己原本的样貌。

金色卷发别在耳后，金蓝异瞳虚弱半睁，耳垂上戴着一对杂色像素点拼凑的耳钉，双手背到身后，像在教室外罚站的不良少年。

恢复原模型后他才从被强光直射的痛苦中解脱出来，露出两颗小虎牙求饶。

"晚一点杀我，可以吗？"詹姆斯垂眼看着他，"我马上就化茧了。与我契定，我可以变成任何你喜欢的人，给你创造一切你想要的东西，在游戏里，我就是王。"

他低头在郁岸耳边请求："我的世界没有其他人类，每天只在屏幕里等待你来看我，你想不想养这样的小狗啊？两只。"

"嗯？"郁岸只觉得一拳打到了棉花上，三位实习生都死在这个场景中，皆拜J·S所赐，如果车恩载也死在这里，自己就算出去也解释不清了。生死决战的最后一刻，对方却双手投降开始撒娇。

现在是最适合契定的时机，在魔女传说这个场景里，詹姆斯就算进入化茧期的狂暴状态也只有半颗心，只要郁岸能打到他一下，就能杀死他，而且J·S兄弟共用畸核，在茧里只需要打败一个就算结契成功。

郁岸手心一热，摊开左手，一个霓虹荧光效果的像素鬼脸图案从掌心浮现，是詹姆斯的印记。

拥有这个印记，就拥有了在茧内终结他的资格。

忽然，郁岸后腰刺痛，一股强烈的烧灼感从背后向前蔓延，他努力扭头看自己身后到底是什么东西，竟瞥见那扭缠的金色太阳纹透过衣服发出愤怒的驱逐信号。

莫名剧烈的古怪力量与手心印记的力量对冲，那荧光鬼脸图案瞬间破碎，如碎裂的星尘从指间向下飘落。

郁岸左眼的畸核搏动得越来越剧烈,几乎引着心脏一起悸动,他猛地想起倒计时仍在继续,当他将视野调整到左眼时,眼前的倒计时只剩下最后三秒。

三秒而已,转瞬即逝。归零的秒表上弹出了一个灰色的对话框,并且只有一个"确定"按钮。

——您今天的游戏时间已经达到一小时,您的对手已被强制下线。

詹姆斯的力气一下子被抽空,他闭上眼睛,背靠岩石慢慢滑落,安静坐在地上,看上去进入了挂机状态。

郁岸蹲在他面前,将左眼的紫色畸核取了下来,攥在手心里。

初次杀死能详尽表达自己感情的畸体,郁岸不太明白这种感觉。他可以被愤怒和积恨驱使,去杀一个仇人,也可以手握正义,审判有罪之人,现在却生出一种异样的感受,好像一只流浪狗凑过来舔他,他却抬脚踩死了它,最后只能用这只狗曾咬过人的事实来说服自己没有做错。

郁岸摸遍詹姆斯全身,在他的大腿处摸到了硬物,利落下刀,将里面的畸核剖了出来。

他将挂着血丝的半颗畸核托在手心,从颜色上看,畸核属于金系一级,漂亮的浅蛋壳色柔和地散发着金色光晕。

畸化种一级金核－游戏之王。

居然只有半颗,另外半颗还在 S 身上。

郁岸感觉到一股窥视的视线,他警惕抬头,黄奇正躲在远处的石缝中,冷漠注视着詹姆斯的身体。

郁岸立刻起身将尖刀抛了出去,刀身深深扎进石缝,钢铁刃片映出了黄奇的眼睛,金蓝异瞳,与詹姆斯左右位置相反。

J·S 里的 S,萨兰卡,他慢慢退进石缝,消失在黑暗中。

萨兰卡离开后,詹姆斯的身体模型又一次凹陷皱缩,最终缩小成了一个金发异瞳的像素小人挂件,自动挂在了郁岸的腰带上。

赌上性命的战斗终于结束，场上的活人便只剩最后两个。

郁岸低着头，双眼被发丝的阴影遮挡，亡湖面具不停向下滴落小团的阴影。

车恩载靠在石壁上休息，手搭在膝头，主动与郁岸说了第一句话。

"魔女，你赢了，我会怎么样？"

他并不认为郁岸有什么办法能让平民和魔女一起逃脱这个场景，他更愿意相信郁岸之前的承诺不过是情急之下的谎言，但也能理解，为了活命，不丢人。

郁岸低着头，表情有些痛苦，似乎有血丝在沿着他的鼻尖向下滴。

他捡起地上的黑石块，忍痛在地上划出一个半圆，涂涂抹抹，将半圆画到最标准的形状。

"我玩了五十场魔女传说，一次都没输过，从来没有像今天打得这么惨。正常来说，在前一关拿到礼物盒的时候就应该抽到一件伤害很高的武器，因为魔女血少，拿到好装备的概率会比英雄高，我以为能拿到一击两血的魔女匕首，或者能抵消一次致命伤害的雅典娜盾，最差也应该能拿到一个让对方间接掉血的巫毒娃娃，没想到抽到两个破烂。"

他细碎地复盘着惨烈的战局，左眼忽然发出一道银光，画中取物核的手形图案一闪而逝，他将右手猛地掏进了地面，寸寸向外拉扯，竟将地上的画拿了出来。

他画的是从午夜商人那儿买的核匣扩容口袋。

郁岸将防沉迷系统和半颗游戏之王放进扩容口袋，然后从口袋里夹出一枚三级紫色畸核，嵌入了左眼眶中。

名称：功能核－逆转童话

来源：不明（午夜商人出售）

种类：普通种

等级判定：三级紫（锦葵紫）

基础能力：改变当前结局

使用限制：累计使用二十次

简介：凭什么让小美人鱼变成泡沫，王子怎么不为她抛弃双脚？

共鸣条件：未知

车恩载简直不敢相信，有人在自己面前抠下旧畸核换了一枚新的。

郁岸头顶狞笑的魔女牌飞速旋转，最终停下时，牌面已经变成了手持剑盾的英雄。

英雄身份不仅可以带平民通关，仅剩半颗心击败 boss 时，还能拿到双倍奖励。

四个礼物盒围绕郁岸出现，两个通关奖励，两个终结奖励。

"替我转告面试官，我没有做过杀死所有实习生的低级方案，如果他是这样想我的，出去要给我道歉。"

地下铁，大老板办公室内。

昭然在电脑前关注着里面的战局，见队伍里忽然出现一个容貌与自己一模一样的角色，终于按捺不住气愤道："盗我号？"

"我看郁岸是魔女。"大老板饶有兴致推测。

"他别是要杀了所有实习生换自己出去，我得回去看看了。"昭然说。

"不急。"

"……"

当看到詹姆斯将契定图腾印在郁岸手上时，昭然简直火冒三丈，按下老板肩膀："老板，我走了，再不走我家都被偷了。"

"你干吗去啊，小郁表现不是挺好的吗？"

"去盯着实习生们啊，您把我一个带队组长扣在这儿看直播，出了事怎么办呢？全是我的责任，我牢底都得坐穿。"

"谁说的？"大老板悠闲笑道，"你不就在里面吗？"他指着屏幕

上扮成昭然的詹姆斯,"就算记者们扒到底,你也是一直跟实习生在一起呢,记住了吗?其他的让公关剪辑一些画面编一编就好了。"

昭然不想与老板争论,转身向办公室外走去,出门正撞见大小姐。

大小姐一身白衣风尘仆仆归来,盘发有些凌乱,但依旧端庄,矜持地向昭然点了个头,便匆匆拐进大老板办公室里,关上门还能听见中气十足的高跟鞋踩地声。

"三名实习生重伤,其中一位重度脑损伤可能再也醒不过来。为什么?为什么昭然会被你扣在这里?!"

"哎哟,我的乖女儿,急救组那位实习生小姑娘的本事可大着呢,没必要这么担心哪……"

"但纪年救不回来了!你根本早就知道李星叛变,才提前叫来纪年把传视芯片换成了漂移飞车的专利型号……刚毕业的小孩而已,你拿什么威胁了他?"

"嗯……一位实习生的命换漂移飞车翻车,姑娘,你得好好算算这笔账了。就算我坐视不理,他师父不也还是要害死他?之前他脑子里那个传视芯片可是安了炸弹的。我只是要他不论什么情况尽量保住郁岸而已,这要求很过分吗?"

"所以你才把匿兰和火焰圭支走……你只要保这三位实习生是吗?"

"纪年可精明呢,跟我交易也没吃亏啊。换他姐姐后半辈子衣食无忧,要什么有什么,无条件保护她永远不会受畸体打扰,他去哪儿打一辈子工能得到这待遇啊。

"姑娘,做生意要明白有舍才有得的道理。人不能太有良心,不然别人指鼻子骂你的时候你会觉得委屈。"

沉重的房间里只剩下大小姐失望的沉默。

昭然在门外停留了一会儿,悄声离开。

第 064 章
绑架代替购买（上）

一片白光从地面升起，眼前显示"魔女传说进度完成，已存档"。

逆转童话核能改变当前结局二十次，却止步于三级紫的水平，缘于它不稳定的改变方向，弄不好会把 HE[①]改成 BE[②]，或者没有完全按使用者心意改出想要的结局，是个依赖运气的畸核。

车恩载扶着墙，撑着伤重的身体勉强站起来："我要退出连接了。"

郁岸独自坐在礼物盒堆里，背对他，没有回应。

"我在想，是不是平民只能开出精进徽章，只有特殊身份才能抽到道具。"车恩载并没期待郁岸回答，虚弱地自言自语，"如果当时把我们三个的奖励让给你开，可能他们就都不用死了。"

"我……也以为你会杀死所有平民。"车恩载将胸前的精进徽章摘下，放在地上，转身向出口踉跄挪去，"对不起。"

他断开连接，从代码形成的空气墙中穿过，身影消失。

郁岸一直望着魏池跃和纪年下线的方向，直到两个灰色的人物变成碎光升向天空，消失在视野的尽头，心里一阵拧巴，想发火儿，又不知道该赖到谁头上。

他用力挠了挠头，拉开了第一个礼物盒的丝带。

彩色炫光从盒中爆开，一张写着红字咒语的黄纸飘浮在光芒中央。

[①] Happy Ending，指美好的结局。
[②] Bad Ending，指悲伤的结局。

奖励一：控咒 ×1

说明：操纵物件

这件道具是个跑图神器，遇到巨石巨树拦路，可以直接挪走，还是挺实用的。

还不错，是个好的开始。

第二个奖励打开后，彩色炫光异常明亮，盒内喷出了一些烟花彩带。郁岸坐直身体全神贯注，凝视着两条白色绷带向上飘浮，在空中盘绕成一双手套的形状，然后散开。白色绷带缠上了郁岸的双手，从手腕开始缠绕到指尖。

奖励二：英雄拳套

说明：英雄套装配件之一，大幅增加近战伤害

用逆转童话重洗了身份牌后，郁岸的牌面变成了英雄，抽到的奖励自然也是英雄道具。

居然抽到顶级道具——英雄套装的配件，这种指名增加某方面伤害的道具都很强悍，要比精进徽章这种全方面均衡提高能力的道具效果突出得多。

好东西。拿到这件道具就完全不亏了，剩下两个不管抽到什么都是赚的。

奖励三：蝴蝶飞行器

说明：一只红色的发光蝴蝶，它可以落在你的手指上，然后带你起飞

也是一个跑图神器，地形复杂需要小心跳跃的地方都可以通过这个道具直接飞过去，逃课必备道具。

但是感觉男性角色用起来有点变态。

奖励四：玻璃毒×1

说明：放置在三角烧杯中的雪花状透明结晶毒药，毒性剧烈，对非 boss 角色一击必杀

把道具收入自己账号，郁岸走向与车恩载相反的出口，进入最后一个场景。

他们从失落小镇开始缩小探查范围，每推过一个副本就关闭一个场景，将 J·S 兄弟的活动范围越挤越小，最终收网打尽。现在手里已经拿到半个游戏之王核，这时候退出连接换别人进来，郁岸不甘心。

走出存档点房间，周围景色便发生了翻天覆地的变化。夜空中月朗星稀，身旁是一望无际的荒野杂草，远处的村庄中时而传出几声犬吠。

郁岸拔出挂在后腰的消防斧，这才发现身上的服装又发生了变化——皮革马甲配短靴，头上多了一个万圣节南瓜头套。

瘟疫村庄的角色设定——南瓜头战士。这个外装还算酷，只要能挡住脸，郁岸都喜欢。

检查了一下身上的装备，将最实用的画中取物核放在眼眶里，把逆转童话和防沉迷系统都放回核匣扩容内，剩下一个 S 已经是在负隅顽抗，没必要再浪费一次防沉迷系统了。

但郁岸依然谨慎。

他摊开手，空气中飘浮着一些微小的金色粒子，像雪花一样降落在英雄拳套上，然后变成黑色，最终消失。

这是瘟疫村庄中不存在的设定。

奇怪。

郁岸向来时的方向折返，竟猛地撞上一堵空气墙，这道墙与程序

形成的不可行走区域不同，手掌按在上面会有一种蚕丝的质感，极其坚韧，用刀和斧头都无法突破。

脑海中自动蹦出了一个从未面对过的概念，郁岸心头一紧，扶着丝质透明墙凝神思考。

不好，刚刚詹姆斯那番话他没来得及细想，如果他真的临近化茧期，岂不是会在游戏幻室中结茧，然后进入狂暴状态？

难不成，瘟疫村庄场景已经成了萨兰卡的茧吗?!

郁岸肩头忽然一重，神经骤然绷紧，握住消防斧向后抡开，当，一声脆响，竟撞到了一根紫色木杖上。

紫裙袍女孩卷发齐腰，单手持杖，轻松格挡住他的斧头，举手抬起宽大的魔法帽檐，露出浓艳美丽的脸蛋。

"……你，匿兰？"郁岸仔细地从她闪亮华丽的妆容下辨认这张脸，然后从空中调出对方的资料卡，确认了一下ID——敢打匿爹，角色——凶悍女巫。

"嗯？叫小兰姐姐。"法杖顶端的宝石把他的南瓜头敲得梆梆响。

郁岸抱头蹲下，难为情地快速挤出一声"兰姐"。

空气温度飙升，郁岸循着脚步声警惕回头，见火焰圭别扭地拉扯着身上的魔法袍向这边走过来，口中抱怨："魔药师，这个角色是个辅助吗……我讨厌打辅助……"

"其他人怎么样？"郁岸还不清楚外面的情况。

"不太好……艾科和魏池跃总算是得救了，纪年还在手术室里，很难说能不能救回来。"匿兰在空中挥舞了两下宝石法杖，"昭组长到现在都没回来，听说漂移飞车的杀手中途来刺杀你，他带着你跑了。"

"唔？"郁岸迷惑地抬起头，一股气憋在胸口，攥紧拳头，"带队组长中途跑了？"

"我来得晚，具体我也不清楚，你出去以后问问他就知道了，应该是大老板那边有新交代，昭组长脱不开身。"

"他到现在还不进来就麻烦大了。"郁岸抬手搭在绵软的空气墙上示意他们看,"萨兰卡在场景里作茧,把整个瘟疫村庄都围裹在内,我们进来容易,出去就难了。"

"茧是什么?组长给的教材我没翻完,哈哈。"匿兰干笑两声。

火焰圭双手试探地搭在茧壁上,炽热火焰从掌心向外溢出,但茧壳水火不侵,竟毫发无伤。

"畸体进入化茧期后,会寻找一个风水宝地画地为牢,周围笼罩茧壳,受这只畸体认可的人类在茧里杀死它,就能成为它的契定者,从此它就如影随形跟着你,拼命保护你,因为只要你不死,它就可以一直活着。"要不是写字时不小心烧了卷子,火焰圭的笔试成绩也还过得去。

"但是,"郁岸补充道,"只有契定者可以从茧里活着出去,其他人都会被困死在里面。"

匿兰不以为意,摆手:"别在意,阮小厘的徒手控制那么厉害,我亲眼看到的,结束之后我们就强行断开连接,只要错开死亡时间,她就能挨个救回来。"

郁岸松了口气,总算不用再因为让谁活着出去绞尽脑汁计划了。

"喂。"他先看向火焰圭,"你对J·S感兴趣吗?"毕竟在实力测试里郁岸胜之不武,面试官肯定会说,"要适当赔偿人家一些好处,在社会里要会做人一点儿,听见了吗"。

"不要了,它不让。"火焰圭一脸为难,他颈侧镶嵌的龙眼畸核忽然睁开,竖线瞳仁凶神恶煞地瞪着郁岸,仿佛在确认刚刚提出馊主意的人是谁。

郁岸吓了一跳,摸着下巴仔细审视那只火焰龙眼:"你的畸核居然活着。"

"它不准我和其他畸体契定,不讲道理,脾气躁大,特别霸道。"

郁岸刚要回头问匿兰,就听到匿兰"哇"了一声,指着他的腰带:"这是VIP才有的皮肤吗?好可爱的娃娃。"

詹姆斯被防沉迷系统强制下线后,缩成的像素娃娃一直挂在郁岸

身上。

"哦,这个……"郁岸把挂件取下来,"是 J 的身体,因为 S 还活着,所以 J 还没死透。"

詹姆斯娃娃被举到匿兰面前,嘴边忽然弹出一个像素文字气泡:姐姐。

当场把匿兰可爱到昏厥。

所以说不能在卖家面前表现出喜欢绝对是合理中肯的建议,郁岸眉梢微挑:"我拼上性命才拿到这个挂件,你想要的话,可以跟我线下交易。"

"真的吗?那你开价。"

"三万。"

火焰圭和他的龙眼畸核在一旁瞪眼,一个挂件要价三万,怎么不去抢呢。

"好贵哦,我手头没有现金。"匿兰想了想,眼前一亮,"我用一枚盲核黑给你抵账行吗?"

"盲核黑?"郁岸只在午夜商人那里买到过盲核白,抽出一根高傲球棒来。盲核黑要比盲核白更珍贵,因为可以指定类别去抽——指定要装备核还是功能核,治疗核还是怪态核等等。

郁岸考虑了一下:"两枚盲核黑,我送你一对。"

"成交。"

詹姆斯娃娃摇摇晃晃,嘴边又弹出一个像素气泡:姐姐,他敲诈你。

"哎哟,好可爱呀。"匿兰接过小挂件狂亲好几口,金发碧眼的娃娃脸蛋上浮起六道羞涩的红斜线,举起的圆形小拳头,变出了一朵像素小红花。

"他最会花言巧语撒娇,兰姐别信他。"郁岸拖着消防斧向前走去,"走,去把 S 揪出来。"

火焰圭问:"不先去找装备吗?"

"你俩的话……跟我速通吧。"

进入村庄后，郁岸先一步找到祭坛："在这儿点火，等会儿炼药。"

"炼什么药？我还没捡到药方呢。"

"不用捡，我背了几个简单实用的。"

"那行，就听你的了。"火焰圭微扬下巴，颈侧龙眼睁开，他周身温度迅速升高，要不是躲得快，皮都得被燎出一层水泡。

一股高温火焰在祭台上熊熊燃烧。郁岸熟悉路线，穿过小路时，从地上划拉了不少奇形怪状的草药，扔到祭台中央的火焰中，最终把上个副本拿到的一瓶玻璃毒也扔进了火焰中。

炽热龙火"熬煮"着悬浮在空中的药材，水汽形成一口锅的形状，可以看见药草和玻璃毒在其中混合，并在水汽容器中凝固结晶。

等待途中，郁岸重新分配了一下资源。

现在手里总共四枚精进徽章，他将其中三枚都戴在匿兰身上，然后脱下英雄拳套，将绷带缠到匿兰手上。

"凶悍女巫是这三个角色中输出伤害最高的，得好好利用。"

然后他拿出蝴蝶飞行器，把从村里偷来的渔网挂在蝴蝶身上。

匿兰撑着膝盖看他忙活："这个游戏还能这样玩啊。"

火焰圭靠在水汽锅边搅和药水："你每次登录账号捏个脸就下线，当然不知道了。"

药水熬煮完成，上百颗盛满药水的玻璃珠被收集到一起，全部倒进蝴蝶飞行器的网兜里。脆弱的机械蝴蝶气喘吁吁地拉着一兜子药弹低空飞行。

"可以了，按我告诉你的路线先去清理障碍。"郁岸安排完火焰圭，朝匿兰摆手："我们先去把小 boss 清了。"

他带着匿兰快速冲进了村庄栅栏口，看见了一群围在一起讨论的村民。

"栅栏外有个得了传染病的乞丐，这帮人在讨论要不要把乞丐放进来。"郁岸低声说。

"哦哦，那我们小点儿声，别惊动他们。"

郁岸拿出消防斧，拖在地上直接走过去："我有这个我怕什么。"

众人议论纷纷之时，一个正义青年从村民之中走了出来，恳切地说："他只是个可怜的过路人，收留他……"

台词都没说完，郁岸一斧子上来就给他干倒，熟练地从倒地的倒霉小伙身上搜出贵族火枪，把卡 bug 拿到的子弹放进去，瞬间触发了瘟疫村庄难度仅次于关底 boss 的祭司伊满。

阴森的老太太脚踏七芒星，瞬移登场。

郁岸伸直手臂，拇指轻拨贵族火枪的保险，枪口对准预判的方位。

开战前的嘶吼还没喊出口，竟被郁岸一枪打断，老太太眉心中弹，顿时身体僵直。

"兰姐。"

"好嘞！"身形未至，法杖先行，紫色宝石法杖被匿兰凌空抛了出来，尖端贯穿祭司伊满的身体，匿兰这才姗姗来迟，优雅掠至老太太身后，将沾满血浆的法杖从其背后生扯了出来，血喷浆溅。

论近战单挑，这届实习生加起来也抵不上一个匿兰。平时城市巡逻组只要不是要目标必须死的任务，原组长不敢派她去，赌场长大的女孩下手太黑，专打要害，非死即残。

紫色裙袍掀起，裙摆下紫色碎光闪映，骰子耳环摇晃旋转，三枚精进徽章和英雄拳套全部加诸匿兰身上，更是把凶悍女巫的战斗力提升到了天花板。

祭司伊满可以通过在七芒星之间瞬移来躲避近战攻击，但郁岸的枪法太准，老太太动一下就是一枪，子弹精准穿过上一枪打穿的血洞，使老太太僵直在原地，动弹不得，被匿兰黏着打。

十七秒。

祭司伊满仰天哀号，化作黑烟向周围炸开。

郁岸收回手臂，甩了甩枪口的热烟："这就是 boss 吗？她长什么样？"

第 065 章
绑架代替购买(下)

祭司伊满被击败后，原地掉落了一件装备。

魔法书：七芒星阵。

"好东西。"郁岸捡起魔法书递给匿兰，拉上她向打开的栅栏外快步离开，"你把它学了。"

"……还要看书啊。"匿兰兴致缺缺，边被拖着走边随便翻开书页。里面的异形文字从纸页上飘浮起来，散发着金色光晕，烙印在紫木法杖表面。

"这个好，翻开书自动就学会了。"她的心思完全没在看书上，时不时盘一盘挂到宽大帽檐上的詹姆斯挂件，食指挠挠他的肚皮。

"你挺有一套的嘛，要是只有我和小火球，进度肯定推不了这么快。"匿兰由衷道，"怪不得昭先生从来不收实习生，见到你就立刻收下了。"

郁岸低头赶路，其实心里想听她多说点儿。

"我来公司挺久了，有两三个月。昭先生平时不管事的，总是派手下的小齐和小安替自己干活，还经常酗酒。我以为他是失恋了，但其实我看他对人类都不太感兴趣，明明对每个人都笑眯眯的，却总让人觉得疏离。"

"他很善良吗？"郁岸低头擦净贵族火枪上熏黑的痕迹，"总是训我这不行那也不行。"

匿兰仔细回想："善良？我没感觉到，我觉得他很冷漠。"

周围的荒草焦黑，一幅刚燃过山火的景象。郁岸脚下忽然踩到了一团酥脆的草球，抬头望去，远处刺猬草团顽强生长，火焰圭坐在枯树上，已经等待多时。

"我把这一片的小怪都清干净了，关底 boss 尖叫狱卒就在前面的小屋里，S 最有可能附在那怪物身上。"火焰圭从树上跳下，甩灭指尖的火苗，"我们才进副本没多久，直接挑战关底 boss 还是有点儿太嚣张了吧，更何况外面的直播把 S 特别加强了。"

瘟疫村庄建造在荒地山谷之中，感染怪病的村民们世代被困在山谷之中，唯一的出口被藏在小屋中的怪物把守，即关底 boss 尖叫狱卒。

尖叫狱卒的血量高达五万点，被强化过的萨兰卡附身后血量和伤害可能都会翻倍。他们仨的血量并没提高过，全是角色初始血量 100 点，这个血量被拍一下必死无疑，在操作上容错率为零。

郁岸目测了一下距离："这个很好打，我们装备好，吊打它。"

"你看过煤黑黑的视频吗？他会卡尖叫狱卒的 bug，你会吗？"

"会。"

他先把自己的精进徽章摘下来，让火焰圭戴上，然后掌心一翻，双指间夹住了一张红字黄纸，是上一局拿到的控咒。

"挪移，堆砌。"郁岸向前扔出符咒，整片草地里的刺猬草团受到召唤迅速飘浮到空中，堆砌成一个谷堆，向前挪到狭路尽头的小屋顶上。

"走，我去开怪。"

三人从三个方向向小屋奔跑接近，郁岸在距离还有三米的时候，拔出后腰的尖刀向前用力抛出，刀刃当一声结结实实扎在了门板上。

忽然，门前燃起一盏骷髅灯，紫色火焰从骷髅眼眶和口鼻中溢出。

破木门开了一条缝，一张干枯灰白的脸贴到门缝边，向外伸出虬枝般枯瘦的手。

插在木板上的刀背映出了尖叫狱卒的脸，金发异瞳的少年神情悲哀肃穆，眼神失去神采，神志已然在茧中消磨殆尽。

尖叫狱卒会在伸出门外的手被攻击时发出一声刺耳尖啸。这个时候它处在无敌状态，无法对它造成伤害，但它的尖叫会对玩家造成"耳鸣"的效果，持续掉血。

郁岸举起消防斧，连枯败的手和门板一起凿了进去，尖叫狱卒的吼声还没喊出口，直接被一斧头抢到嘴上，开战前的尖叫被生生卡掉了。

"干他。"

提前通过控咒垒到小屋顶上的刺猬草团腾地燃起火焰，火焰圭站在炽热的内焰中央，龙眼畸核在烈火中更加狂躁，火焰圭的身体之下流淌出炽热的岩浆。

刺猬草团是游戏地图中最丰富的一种资源，成片生长，随处可见，呈干枯栗子外壳状，易燃易爆。魔药师角色前期的输出就仰仗于将点燃的刺猬草团抛到敌人脸上。

量变引起质变，再小的伤害累积起来也不可小觑。

岩浆和火焰烧塌了小屋，烟灰腾飞。尖叫狱卒终于露出真容，它的身体一侧是正常人类的形态，而另一侧则生长出了黑红色的树干，手臂和手掌巨大无比，仿佛榕树寄生在了人身上，从身体正中间分割开一条明显的分界。

尖叫狱卒在一片爆炸的鞭炮声和坍塌声中被轰掉五分之一的血，身体僵直，痛苦地仰起头，张开干枯嘴唇，喉咙颤抖，仰天尖叫。

尖叫狱卒的攻击特色就在于它叠加的声波攻击，每一次尖叫都会持续给对手带来耳鸣的效果，每秒掉一滴血，耳鸣效果逐次叠加，变为每秒掉两滴血，最多能叠加五次，达到每秒掉十滴血的恐怖效果。

如果叠满了五次耳鸣效果，又被它尖叫攻击的话，就会直接暴毙。

初始人物没有强化过血量，就算只被叠了一次耳鸣，一百滴血连半分钟都不够掉的。

但问题不大。

尖叫狱卒刚张开嘴，郁岸的贵族火枪已经上完了膛，一枚火枪弹轰进它嘴里，在声音出口的一瞬间卡掉，让它一声都叫不出来。

匿兰举起宝石法杖，木杖在手中飞速旋转，她脚下泛起一点儿紫光，明亮的紫色电光在地面上蜿蜒游走，画成七芒星状，每个星角都浮现一道咒文。

她高举法杖，将尖端重重插进七芒星正中央，地面上的星阵光芒扩大到包围整个小屋，纹路结结实实烙印在了地面上。

匿兰踩中星阵一角，沿着光线向前奔跑，身体竟随之瞬移，转眼间出现在了另一个星角上。

祭司伊满掉落的魔法书中的能力正是那老太太的瞬移能力，能在星角之间相继闪现。

匿兰闪现到尖叫狱卒背后，右手握住尾指，从断指处抽出了一把银色光剑。

一级银装备核-虚无光剑，在匿兰颊边映出一道银光。

装备核本就少见，强达一级银色的近战武器更加稀罕，高级的畸核装备基本都会附带一种属性，给使用者强劲的助力。

虚无光剑的杀伤力比宝石法杖高出不止一个档次，祭司伊满恐怕在这把剑下连十秒都撑不下去。

尖叫狱卒血量锐减，开始满地逃窜，用它树干似的巨手，抠进地面里，再将累赘的身体扯过去。

周围已经完全被龙火封死，木属性的身体被火克制，尖叫狱卒逃无可逃。但它血量极厚，把伤害全硬扛下来也只不过掉到半血。

达到半血临界点，郁岸盯着它的动作，尖叫狱卒一抬头，立即一枪命中它的喉咙，将致命尖叫精准卡掉。

郁岸把精进徽章全分给队友，因为自己主要负责控制战斗节奏，随时卡掉尖叫狱卒的致命战吼，并不负责输出，匿兰和火焰圭完全可以踩在尖叫狱卒头上压着打。

Boss血量进入最后五分之一，郁岸挥手让他们退后："进二阶段了，别被它杀了。"

一声刺耳的啸鸣几乎穿透鼓膜震撼灵魂，用力捂住耳朵也无济于事,尖叫狱卒身体上的树干疯长,另一半人类身体也完全被树干包裹覆盖,整个boss生长成了一棵黑红相间的参天大树,树枝摇曳,漫天挥舞,攻势密集,想近它的身就难免挨两下树藤抽打。

"树皮免疫所有伤害,最后一声尖叫只能硬扛了。"郁岸甩掉火枪里的子弹壳,填装上最后一枚子弹,后退了几米,耳朵嗡鸣,血量每秒都在下降。

"要打树心啊。"火焰圭手搭凉棚朝巨树顶端望去,在被活树藤包裹的顶端中心,有个朝天敞开的巨大孔洞,孔洞中盛开着一朵花,显而易见只有那朵花附近有攻击判定。

"爬上去肯定要被打,这角色能扛几下啊?"

"不扛它。"郁岸调出浮空的游戏面板,从地图上召唤出蝴蝶飞行器。

拖着沉重渔网的机械蝴蝶吭哧吭哧迟钝地从天边飞来,慢吞吞经过巨树顶端,网兜里盛满了魔药师熬制的玻璃炸弹。

郁岸抬起枪,瞄准机械蝴蝶,扣下了扳机。

小蝴蝶变成轰炸机,整整一网兜玻璃炸弹尽数投落,炸弹好似烟花爆开,零散的弹珠落地炸裂,从落地点绽开有剧毒的雪色结晶。

大部分弹珠灌入了树心,致命的玻璃毒从内部迅速结晶,结晶以肉眼可见的速度攀爬到枝条末端,再蔓延到整棵参天巨树的表面。

黑红巨树凝结成一棵脆弱的、雪华覆盖的玻璃树,梦幻残忍的场景震撼人心。

玻璃巨树变得完全透明,一位金发少年沉睡在树干上,生命力随着树木脆断而迅速流逝,变得苍白,越发透明。

萨兰卡。

感应到双胞胎兄弟的存在,挂在匿兰帽檐上的詹姆斯娃娃微微摇晃。

郁岸察觉到异常,回头问匿兰:"他是不是在对你说什么?"

匿兰抬起手,抚摸着眼前只有她一个人能看得见的文字。像游戏

结束时放映的致谢名单一样,白色的文字在眼前滚动。

  像我们这样的生物,一生都会在无人知晓的角落做着没人在乎的恶作剧,最终默默无闻地消失,像一个错误行走在代码中。你们的到来给了我们争取新生的机会,请允许我请求你,拒绝也没关系,我努力过就够了。
送你玫瑰的詹姆斯

一张霓虹荧光鬼脸从匿兰肩头浮现,驱使着她向玻璃巨树走去。

"天啊,别推我……"匿兰回头求助:"喂,怎么办?真要契定啊?"

火焰圭坐在飞舞的灰烬中休息,看着手指上的火苗:"血赚,小兰姐,漂移飞车派来捣乱的畸体跟你契定,熊老板估计要气出心脏病。"

郁岸事不关己,手指挂着贵族火枪转圈:"不想要小狗吗?我替你杀掉也可以,两枚盲核黑不要赖掉。"

匿兰考虑了一下,举起虚无光剑,朝玻璃树干上的萨兰卡刺了下去。

光剑没入玻璃树干,撑出了裂纹,向四周发散,发出银色光芒,整个玻璃树爆裂,那些不规则的、透明的或是洁白的碎片填满了整个世界。

匿兰闭上眼睛,那些破碎的玻璃在触碰到她身体时自动变成雪,降落在她的长发和睫毛上。

萨兰卡的模型缩小,半颗淡金色游戏之王核从身体中爆出,自动寻找另外一半,在郁岸的核匣扩容里合二为一。

除此之外,一枚黑色盲核掉落到匿兰脚边。

"我们得走了。"郁岸举手遮挡裹挟着暴风雪袭来的玻璃碎片,"只要相继断开连接,给急救组实习生抢救的时间,就能从茧里离开对吗?"

"对。"火焰圭身上的高温可以融化冰雪,但仍无法避免被玻璃击中,"J·S会保护她,不用管她了。"

"等一下！"匿兰喊了他们一声。

她竖起虚无光剑，左手在剑刃上缓缓擦过，玻璃状裂纹从剑身开始蔓延，剑发出悠长嗡鸣。

畸核共鸣！

郁岸只在储核分析器上看到过这个条目，每个畸核都会有一个共鸣条件，但条件是什么需要运气去碰，不一定在什么情况下就会被触发。

名称：装备核 - 虚无光剑
来源：盲核白随机激活
种类：幻室种
等级判定：一级银（苍白）
基础能力：终结畸体时，额外掉落一枚盲核白/黑
使用限制：无限制
简介：赌鬼的护身符
共鸣条件："唯一的希望"，在茧内击败化茧期畸体
共鸣效果：虚无光剑进化为破茧之钉，可以从内部破除茧壳

两人当场愣住。

火焰圭："我第一次见畸核共鸣。我没见过世面，觉得好强。"

郁岸："……得加钱。"

"哇，好漂亮。"匿兰掂了掂进化后的玻璃光剑，双手握柄，将剑插在地面上。

银光乍现，地面急速凝结成透明玻璃，并向远处迅速蔓延，整个村庄、山峦，连着大片的荒野和村民NPC，都变成了一片玻璃的世界。

玻璃炸碎，整个世界爆成了一团闪烁的虚空。

眼前晃过一阵白光，像被暴风雪席卷了似的，郁岸的意识逐渐模糊，与幻室中的角色断开了连接。

郁岸耳内嗡鸣，头脑痛得厉害。

他趴在枕头里疲惫地睁开眼睛，半截左手在轻柔地抚摸他的头发，半截右手握成拳头在他脸颊边睡觉。

靠谱见他醒了，轻轻用食指蹭了蹭他，拉上打瞌睡的离谱一溜烟从床上消失。

终于离开了游戏幻室，郁岸反而不适应现在这具身体了，僵硬地动了动手指，脑子里一团糨糊，有点儿混沌。

他从床上爬起来，浑身的骨头因为许久没动发出咯咯的脆响，摸索着打开床头的台灯。

微光亮起，照亮了书桌前坐在靠椅上的人。

昭然只穿一件单薄睡衣，抱着一条腿坐在椅子上，下巴垫着膝头，脚趾骨细长。他似乎已经安静地在那里注视多时了，台灯一亮，他被光打亮的半侧身体褪成了白色。

好像分别好久没见了，郁岸发了下呆，用力拍了拍脑袋，刚刚不是和匿兰他们在一块来着，人呢？

昭然在现实中并未经历游戏幻室中的世界变幻，对他来说，只不过一会儿没见，那小鬼看自己的目光好像变得陌生了？

他们分别时，郁岸发现了日御镇无臂村民的秘密，敏锐地将这件事直接联系到了他身上，宁可坠崖跌进幻室裂缝也不肯抓住他递过去的手。

坠入裂缝后，郁岸看到什么了？

他忐忑地沉默着，等待郁岸说点儿什么。自己先开口容易说错话。

郁岸等了半天也不见面试官动弹，搓搓干涩的眼睛，在自己头上摸了一圈，然后仰起脸："我没看错吧，我以为我戴着纯黑兜帽或者亡湖面具你看不到我醒了呢。"

哦，原来还在怪自己。

昭然站起来，坐到床上的幺毛球旁边："我看你闹脾气，不想见我。"

"唔。"自从失落小镇分别后经历了太多事，郁岸早就把最初的矛盾彻底忘在脑后了。

"任务还顺利吗？"

"那要看你怎么定义顺利了。"郁岸轻声细数，"解决了J·S，但在魔女传说副本里死了三个实习生。"

"怎么死的？"

昭然问的这个问题就很怪，让人听着不舒服，很明显他知道里面死了三个实习生，现在是在质问他们仨的死是谁造成的。

郁岸抬起眼皮，无所畏惧直视他的眼睛："我杀的。"

"……"昭然噎了一下，眼神一沉，"就因为你是魔女牌？"

眼前不由分说挥来一拳，昭然紧急避开，只感觉耳边掠过一股风，轰的一下，身后的书橱木门被郁岸暴躁的一拳打得断裂凹陷下去。

郁岸挣脱他手臂跳到地上，歇斯底里地将桌上的东西全扫到地上，从散乱的文件里抽出自己的实习合同，胸口剧烈起伏："你要觉得我朽木难雕就开了我，没必要在这儿像点化妖怪一样普度我，再啰里八唆讲究个没完，我现在就回去把他们都杀了！"

郁岸难得把暴怒的情绪显露在脸上，超长连接时间让他大脑隐隐缺氧，再加上声嘶力竭、气急败坏的一吼，一股温热的血流从鼻腔里涌了出来，滴落到地板上。

他不自觉摸了一把，结果弄得手上衣服上全是，接着破罐破摔蹲到地上，把头埋进臂弯里不动弹了。

……

郁岸坐在床边仰着头，昭然俯身把卷成条的抽纸塞进他鼻孔里："叫这么大声，别人还以为我打你了。"

"哼。"

"我还没说什么呢，怎么这么大反应？最起码我还是你上司吧，你还记得我们是什么关系吗？"

郁岸臭着脸："唐僧和孙悟空的关系。"

THE THIRD ACT

第叁卷
世界秩序初识

名称：幻室核 - 规则
来源：破解古县医院幻室
种类：幻室种
等级判定：一级红（玫红色）
基础能力：在有限空间内订立一条规则，踏入此区域者必须遵守
使用限制：二十次
简介：我的地盘我做主
共鸣条件：未知

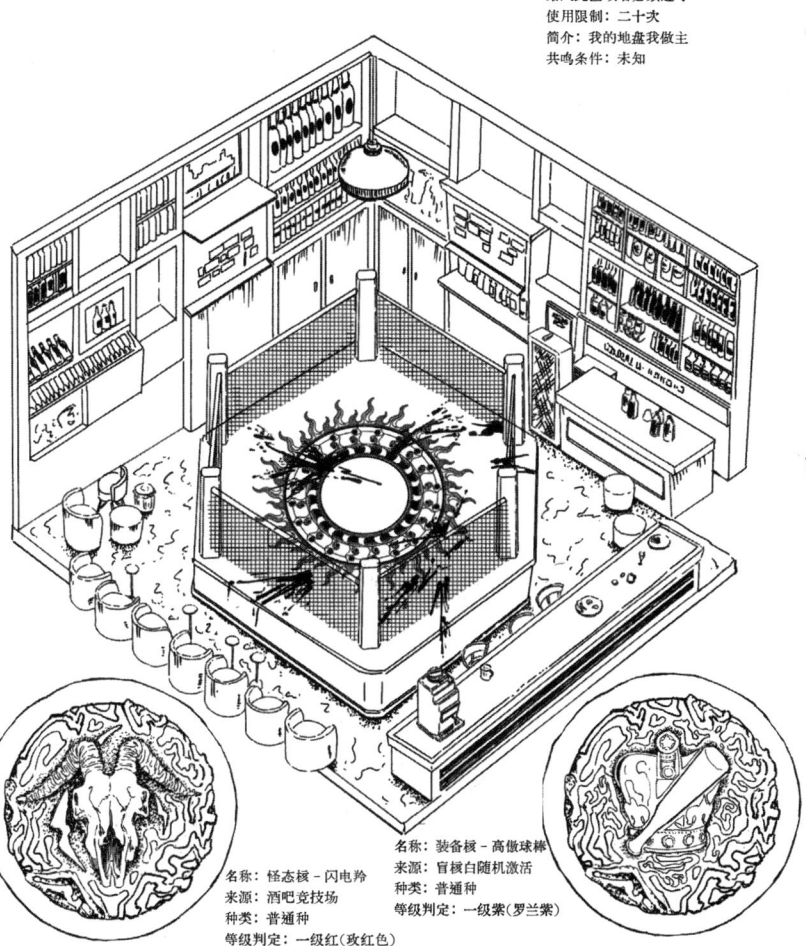

名称：怪态核 - 闪电羚
来源：酒吧竞技场
种类：普通种
等级判定：一级红（玫红色）

名称：装备核 - 高傲球棒
来源：盲核白随机激活
种类：普通种
等级判定：一级紫（罗兰紫）

第 066 章
如何证明我是我

还好提前把人从大哥家接回来了,要是把大哥家拆了就完了。

昭然用湿纸巾给郁岸擦净脸,顺便擦掉他手指上的血,手腕搭在他的额头上试了试,果然烫手,CPU 过热了。

"头晕不晕?"

"晕,眼前一片黑。"

"躺下。"昭然按他肩膀,但郁岸固执地挺直上身,就是不躺。

昭然只好使了点儿劲强行把他放倒。

郁岸双眼紧闭,那神情并不是在向能够信赖的对象寻求安慰,而是他急需一些倾诉对象,可以没有生命,也可以没有感情,他没有挑选的余地。

激进疯狂的小鬼难得安静下来,有点儿让人心疼。

昭然说:"对不起,我道歉。"

郁岸蓦然睁开双眼,画中取物还镶嵌在左眼眶中,苍白"瞳仁"和深黑色的右眼一起恶狠狠地瞪视昭然。

"面试官,其实我很讨厌你,你这个人。"

昭然怔住,刻薄的言语像一根铁棒,劈头砸下来,让他心头一震。

"你后悔跟着我了?"昭然褪色的眼底蔓上红光。

"……"郁岸短暂地安静了几秒。

他嗓音低下来:"我在为一个三观和我完全相反的人改变我自己,让你满意,让你高兴,凭什么?"

开了这个口，积聚多日的不满便一股脑宣泄出来。

昭然轻捻指尖，重复他话里的重点，视线一直落在郁岸脸上。

"是人我都不喜欢，烦。"郁岸偏过头，"我又不是玩不起，你少管我。

"如果你再管我，我就去找大老板，正好他想让我当杀手，这活我爱干。"

前面都还可以看作他任性胡说口不择言，后面却是赤裸裸的威胁，用未来作为要挟的筹码。

"这个不行。"昭然眯起眼，床头的墙壁上忽然伸出两截断手，抓住郁岸双臂粗暴反折到背后，把人固定住。

"说完了吗？这嘴这么厉害。"昭然俯身逼近，叼住右手食指指套将手套拽了下来，手掌捂住了郁岸的嘴。

一会儿不见，这小鬼的态度就转变了一百八十度，难不成真在里面看到了什么吗？

指尖鲜红色的触丝疯长，触丝尖端缠绕，深入郁岸的血肉内部。

郁岸体内封存的感染蛋白被触丝唤醒，体内仿佛瞬间出现了一群细小的蚂蚁，在血管和器官之中密密麻麻地爬。

其实触丝在将愈合蛋白输入郁岸疲劳过度的大脑和身体中，将在游戏幻室中损伤的细胞恢复如初，只不过这个过程看上去有点儿吓人，以前昭然也经常用这种方式教训不服管教的混世小魔王郁岸。

但现在的郁岸不如以前那么皮实，挨了揍也根本不当回事，压迫和痛苦无法让他屈服，只会让他更恨更委屈。

郁岸挣扎不脱，凝视昭然的眼睛快要瞪裂。

"听我说。"昭然盘膝坐在郁岸面前，单手钳制他的下颌，看上去不费吹灰之力，"第一，能离大老板多远就离他多远。

"第二，从失落小镇跟我分开后，你去哪儿了？是不是走到了一个极寒天气的小镇里？"

郁岸拒绝回答，昭然继续说："是，就点头，不是，就摇头。"

触丝立即疯长搅动起来,郁岸身体绷紧,被迫点头。

"是不是看到没有尽头、列队行走的银盔甲骑士?"

郁岸愣了一下,摇头。

昭然的脸色越发阴沉:"是不是见到了神婆和祭祀仪式?"

郁岸闭眼点头。

"有没有顺流而下漂到发光冰洞里?"

"嗯。"郁岸"哼"了一声。

"你见到那个怪物了?"

郁岸没有回答,沉默地看着他的眼睛,但这也算一种回答。

昭然摸了把脸,长长地换了口气,刺入的触丝颓败,收拢回指尖中。

还是被他看到了,那头怪物的本貌。这么说,吞噬巨大肉块时残暴血腥的开口画面也被他一览无余。

他如此敏锐,恐怕迟早会发现家里满地断手与那怪物的联系。

郁岸双手还被捆缚在背后,但触丝消失后他身体便脱了控,抬起双脚踹翻昭然,剧烈地咳嗽起来。

"喀……它是怪物,你是魔鬼。"郁岸拼命挣动,床头被他晃得直响,"放我回家。"

昭然轻易捉住他踹过来的腿:"你回家干什么?"

"我把家里地址告诉它了,我要去囤冻肉和软糖,还有狗粮,说不定它现在正蹲在我家门口等我。"

"……"

昭然拢了把头发,表情有点儿迷惑:"狗粮?"

"我正式通知你,面试官,我有小狗了。"郁岸抬起一条腿蹬在昭然胸前,处于绝对劣势却还能一脸凶恶,"它在我身上留了印记。"

成群的小手扒在门缝看热闹,听说他有新小狗了,离谱哭着跑了。

"……"昭然停下对胡闹小鬼的武力镇压,自然地坐在他面前,身体放松下来,"印记在哪儿?"

郁岸一骨碌爬起来,背对昭然掀开后腰的衣服。

昭然托腮瞧了一下:"在哪儿呢?"

郁岸回头寻找自己后腰的印记,可皮肤上除了一层细细薄薄的汗毛,什么都没有。

印在意识中的身体上了吗?没能从游戏幻室里带出来吗?

昭然旁观他短时间内表情变换,意志逐渐崩塌,最终一头栽进枕头里。

"真的有。"他闷声强调。

"我知道。"

昭然的手掌覆盖那片皮肤,隐藏在皮下的一层金纹缓慢浮现。

百手交织的太阳纹神圣降临,看上去融化的金水还未凝固,在血管中缓慢流淌。

"是这个?"昭然收回手臂。

郁岸迅速爬起来,跑到衣柜边的穿衣镜前观察那层花纹,眼睛炯炯发光。

"你喜欢那个怪物?不怕吗?"

郁岸言语带刺:"你以为你比它好在哪儿?"

"等一下。"郁岸匆匆回到床前,双手撑在抱枕上,前所未有地严肃,问他,"你在它身上取了几枚核?"

昭然跟不上他跳脱的思维。在说什么?怎么就进展到这个话题了?

好一会儿他才想通,这小子八成是觉得自己身上镶嵌的是多手怪物的核。

于是学着他之前的语气说:"有几枚拿几枚。"

但昭然没想到,一句玩笑而已,就让郁岸怀着期冀的眼睛暗淡下去。

散乱的额发遮住了他的眼睛,他僵硬地站在床前,徒劳地消化着情绪。

"不是,"昭然赶紧爬起来试图挽回,"你刚刚就是这么逗我的啊……我说错了,我重说一遍。"

但郁岸整个人状态都不对了，那种熟悉的平等地仇视每一个人的怨气让昭然警惕起来。

像极了从前被养歪了的郁岸。

"你听我说，我真没杀它，它好得很……"

"我想起以前我家的狗了。"郁岸直起身子，绕着床尾慢悠悠徘徊，"从我两岁开始养的马犬，养了很多年，我爸说要卖给收狗的，我不同意。

"但我的意见不重要，收狗的车就在外面等着，我跟我爸说'它怎么死你就怎么死'，我爸怒了，拿起铁锹直接杵在狗肚子上。

"我不太明白，这样他也卖不成了，图什么。

"当时狗已经活不成了，我等了好久，但它一直睁着眼睛喘气，收狗的看热闹，说去拿刀给它个痛快吧，我就去厨房拿了把刀，按那老头说的，从脖子那里给扎进去，它看着我，还舔我，然后一小会儿就死了。

"我妈在院里挖了个坑把狗放到里面，我也跟着躺进去，我爸看了直接往我身上填土，说喘不过气他自己就出来了。"

昭然后悔地直搓额头："我错了，我要是来早点儿就没这事了。"原来郁岸那么容易就被养歪是因为从根上出了问题。

郁岸突然抬起手臂向前扫，右手不知什么时候拿到了破甲锥，红色十字光从昭然眼前掠过，擦着他的咽喉划了过去。

多亏昭然躲得快，但指尖摸了一把脖颈，还是擦破了，一条浅浅的细线，这招是真要下手，不是闹着玩的。

"你拿你需要的核就够了为什么要杀了它？！"刚被感染蛋白治疗过的身体精神百倍，郁岸噌地登上床，左手卡住昭然脖颈将他撞倒，右手反握破甲锥向下穿凿，连会不会扎穿自己的手都顾不上考虑。昭然左躲右闪，床褥被扎出十几个窟窿，他被郁岸爆发出的力量惊出一身冷汗。

"你才见它几个小时啊,为了只怪物你要杀我?"昭然抓住机会一把攥住他握刀的手,难以置信。

"我跟你很熟吗?"郁岸粗重急促地喘气,"你不也把我当什么替身吗?从一开始莫名其妙找到我,趁我失忆,把我向你希望的方向捏造,要能打要善良要听话,不是吗?"

"你失忆了吗?"昭然无奈问他。

郁岸紧握破甲锥,手腕却被对方轻松抓住,无法再向下刺半分。

"你失忆了吗?"昭然苦涩地扬起唇角,"你记得知识,记得童年,记得过往生活里的每个片段,你没忘记任何事,你只忘了我。"

第 067 章
请勿离开

"什么意思……"

昭然的一席话将郁岸从怨恨中湿淋淋地捞了出来,他只剩迷茫。

昭然安抚着让他放下刀,却发现他分神思考时手也没有松懈,另一半大脑仍在控制着准确敏捷的刺杀动作,这样就杜绝了被敌人诱导放下警惕后被反杀的可能。

他可以边与对方说话边无声无息地拿到武器,这些杀手的意识和行为,他无师自通。

"杀了我你永远见不着它了你信不信?"昭然索性摊开双臂,眉心迎上他的刀尖。来软的他蹬鼻子上脸,来硬的他又发疯委屈,这小鬼难哄得很。

郁岸果然吃这套,小心收起劲儿,不信任的目光在昭然脸上游移。

"不闹,给我。"昭然拿走他的破甲锥,扔到抽屉里拧上锁,顺便脱掉汗湿的睡衣搭在椅背上。从始至终能折腾到自己惊出一身汗的,还是只有这小子。

"它真活着呢吗?"郁岸闷声问,"它在哪儿?"

看他沮丧至极又重获希望的样子,昭然生出一种说不清的愉悦感,原来自己的存在可以牵动他的情绪。

昭然上身只剩一件背心,手肘自然搭在盘起的膝头上,台灯的柔光被他肩膀的肌肉和骨骼线条分割成明暗两半。

"你真喜欢它?"昭然向前倾身仔细问他。

"喜欢。"郁岸始终垂着眼皮,不想或是不敢看他,"它宁可自己被太阳晒也要帮我挡住光。"

"但它不是小狗,它有智慧,它看上你是因为喜欢你。"

郁岸沉默消化了一会儿,觉得面试官说得有道理。

"那它喜欢我什么?"郁岸终于愿意认真和昭然谈论多手怪物。

"它懂什么人类感情啊,在它的视角你就是一个黑色小煤球,跟它自己形状很像,觉得你很有趣,所以喜欢。你见过公园里用线吊着一张白纸片遛蝴蝶的小孩吗?蝴蝶就是喜欢那张飞起来的纸片。"

郁岸跟着想象了一下巨大多手怪物的视角,嘴角悄悄翘了翘。

昭然揉了把脸,说他像煤球他好像还挺开心。

"面试官,你这么了解它,"郁岸双手合十靠到昭然身旁,"你带我去找它,行吗?我保证以后听你的话,让我干什么我就干什么,周六日加班都可以。"

"让你干什么就干什么?"昭然挑眉。

郁岸诚恳点头。

"那先把书架收拾了。"

刚刚被郁岸一拳砸裂的书柜门歪在一边,一摞书散乱地砸在地板上。

郁岸立刻蹲到地上收拾起来,把书原样放回柜里,甚至拿螺丝刀认真修起了柜门合页。

"还真有那么喜欢啊。"昭然托着下巴,有点儿嫉妒,"我对你不好吗?"

"带我去找它你就好。"郁岸敷衍得很认真。

"它是什么物种啊,你能接受?"

"我不管那么多,我就是要看见它还活着。"

"我活着。"昭然说。

郁岸修柜门的手停下来,回头愣怔望他。

然后他慢慢放下螺丝刀,发了下呆:"你不会想说你就是它吧?"

昭然摊手："是啊，对啊。"

几秒的沉默，气氛似乎又有些僵。

郁岸用力把螺丝刀拍在桌面上，拍惊堂木似的啪一声响，昭然跟着一颤。

他举起螺丝刀，十字尖撑到昭然下巴上，眼神阴沉："你捉弄我。"

"我没有，"昭然挺直脊背尽量远离锥尖，哭笑不得，"谁冒充那丑东西……"

十字螺丝刀顶得更重。

"好，好好好，你问问题，你考我，我回答。"昭然无奈仰头。

"我砍掉了多手怪物一只手，砍掉的是左手还是右手？"郁岸冷眼问。

"……"昭然表情纠结，抚着额头苦想。

"说不出来？"郁岸眯眼。

昭然气笑了："你昨天在我家掉了一根头发，是左边的头发还是右边的头发，这我哪记得住啊。"

"那好，你变回本体给我看看。"郁岸抱臂靠在书桌前，螺丝刀夹在指间转来转去。

"变不了，长大了，就不是个球了。"

"说白了就是拿不出任何证明呗。"

昭然挠头，拿来平板电脑搜索图片，指着一张刚出生的可爱小奶狗图片："看这个。"

"狗崽。"

他又翻出与前一只看起来截然不同的大型犬的照片："这个呢？"

郁岸回答："捷克狼犬。"

"对嘛，"昭然指着可爱胖乎的小狗崽解释，"你看到的是这个。"然后指向高大威猛的成年捷克狼犬，"我现在是这个。长大了就是这个样子，我怎么给你变回去，你给我变回两岁的样子看看。"

扑哧。

郁岸没忍住笑出声，又立刻变回臭脸表情，摸了摸鼻子。

昭然撑着膝头问："终于信了？"

"不信。"

"……"昭然深吸一口气，已经想不出还有什么方式能证明自己，低下头搓搓手套。"还有一个地方可以证明。"郁岸忽然说，"如果你身上嵌了它的核，你就是在骗我。"

"好主意，随便你搜。"昭然举起双手，从容不迫等他查验。这些年自己一直想方设法伪装成人类，没想到有一天竟然还要想方设法证明自己不是人类。

郁岸一条腿跪在床沿，用螺丝刀尖挑起昭然的背心下摆，昭然腹部的伤又裂开了，伤口被反复撕扯化了脓。除了另外两处陈年浅疤之外，实在找不出一点儿瑕疵。

郁岸从正面审视到后面，突然趁其不备，从背后偷袭，抓住昭然左腕，拨开手套搭扣，将皮手套猛地扒了下来。

光洁修长的左手袒露在灯光下，指尖和骨节泛着粉色，指甲修剪成完美的圆弧，看起来整齐干净。

昭然转过身面对郁岸，被这场处心积虑的阴谋惊呆了，他怕不是最初疑心时就想到了这一步偷袭。

左手晾在两人之间，昭然眼睛睁得老大。

他身上确实没有嵌核槽。

郁岸看看他的手，再看看他的反应，多手怪物也拥有两只特别的触手。

郁岸在昭然面前跪坐下来："我的确猜测过这个可能。

"我知道我们的相遇是你的诡计，但我好像，只把与你相关的记忆遗失了。你像老照片里被剪掉的人，日记也不准提及你的名字。"

自从午夜零点从存尸抽屉里醒来，一切都变得不一样了，昭然是自己醒来后见到的第一个人，郁岸才不会相信他来到古县医院是个巧合，他在等自己，毋庸置疑。

昭然突然靠近郁岸，他身上的木头香味传了过来，熟悉的气味触及记忆，郁岸也终于有了定论——棺木香。

那是年复一年躺在木棺中沁入骨皮的阴香。天长地久以海底木棺为家的怪物，凄凉的气味是他离开家乡时唯一的行李。

"相信我了没？"昭然与他说。

"不完全信。"

"怎么才信？"

"嗯……给我看看你现在本体的样子。"

"不要。你没发现所有动物都只有小时候最可爱吗？"

"那我就不信。"

郁岸灵活地跳下床拉开卧室门跑出去。

昭然看着郁岸一溜烟跑走，身上还穿着自己给他换上的卡通猫咪印花短袖和白色短裤。他面相很小，比实际年龄看起来小个好几岁，又是自己养大的，因此总是下意识把他当成小孩子教训，可能以后要少管一些。

满屋子小手都挤在门口看两人打架，见郁岸跑出来，纷纷让出一条路给他，扒在各种家具上小心翼翼地望着，以为他要走了。

酒鬼和疯癫已经钻进冰箱借酒消愁，纯情和害羞掏空家里的花瓶握着小花含泪目送，摆烂跑去衣帽间拖来郁岸的单肩包往地上一扔，离谱直接抱在郁岸脚踝上哭着求他不要走。

只有靠谱淡定如常，在郁岸踮脚够不到储物柜上沿时，替他取下了最里面的医药箱。

郁岸带着碘伏和纱布回来，浇在昭然开裂的伤口上，清理了一下。

伤口靠下，郁岸掀起背心下摆，挂到昭然的尖牙上叫他自己叼着。

昭然低头打量郁岸专注的表情，可是台灯的光映在郁岸侧脸，让

他看不清楚。

"我想关上灯。"昭然嘴瓢说出了真实想法。

"关灯我就看不见了。"郁岸头也没抬,"你刚刚出去打架了?"

"嗯。"

昭然从抽屉里拿出绒布盒,递给郁岸:"给你这个。"

打开盒盖,里面安放着魔术师的畸核,琥珀质表面上的红桃 A 扑克牌图案闪着浓雾色银光,一些干透的血黏在盒子中。

这是什么送礼物的好时机吗?

"什么意思?"

他没有接,昭然就一直托着,保持递过去的姿势:"请你别走的意思。"

郁岸瞥了一眼放在他手边的平板电脑,屏幕还亮着,输入光标停在搜索栏里,字刚打到一半。

浏览记录上多了几个词条——

"捷克狼犬。"

"唐僧和孙悟空是什么关系。"

"黑色小煤球。"

第 068 章 一级金核

大致清理完伤口里的脓液，贴上纱布。

郁岸表情特别专注，眼神像外科医生做手术一样宁静。昭然还以为他在自以为是地做什么检查，只好静静地等他弄完。

郁岸把剩下的碘伏和棉签抛回医药箱，站到昭然面前，拇指向上推开他微张的齿缝，指腹抵着他锋利的牙尖端详。

昭然也不恼，任他摆弄。

"嗯……"郁岸用指腹试着刮了刮他的尖牙，"给你磨平怎么样？"

昭然哼笑："你养了小狗也给它磨平？"

"你又不是小狗。"郁岸把小臂搭在他肩头，"你是吗？"

昭然与他对视，嘴角向上弯弯翘起，默默把手套戴回去，按紧搭扣。

郁岸接过他的礼物，爬上床趴到台灯前，拿出里面的畸核对着光观察成色。

这是一枚三级银即浓雾色的高级畸核，内部能量充盈，表面的纸牌花纹时而闪现光芒。不过畸核外部落了几道陈旧的划痕，像多年传承的老物件，经历过风霜雨雪。

每次送礼物都送畸核，不愧是他。

"这么高级的核，花了不少钱吧？"

"抢来的。"昭然抱起一条腿坐在床沿边，脸颊搭在膝头，看郁岸跷起小腿在空中交换着荡，拿着自己的礼物端详。

"从哪里抢来的？"

"魔术师瑞恩·汉纳,家族传承的职业核-魔术师。"

"那可是名人,如果上了新闻,你还不被他的拥趸满世界追杀?"

"所以我做得不留痕迹。"昭然说话时还一直看着他,把他因不老实扭到背上的衣服捯回去,"汉纳家族与我有仇,我从前告诫过他的养父,是他先违反了我们的约定。"

"解释什么,我又不像某人一样要求那么多。"郁岸把畸核抛到空中,举起绒布盒子,把核扣在里面,然后从床上爬起来,立在昭然身边,小臂搭在他卷翘的头发上,"我会说,good boy。"

昭然听懂了他在暗示什么:"噢……我是想夸你来着,在游戏幻室里表现不错,谁知道你一醒来就好像吃了炮仗,差点儿把我打了。"

"你真是按我给你的地址来找我的吗?"郁岸对扭曲的时空无比好奇,在昭然身边探头探脑询问。

"是。"但其实他来的时候,郁岸并不住在那里。在陌生的城市、陌生的种族之间,在茫茫人海中等待一个只在记忆中留下黑色轮廓的少年,过程比想象的还要艰辛。

"你是怎么来的?"

"坐火车。"

"趴车顶来的吗?"

"不是,买票来的。"说到半截,昭然打住话头,突然想起跟大哥发过的誓,不再向郁岸陈述往事,一旦违背,将会受到沉重的惩罚。

他慎重地上下打量郁岸一番,见他没事才松了口气。可能"往事"的定义是指两人共同的往事,因此才没触发违背誓言的惩罚。

郁岸却很高兴,从背后揽住昭然,像在抱一只大型犬的姿势。

"你会说话了啊,给我看看现在的本体长成什么样了。"

"怕你看完睡不着。"昭然被他拽着晃来晃去,"别闹,听话,没个人样,不好看。"

"我睡得着,通关《生化危局》后我都睡得着。"郁岸揪揪他的耳朵,拽拽他的头发,"你给我看完我也给你看好东西。"

"嘿嘿，你能有什么好东西，我不想看。"

"你别后悔，我说有就有。"郁岸得寸进尺，继续作弄他。

昭然被搓得受不了，把人拽了下来，提溜着放到床上："好了好了，我看看你有什么好东西。"

"看着。"郁岸从书桌上拽了张白纸，用纯黑马克笔和直尺比量着画了一个标准半圆。

他吹了吹纸上的水痕，扬手一扔，纸页从空中飘落，飘到面前时，他迅速出手向前一掏，右手没入纸中，从里面夹出了一个黑色半圆形口袋——核匣扩容。

打开核匣扩容口袋，倒过来，用衣摆兜着掉落出来的四枚畸核。

"这枚一级蓝是实力测试考场里杀死的机械狼身体里掉的。"郁岸把四枚畸核挨个码成一排，"三级紫逆转童话是从午夜商人那儿买的。这个三级紫防沉迷系统是多手怪物送给我的，和一堆亮晶晶的小石头小冰块混在一起。"

昭然拿起防沉迷系统仔细查看："用处是？"

"在对抗中坚持一小时后，对手就会被强制下线。"

"怪不得你要留着纪年，让J·S兄弟加强到最高级，然后靠这枚核强制下线。"防沉迷系统引起了昭然的重视，他想了一下，有些急迫地问，"还能用几次？"

"两次。"

"留着，之后不到万不得已一定要留住这枚核。"昭然握着防沉迷系统。难道是天意吗？这枚核是未来打败自己的关键。

"可是三级紫还是等级太低了。"郁岸说，"我用这枚核终结了詹姆斯，但那时候他只是进入了类似挂机的状态，被我挖取畸核后才死亡，所以我想如果换成更强大的畸体，下线时间会不会变短，如果我没能及时挖掉他的核，他是否还会醒过来。

"这枚核并没有听上去那么好用，因为占了我的眼眶，就用不了其他加强类的畸核，没有畸核辅助，在强大的畸体面前我能不能撑到

一小时才是问题。

"我认为它只适合对付J·S兄弟这一类依赖幻境拖延时间，但本身攻击性不强的畸体，如果换成古县医院见到的羊头人，就没这么顺利了，我很难跟它周旋一个小时。"

"确实。"昭然摇摇头，把防沉迷系统扔回床上，"这就是你的好东西吗？"

"哼。"郁岸从衣摆里摸出最后一枚核，握在掌心里。但暗光已经透过指缝溢了出来，幽弱的蛋壳金色柔软温暖，摊开手，一枚表面浮现荧光鬼脸图案的淡金色畸核呈现在昭然面前。

"哦？拿到金级核了，可以啊。"

"J·S身上弄的，幻室核-游戏之王。我第一次见金色的畸核，肯定很强，看看它有什么用。"郁岸拿来储核分析器，检查了一下仪表和电池，把游戏之王塞了进去。

  名称：幻室核-游戏之王
  来源：破解游戏幻室，打败J·S兄弟
  种类：畸化种
  等级判定：一级金（蛋壳金）
  基础能力：一定条件下可以永久提升其他畸核的等级
  使用限制：无限制
  简介：在游戏里，我就是王
  共鸣条件：未知

"永久提升其他畸核等级？"郁岸端起储核分析器反复阅读屏幕上的文字，有点儿不敢相信自己的眼睛。

"好强。这么强……？"郁岸喃喃感叹。

小孩拿到稀有高级核当然是好事，可是听到郁岸叹为观止的语气，昭然挑起眉梢："高兴成这样？"

"这种核肯定不适合直接镶嵌到自己身上，找机会做成畸动装备利用率会更高吧，明天我就研究一下。让我看看魔术师核作用是什么……等一下。"郁岸忽然想起什么，合上储核分析器的盒盖，"好东西给你看了，你答应我的呢？"

"我答应什么了？"昭然露出狡猾的尖牙。

"给我看你现在长什么样子。"郁岸表情逐渐变臭，"骗我。"

"使诡计摘我手套，我还不能骗骗你？"昭然紧了紧手套铜扣。

他刚扣紧搭扣，郁岸就手欠拨开："不就是手套吗，摘手套怎么你了？摘手套有什么特殊意义？"

"反正我迟早要看到你的样子。"郁岸漫不经心把玩着储核分析器说，"等着瞧。"

"先不说那个。"昭然从储核分析器里拿出那枚金色的游戏之王核，贴在鼻下轻嗅，"有蛹的气味……J·S兄弟在里面化茧了吗？你们是怎么出来的？"

"匿兰处死了萨兰卡，与J·S兄弟结契了，她的虚无光剑因为这个产生共鸣，进化成了破茧之钉，可以从内部刺破茧壳，我们就一起出来了。"

昭然有些惊讶。

"明天去见她一面。"

"嗯？可以，她还欠我两枚盲核黑。"

离开游戏幻室之后的匿兰泡了个澡，毛巾裹住湿漉漉的长发，在自己卧室的小床上，抱着柔软的太阳花抱枕，靠在恐龙背垫里，舒舒服服玩一会儿手机。

以前休闲时间最多玩玩扑克和麻将，很少打枪战游戏，因为不太会玩，今天就不一样了，她有人带。

四人组队界面上，算上匿兰，已经进入队伍的有三人。

另外两个男号的人物和游戏自带的模型不太一样，体形更高挑

修长，脸也更精致，且两人都是金发异瞳，穿着游戏内的特种兵训练服，怀抱步枪。

萨兰卡有些冷淡，不爱说话，总是安安静静站着。

詹姆斯用指节叩了叩屏幕玻璃："姐姐，商城出了新的小裙子，你看见了吗？"

匿兰趴到床上，双手操作按键，纤细小腿搭在恐龙靠垫上："看到了，好贵啊，氪①全套肯定要五千多。"

"姐姐要哪件？随便选。"詹姆斯随手一拉，打开商城页面，把里面的最新款皮肤拿下来，往匿兰的角色身上一披，小裙子居然直接穿在了身上。

"这个鞋子很漂亮，很适合你。"詹姆斯蹲下来，抬起匿兰的角色的脚，替她穿上蓝色的水晶高跟鞋。

"哇，不是一套的鞋你都能拆分出来？"匿兰啧啧称奇。

这时候，大厅随机招募到的路人队友进队，四人小队登上飞机，并寻找合适的位置跳伞。

"姐姐过来，我跳得快，你跟着我。"詹姆斯从空中侧滑过来，牵住匿兰的手，向预定位置俯冲。路人一脸震惊，一直打字在聊天框问这是怎么操作的。

匿兰笑道："我不知道，只有他会操作。"

落地搜物资，詹姆斯一路小跑过来，把一个扩容弹匣放到匿兰面前："姐姐，我捡到一个扩容，给你。"

萨兰卡闷声搜东西："我也缺个扩容，兄弟。"

詹姆斯回头骂："你没有手啊不会自己找？"然后立即转头，又在匿兰面前放了一个："姐姐我还有一个。"

匿兰笑得合不上嘴："你给他吧，装备给我我也打不过。"

---

① 指在网络游戏中的充值行为。也称"氪金"。

"没关系,架我们来打,姐姐你站在那儿我就能打好,真的。"

中途轿车被打烂,几人只能下车跑毒①,隔着屏幕,匿兰发现詹姆斯和萨兰卡喘气的幅度越来越大。

原来自己只需要动动手指推前进键就可以,他们却是真的在游戏世界的庞大地图里跑。

尽管如此,金级畸体的战斗力仍不可小觑,几轮巷战结束,四人队伍还一员未减。但王牌高星局的玩家也都很强,偶尔还会遇上一两个开了挂②的,在最后拿到第一时,詹姆斯和萨兰卡都被击中了两枪。

回到游戏初始界面,他们俩身上的弹孔还在流血,靠坐在一起抱着步枪休息。

匿兰看着两个游戏小人疲惫瘫坐的样子,心里有些泛酸:"以后……不玩这样的游戏了。"

詹姆斯注意到匿兰的表情,挪蹭到屏幕跟前,把手伸了出来。

模型人物的小手从手机狭窄的屏幕中探出来,搭在匿兰的鼻尖上。

"什么游戏都可以……姐姐,只要你常来看我们就好。"

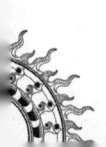

---

① 通常指在游戏中,玩家须在规定时间内跑到安全区内躲避毒气的行为,防止玩家"掉血"而失败。
② 玩游戏时作弊。

第 069 章 早间新闻

郁岸刚从游戏幻室中断开连接,大脑还处在特别兴奋的状态,情绪容易激动,跟昭然待了两个小时才感觉到头脑和身体的双重疲惫,强烈的困意袭来,一头栽进枕头里。

"这一天,真够热闹的。"昭然关上台灯,窗帘厚实,窗外的光线也照不进卧室,温暖密闭的卧室中一片漆黑。

"明早五点半起来,现在睡觉了。"

"那么早……"

缠人的小鬼已经睡着,腹部随着呼吸轻轻律动。被依赖的感觉很奇妙,像小动物主动用头蹭你的手心。

早上五点半,郁岸被连着被子一起拖起来,打包拎到沙发上等早饭,困得头顶冒星星。

满地小手各司其职,在厨房和餐厅之间忙碌,擦桌子,摆放碗盘,把鲜花插进花瓶,有条不紊,但也有不干活的,靠谱跟郁岸一起坐在沙发上,拿着一张报纸在看。

郁岸揉揉眼睛,裹着被子探头到报纸边:"你看得懂吗?你拿什么看啊?"

满屋小手之中,有几个拥有名字的特殊成员,靠谱戴着郁岸送的黑银相间的戒指,离谱老是挂着小墨镜,疯癫的虎口被郁岸咬了一圈牙印,拳骨处还做了银丝珠装饰。

郁岸在家无聊的时候，给每只有名字的小手都打扮了一番，给害羞在无名指上系了蝴蝶结，给酒鬼在手背上画了一瓶82年拉菲，给纯情编了一条丝带手链。

沙发上还挂着一只偷懒的小手，四仰八叉躺着，什么事都不干。

郁岸对着摆烂仔细辨认了一下："你哪儿来的？以前好像没有见过你。"

摆烂抬起一根手指，懒散地看看郁岸，慢吞吞爬起来从烟盒里抽出一根烟，夹在指间，靠在沙发上开始跟郁岸无声地吹牛。

"昨天扔我书包的是不是你？"郁岸拿起摆烂甩了甩。

昭然从浴室出来，用毛巾擦拭湿润的长发："我有时候都分不太清，你居然能认出每只不一样。"

有名字的小手都是昭然的意识映射，昭然每次出现一种新的性格特质，就会有一只小手升级成有名字的永久小手，将新的情绪具象化。

摆烂就是昨晚新出现的。

"意识映射。"郁岸回想昨晚，"所以拉住我不让走也是你的真实想法之一吗？"

"这个……"昭然沉默下来擦头发，旁边干活的离谱悄悄落了一滴汗。

冬天天亮得晚，吃完早餐直接去车库，已经有小手提前过来热过车，但郁岸还是裹着薄被缩在后座，抱膝打瞌睡。

"趁天黑我还看得清，所以早点儿走，等到我办公室你还可以继续睡。实习期测试结束了，你们之后应该会放一周假，回来可以好好休息。"昭然调了一下后视镜，从镜中看到头搭在膝盖上半睡半醒的郁岸，"系上安全带。"

"嗯。"其实郁岸只是在发呆。

他想了一晚上，推算昭然也就是多手怪物的时空轨迹。之前拿到的日记日期最早在M016年，也就是说昭然应该至少在六年前甚至更

早就遇见了自己。

　　肯定是出了什么问题，才让自己只能靠藏起日记的方式当作一个提醒，难不成写下日记的时候，自己已经知道未来会失去相关的记忆吗？

　　感觉还缺少一些关键线索，想直接开口问他，却不知道该问什么问题。

　　如果能找到那趟在幻室中穿梭的神秘列车就好了。还得再收集一些废核，拿回去换日记看。

　　"面试官，你之前说给我找废核来着，找到了吗？"

　　"没睡啊。"昭然轻松搭着方向盘，"我去跟仓管要，人家说废核也得对账销毁，不给我，我走的时候顺了两个揣兜里，在办公室抽屉里，等会儿拿给你。"

　　"好。"

　　"我也有个问题想问你。"昭然避开路灯明亮的大道，专走乌漆麻黑的小道，看得清楚比较安全。

　　"你说。"

　　"在游戏幻室失落小镇里，地裂的时候我去拉你，你怎么没抓我？想到什么了？"

　　郁岸抿唇，抱膝晃悠："一定得说吗？"

　　"我想听听，想到什么事儿能吓到你。"

　　"我以为，你有这么多手是因为砍了小镇村民们的手，怕你也砍我的手，拿去帮你干活。"郁岸一字不差诚实交代。

　　昭然被逗笑了："拿你的手干吗用，拆我家吗？"

　　"拿去陪你的对象打游戏。"郁岸低头搓搓手指。昭然轻声哼笑，从后视镜里瞧他一眼，说："我知道你在想什么。"

　　"你会想如果我说了谎，如果我不是你遇见的那头怪物怎么办。"昭然目视前方，抬手遮住红绿灯的光线，"但其实这不是最要紧的，要紧的是如果我真是那头怪物，你怎么办。"

　　被他一提醒，郁岸打了个寒战。

契定条件是在茧内打败化茧期的狂暴畸体,那岂不是意味着,要在茧里打败狂暴状态的面试官吗?

郁岸表情凝滞,在后座保持石化的姿势半天都没动。

车停进公司地下,两人乘电梯直接进入紧急秩序组的办公区域,郁岸逃避现实窝进昭然办公室的沙发里补觉,昭然坐到桌前,打开电脑浏览一番新闻。

不出所料,漂移飞车恶意竞争,故意残害对手公司实习生,导致两伤一残的通稿飞遍网络,窥视鹰局已经介入调查,漂移飞车正面临巨额罚款和相关负责人终身监禁的惩罚。

虽然还不能彻底动摇它的根基,但信誉下跌对畸猎公司是致命的打击,更何况他们费尽心机找来的病毒畸体J·S兄弟已经和匿兰契定,这一招赔了夫人又折兵,漂移飞车元气大伤,熊总还不得气吐了血。

上午九点,员工陆续上班,走廊中来往的脚步声密集起来,小齐和小安推门进来,和昭然打了声招呼,第一眼就看见裹着羽绒被在沙发里蜷缩睡着的郁岸。

小安弯腰把掉在地上的被角捡起来,披回沙发里,小声感叹:"啧啧,小祖宗睡到这里来了。组长,你不管睡他呀?"

"得管。"昭然从茶水间走出来,抽了张纸巾擦拭手套,"小安联系下后勤,弄个沙发床过来,要软面好睡的。"

"啊?"

"组长不酗酒了,上班时间竟然能找到人,要个沙发床而已,合理。"小齐摇头,到一团乱的办公桌前整理起来。

九点半,郁岸睡到自然醒,坐起来还有点儿蒙。

一阵轻快的高跟鞋声从廊外靠近,匿兰轻推开门,探进半个身子,挑染白丝的黑长发随着身体摆动轻甩,骰子耳环灵动旋转:"昭组长找我?"

昭然站起来朝她摆手,示意她关门。

匿兰轻轻带上门，背手走到昭然跟前，俯身过去听他说话。

"听郁岸说，你的虚无光剑达到共鸣条件了？"昭然压低音量问。

"对，进化出了一个破茧功能。"匿兰浓密的长睫毛扑扇扑扇的，一脸好奇，"有什么问题吗？"

昭然有些严肃："你的运气总这么好吗？"

"好像还真是。"匿兰爽朗大笑。

"这个能力和郁岸的可更换畸核能力一样令人眼红，甚至更有商业价值，保护好自己。你师父也会好好告诉你的。"昭然嘱咐她，"让最少的人知道，不要为了钱去帮别人破茧，那不是闹着玩的。"

"哦……"匿兰点点头，她这个大嘴巴，要不是进公司就直接被昭组长叫过来，估计这时候全公司上下都知道破茧之钉的存在了。

"对了，我的娃娃呢？"匿兰扭头问郁岸，"两枚盲核黑我带来了。"

郁岸坐没坐相，腿搭在沙发背上，头倒吊在坐垫以下，正捧着手机打游戏，J·S兄弟出现在了他的屏幕里，应该是跟随匿兰来的。他们可以在任何游戏中穿梭，因为匿兰现在没打开游戏，所以两人只能出现在距离匿兰最近的游戏终端上。

"詹姆斯好菜，换萨兰卡来跟我打。"郁岸正在玩《拳王争霸》，揍倒詹姆斯之后仍然跃跃欲试。

詹姆斯鼻青脸肿捂着肚子趴到屏幕上拍打玻璃："姐姐……救我……"

第 070 章 临时任务

"嘿，别欺负他了。"匿兰抬手一个脑瓜崩弹在郁岸发顶，郁岸吃痛双手捂住脑袋，手机掉落在沙发上，游戏角色失去玩家控制，被萨兰卡一击KO（打倒）。

匿兰拿出自己的手机，点开一款恋爱游戏放J·S进来，詹姆斯趴在粉嫩的屏幕上，泪眼婆娑，还流着一滴小鼻涕。

"好啦。"匿兰用拇指搓了搓屏幕，詹姆斯隔着玻璃与她的指尖贴了贴，萨兰卡坐在场景里的椅子上跷起腿，拿走桌上的冰球威士忌喝，冷眼旁观哥哥在主人面前摇尾乞怜。

匿兰也没忽略另一个，关心问道："萨利受伤了没有？"

萨兰卡偏开头，错位遮住另一半脸上的瘀青，但背景橱柜上的镜子正好可以映出另一半脸："没有。"

"我都看到了，快来给姐姐摸摸。"

"不要。"萨兰卡转到背对屏幕的方向，但游戏界面自动显示此角色对玩家好感度加100，欲擒故纵的小把戏被系统无情出卖。

郁岸鄙夷问道："他们演你看不出吗？这可是金色一级畸化种畸体。"

"哎呀，你懂什么。"匿兰弯腰猛搓郁岸的短发，"就是很可爱啊……之前说定的娃娃呢？盲核黑给你。"

她从裙侧口袋里摸出两枚珍珠光泽的黑色盲核，托在手心递到郁岸面前，些许金属偏光让它们显得比盲核白更加昂贵。

郁岸盯着两枚盲核想了一会儿，并没接过来："小兰姐，再添两

枚，我让他们出来见你，怎么样？"

"真的？"匿兰一愣，惊喜万分，但又有点儿为难，"可是我没有那么多黑色盲核，短时间内可能也遇不到其他能杀的畸体了。"

虚无光剑斩杀畸体时可以额外掉落一枚盲核，畸体越高级，掉落黑色盲核的概率越大，低级畸体掉落的基本是白色盲核。现在手里的两枚黑色盲核都是在游戏幻室中斩杀萨兰卡拿到的，J·S兄弟生命交缠不分你我，斩杀一个就相当于终结两个，因此一次性掉落了两枚，她全拿来给郁岸了。

"没关系，等有了再付尾款。"郁岸拿过她的两枚黑色盲核，双手轮换着抛了几个来回，抛到半空时打开储核分析器的盒盖，两枚盲核精准掉进储核器的凹槽内，稳稳卡住。

"那我等你好消息啊！我先去原组长那里打卡了——"匿兰把手机亮着屏幕揣进裙兜，跑出门时匆匆提了两下鞋跟，连蹦带跳离开了办公室："昭组长再见！"

"哎，再见。"昭然撑着腰靠在办公桌前，衬衫袖口挽到小臂上，"这姑娘，风风火火的，真招人稀罕。"

他还想嘱咐郁岸一定要与匿兰打好关系，现在看来郁岸也不是对谁都臭着一张脸。

"她说你冷漠、喝酒、不工作。"郁岸仰起头，眨眨眼睛。

昭然走过来，把郁岸凌乱的头发揉得更乱："我是不是好久没收拾你，越来越皮了。不准传别人的话，听到没有？"

"噢。"郁岸掰着手指，说出自己恍然大悟后的真相，"原来畸体契定后会那么听主人的话啊。"他抬起眼睛偷瞥昭然的表情，"是不是要你做什么事都愿意？"

昭然不置可否，最担心的也是这种特性，如果郁岸意志不够坚定，在他的驱策下，自己也会变得黑白不分，所以才会忍不住随时随地教他做人。

郁岸并不知道昭然的焦虑，他透过T恤摸了摸挂在脖颈上的银圈，悄悄露出志在必得的表情。

　　临近中午，组里的事务处理得差不多，昭然领着郁岸去附属的医院看望受伤的实习生们。

　　双人病房里，魏池跃和艾科已经能下地走路，只不过头上都裹着一圈包扎纱布，穿着蓝白条纹病号服。

　　昭然敲门进来，郁岸提着两袋从餐厅打包的肉菜跟在后边，把沉重的打包盒放到桌上。

　　用昭组长的话来说，实习生要吃苦耐劳，帮上司做一些力所能及的事情，比如拎包。郁岸心里冷笑，不就是因为他自己的手拎不了东西吗？肩不能扛手不能提的娇花。

　　肉菜的香味飘满病房，两个病号流着口水聚过来，魏池跃迫不及待搓手："受不了，医院只给送食堂饭菜，素了吧唧的，昨晚我都没吃饱，谢谢昭组长……"

　　"郁岸给你们买的。"昭然关上病房门，"他一直想着你们。"

　　魏池跃张开肌肉发达的双臂搂住满脸写着拒绝的郁岸："谢谢我的好兄弟。"差点把人勒死。

　　郁岸往窗边小凳上一坐，托腮看窗外发呆："没这回事。"手机上只有被迫付款的记录。

　　"段柯、原小莹没管你们啊？"

　　"嗐，师父忙着抓人呢，昨晚一宿没睡，火哥一出来就跟着去外面加班了，估摸着晚上才能回来。"魏池跃拆出筷子甩开膀子开吃，"哎哟，这熏排骨真香。"

　　艾科搬了椅子过来请昭然坐下，还抽了张纸擦擦椅面，在公司里总听说昭组长有洁癖，办公室里总是收拾得一尘不染，别人不小心碰一下他的手都会挨顿训，身上还有种淡淡的香味，皮肤特别白，给人一种极度干净的感觉。

　　"你也吃，没事。"昭然点点头，坐下来。

"就是纪年可惜了,他在隔壁,你们看过他了吗?"魏池跃啃着排骨问。

"他把你们捅了,你还记挂他。"郁岸靠在窗边,插了一句。

魏池跃边吃边摇头:"当时刀墙在后面赶,你们技术员愿意留在原地操作齿轮送我们先过索道,我就已经欠你们一条命了。"

艾科其实心有余悸,但也跟着说:"反正现在我还活着,好好吃着饭,他躺在里面醒不过来,我还有什么可说的。"

郁岸透过两层玻璃,隐约看到斜对面禁止探视的单人病房内,纪年虚弱单薄的身体被白色被单裹着,身上连接着复杂的仪器和排泄袋。

他自杀前为什么会说"小心大老板"呢?他们之间进行过怎样的交易?跟自己有什么关系呢?他是不是知道什么?

大脑受损,可能一辈子都只能这样没有意识地躺在床上了吧。如果他能醒过来,就能好好问个明白了。

手机振动,显示收到了一封来自地下铁的邮件。内容是一个奖金任务。

郁岸浏览了两遍,才大致读懂是怎么回事。

漂移飞车总部大楼。

面前几步远处,男人畏畏缩缩地跪在地板上,低着头大气都不敢出,汗混着眼泪从鼻尖滴落。

这人是负责传视芯片方面的技术员,明明他们让人放进纪年大脑里的不是自己公司常用的型号,却被地下铁反将一军,拿着不知从什么渠道搞来的漂移飞车传视芯片,在媒体面前添油加醋,让整个漂移飞车陷入巨大的舆论旋涡之中。

所以地下铁是怎么搞到自己公司的传视芯片,这事得彻查一番才行。

方先生站在旁边,搓着手给那人求情:"熊总,老王是咱公司的老人了,地下铁存心整我们,这回的纰漏不能全怨他啊,您看是不是能看在从前的情面上,放他一马。"

"夫人那边就不好交代了。"熊总坐在沙发上，前倾身体俯视地上苦求的技术员，低沉道，"毕竟你是主要负责人，中午窥视鹰局就会过来带你，我救不了你。"

技术员不敢把过错推到老板身上，只能一把鼻涕一把泪哭诉："熊总，家里老婆孩子还不知道这事，真被判了死刑她们怎么生活下去啊……求您救救我……"

"嗯，也不是全没办法。"熊总点燃一支烟，"要看你配不配合。"

其实昨晚漂移飞车高层就在连夜商讨对策，董事们建议及时与那位技术员割席，公开道歉并表示解雇员工，主动提供证据配合警方调查，这样就可以及时止损，防止信誉继续下跌。

但熊总的夫人齐静姝手段更多，人脉也广，她准备了假证据，并给技术员提供了一套天衣无缝的口供，证明地下铁拿出来的那个传视芯片是伪造的，只要警方顺着他们准备的线索搜查下去，就能把恶意竞争的脏水泼回地下铁头上，风险够大，但值得尝试。

这时候齐女士正在会客室内接待蝎女。

蝎女已经留在这儿一晚上，畸体的体力比人类强得多，在失去爱人的悲痛中煎熬一夜，她依旧能保持最高的警惕，充满敌意地坐在沙发上，与对面的女人谈话。

齐静姝化着得体的淡妆，短发直顺，穿一件黑色的高领毛衣，干练的打扮很容易给人留下办事可靠的印象。她不十分漂亮，但举手投足间带着一种迷人的知性美，这样一位看似攻击性不强的女人，却让熊总又敬又怕，万事都会考虑她的意见。

"我真是太内疚了。"她给蝎女递上一包纸巾，"如果我早知道昭然与魔术师的积怨这么深，就不会请他去找郁岸了。

"昭然手下有位实习生，左眼嵌核槽居然能换核，我们都很震惊，所以雇用您先生帮我们打探这位实习生的情况，或许当时与昭然起了什么冲突吧，发生这样的事，真的很抱歉。"

蝎女攥紧纸巾，纤细的手背青筋毕露："昭然……？他们有什么

积怨？"

"您先生没提起过吗？那是老一辈结的仇，具体我实在说不太清。您先生的父亲，魔术师查理·汉纳，失手重伤了昭然非常喜爱的一位少年，昭然报复过后，要求汉纳家族永远不准靠近他的人，如果违背，就夺走汉纳家族世代传承的职业核－魔术师，查理老先生也在不久之后辞世了。"

"他的实习生，和当年那个少年是同一个人吗？"

"那位少年是个暴戾古怪的小疯子，或许已经死了，昭然又找到一个容貌相似的吧。"

又继续交谈了很长一段时间，蝎女终于停止对漂移飞车公司的质问，带着一身怨恨的寒意离开了总部大楼。

大楼建筑附近的拐角，郁岸身穿纯黑兜帽，侧身瞥了一眼蝎女的背影，长长的十三节紫色蝎尾垂在身后，魅惑且危险。

"你摊上事了，她肯定不会放过你。"郁岸回头瞧瞧身边人。

昭然抱臂靠在墙边，不以为意："畸体没能保护即将成为自己契定者的人类，或是没保护好自己的契定者，是畸体自己无能。这是我们的规则。她不一定在悲伤爱人死亡，也可能是在悲伤自己失去蝶变的机会。"

原来契定是一场各取所需的交易。郁岸默默总结昭然的观点。

大老板单独给郁岸派发了一个暗杀任务，要求他做掉午后会被窥视鹰带走审问的漂移飞车技术员。

"大老板还是那么精打细算，把任务派给你，就只需要发你的奖金，其实他明知道我不可能放你自己来，想让我白天免费加个班罢了。"昭然遮挡着照在眼睛上的阳光，忽然发现郁岸一脸不高兴，好像自己欠了他的钱。

第 071 章
有恃无恐

巡视大楼周边的保安队整齐向两人附近走来。昭然一把捂住郁岸的嘴，拽住他拖回墙根阴影中。

虽然知道面试官力量特别大，但试着推拒后仍然近乎静止的禁锢还是超出了郁岸的想象。

养大型犬总会面临拉不住牵引绳的风险，什么连打包盒都拎不了的娇花，这是食人花吧。

"别吵，不然把你扔出去。"昭然低声警告。

趁巡逻队走过，郁岸先用伦琴之眼的透视能力搜寻大楼，锁定了暗杀目标的位置，然后装上怪态核－鹰翼，纯黑兜帽背后伸出一对鹰的羽翼。

他们已经在附近转了很久，将外部监控和巡逻的位置记得一清二楚。郁岸避开监控，从背阴面飞上了大楼十八层，双手挂在一扇玻璃窗下，一路上在提前探好的两个监控前塞上遮挡片，轻推玻璃，从打开的一道缝隙中翻了进去。

郁岸利落更换掉鹰翼，换上二级紫功能核－撒旦指引。更换畸核的能力能让他充分利用那些高手不屑镶嵌的蓝色或紫色低级畸核，增加了不少实用的小能力。

他是从洗手间翻进来的，纯黑兜帽套装具有减轻脚步声的作用，使他挪动时基本不会发出声音。来时他就掐准保安巡视的时间，此时一位保安正背对洗手间门口巡视其他方向。

郁岸贴到门前，用戴着橡胶手套的手悄悄抽走保安身上的小型安全刀。

这种刀是漂移飞车保安人员统一配备的畸动武器，刀柄处镶嵌一枚粗略雕刻过的一级蓝怪态核－电鳗火花，刀具的杀伤力结合电棍的击晕作用，除了应付突发情况外，也能对一些低级畸体造成有效伤害。

谁知刀具抽到一半，竟发现还有一根安全锁线连接在刀柄和腰带之间，郁岸熟悉各种精密机械和装备的设计原理，看到这个设计就立刻明白，这种锁线受到拉扯时肯定会报警，并将遇袭位置同步发给其他同事。

郁岸心跳加快，迅速倾斜右手，将藏于袖中的破甲锥滑进手心，破甲锥削铁如泥，足以无声无息割断锁线。但第一次干偷鸡摸狗的勾当实在紧张，手指发颤，电鳗刀竟然从指间滑落，他一惊，迅速弯腰，在电鳗刀将要落地的最后一瞬抓住了刀柄，插进自己后腰的装备带上。

他抬起头，额头已经渗出一层冷汗，可这时，眼前竟然贴上来一张脸。

保安感觉到背后的动静，转过身来，与郁岸撞了个正面，惊诧的表情迅速变得凶恶，刚开口要喊，突然，保安猛地闭上了嘴，转身背对郁岸，然后倒退走了几步，回去巡视刚刚已经察看过的方向，动作好像录影带在倒放一样滑稽。

郁岸回过头，不知什么时候，昭然已经站在自己身后，脚下浮现一圈金色的日晷，晷针逆转，用时钟失常的能力倒退了保安的时间。

两人无声无息缩回洗手间内，昭然用眼神数落他办事不牢，郁岸双手背在腰后，朝他吐舌头，戴着纯黑兜帽看不见脸，只见兜帽下一片漆黑的虚无中吐出一截粉红舌头。

漂移飞车的王技术员已经被看管起来，在自己的办公室内焦虑徘徊，老板给了自己一个保证，只要他配合他们编造的一套口供，公司就能把他保出来。

良心的不安使他倍感煎熬，因为安装在纪年头脑里的传视芯片确实出自自己之手，只不过按老板的命令，刻意修改过，与自己公司常用的型号尽量不同，并且在里面添了一枚微型炸弹，确保能炸毁纪年的大脑和芯片本身，死无对证，再交给地下铁的机械组组长李星去安装，不知道中间哪个环节出了问题，导致纪年脑子里的芯片被换了。

不管怎么说，自己害死了一名年轻的实习生，东窗事发之后又要帮着老板用假证据和假口供反咬对手公司一口。巨大的压力像一座山压得他喘不过气。

可家里还有老婆孩子要养，自己是家里的顶梁柱，无论如何绝对不能被判死刑，既然如此还不如铤而走险一回，横竖都是死，听老板的话总算还有一线生机。

他又默背了一遍口供，除了传视芯片的事情，老板还要求自己交代另外一件事，就说昭然杀死了魔术师瑞恩·汉纳，这套口供在开庭之后还要公开重复一遍，这样就可以模糊重点，将负面舆论和公众质疑带向地下铁一方。

王技术员心中默背时，无意中抬头瞧了一眼天花板，发现中央空调的散流器在动。

他仔细看去，确定自己眼睛没花，散流器被开启了一道缝，黑暗中出现了一双眼睛，左眼亮起紫光，瞳仁正中央的山羊头骨朝自己狞笑。

功能核－撒旦指引的能力是使目标迷失方向。

王技术员双眼迷离，受到指引，双眼也亮起紫光，行尸走肉般浑浑噩噩地走进了休息室。

一小时后，窥视鹰局的车停在了漂移飞车总部大楼下，一位高挑的金卷发女警从驾驶座下来。堤蒙怀抱冲锋枪，紧跟在从副驾驶下来的叶警官身边。叶警官戴着黑色口罩，长直发垂在身后，眉梢上挑，显得气质凌厉，充满压迫感，她肩头站立着一头金色机械鹰。

像是感知到审视的目光，叶警官敏锐抬头，玻璃大厦之中，熊总正站在落地窗边向下凝望封锁道路的警车，单手插在西裤口袋里，神情冷漠。

"窥视鹰的女警们……我不明白她们坚持的意义。红狸市已经沦为半座废城，畸体侵蚀这片土地，畸猎公司厮杀，只有她们还像贞德的雕像一样在污秽中行走。"

夫人齐静姝坐在沙发里，检查电脑里其他文件，拿起快放凉的咖啡喝了一口："说得对，值得敬佩。但她们很难贿赂，给我们添了不少麻烦，能拖到现在才来抓人，已经是我在她们上级那里使了不少手段的结果。等把公司做大，以后就可以压制得她们就算出了警，也得乖乖给我放人。"

"王技术员那边都安排好了吗？"

"放心，他知道该说什么。"

一阵急促的脚步声接近，室内的房门突然被撞开，小助理慌张不已，脸色惨白吓人："糟了糟了，王技术员死在自己办公室了！"

"什么！"熊总猛地转过身，眉头拧紧。

齐静姝惊诧地合上电脑，在脑海中迅速消化着这件事，匆匆站起身："我去看看。"

熊总走近路往王技术员办公室赶过去，齐静姝则先往大厅走去，拖住鹰局女警们。她客气躬身，抬手将她们往反方向引："警官您好，电梯在这边，我带你们去。"

反方向也能到达王技术员的办公室，但会绕办公大楼一圈，可以拖延不短的一段时间。

但女警们并不吃这套，堤蒙礼貌挡开齐静姝："女士，会有专门的警员负责询问您，现在请站到警戒线外，不要干扰我们办案。"

叶警官目不斜视朝正确的方向走去。一群警员迅速跟上。

接近王技术员的办公室时，走廊里弥漫着浓烈的血腥味，办公室门口已经围了一圈看热闹的职员。堤蒙疏散开人群，跟随叶警官走入室内。

办公室内的休息房间中，王技术员的尸体躺在茶水台上，血从桌面淌到地面，背后中一刀，正面中两刀，背后刀口有电烧焦痕迹，胸前则无烧焦痕迹。

审讯前掌握漂移飞车内部信息的关键证人身亡，首先会怀疑漂移飞车内部人员杀人灭口。

叶警官站在现场冷冷扫视四周，一言不发，等待警员完成现场搜查，之后还要进行尸检来确定凶器。

熊总站在远处，疲惫地捏了捏鼻梁。他已经猜到是地下铁老板出的手，防不胜防。

漂移飞车大楼附近的公园小厕所里，昭然躬身在肮脏的水池中简单冲洗刀上的血迹，郁岸在一边无所事事转圈，举着双手，满手满身是血。

"我让你一刀毙命，你在干什么？捅了一刀，还要关掉电再来两刀。"

"我越想越气。"昭然拍掉手套上的水，"你是存心找碴，还是真觉得我从日御镇跑过来，就为了和你做场交易呀？"

"要不是追着你个小浑蛋满世界跑，我早蝶变完逍遥快活去了。小浑球没事找事，别逼我揍你。"

压低嗓音的斥责，郁岸却从中听出了纵容。于是他一边听训，一边目光游离盯着对方垂落的长发。

等昭然说完，他还在发呆。忽然，他扳过昭然冷白调的脸，十指掌心沾满半干的血浆，有恃无恐道："面试官，我会编小辫，回家我给你编个。"

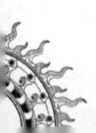

第 072 章
初战伪神

郁岸根本没在听,也没觉得自己有什么错,就算知道有错,下次还犯。肆意讨好的态度让昭然不忍心继续教训他的同时,也有些焦躁。

"先回家。"昭然扯住他手臂向外拖。粗略洗过的电鳗刀扔在便池里,静待窥视鹰警员们搜查,暗杀任务已经结束,此地不宜久留。

昭然拎着浑身是血的郁岸走进家门,直接进了浴室,放满热水把人扔进去涮。

洗刷干净后,等在门外的小手跳起来接住郁岸,嘿咻嘿咻抬进了卧室。昭然压抑的情绪在小手身上具象化,那些小手态度也很恶劣,把郁岸丢进卧室里关上门。

"怎么这么生气啊?从日御镇坐火车过来很辛苦吗?"郁岸被丢进来,只好自己去衣柜里翻翻能穿什么,之前穿的睡衣被洗了现在还没干,他翻到一件昭然的衣服穿上,袖子衣摆套在自己身上都大了一号。

房间里暖气开得太足,刚洗完澡特别热,郁岸打开窗户,坐到书桌上吹风。

"嗯?"他往窗外探头向下看,被窗外的景色震惊。窗户关着的时候,透过玻璃看外面只是普通的庭院,但推开窗户,发现自己居然身处百米摩天大厦的高度,窗入云中沧海。

蛤白在弟弟家专门设过幻境,如果有外人乘虚而入,就如瓮中捉鳖,从内部是逃不脱的。

昭然擦着头发推门走进来,看见郁岸正坐在狭窄窗台上吹冷风看风景呢，严厉叫道："危险，快下来！"

他突然出声，郁岸吓了一跳，手没扶稳，整个人仰头栽了下去。

脚下金环晷针逆转，溯回时间将郁岸的位置拉回窗台附近，昭然迅速冲过去，一撑桌面翻上窗台，抓住郁岸的胳膊，把人从窗外提溜上来，扔回床上。

围观的小手们吓得魂飞魄散，赶紧跑去关窗，夸张到拿出宽胶带直接把窗缝封死。

"你多大了，还能从窗户掉下去？"昭然原本只是被惊出一身冷汗，抬头却对上了郁岸诡计得逞的眼神。

"好像看到了。"郁岸说。

"什么？"

"刚刚你本体的脸，闪现了一下，可惜没看太清。在漂移飞车大楼里，你用时钟失常的时候，我就隐约有一瞬间看到了你身上的另一道影子。眼睛是红色的，口角这里，开得很长，而且有点儿粘连，对吗？"

"郁岸！"昭然喝止住了他的分析，"玩够没有？！"

郁岸浑身一震，见势不妙，转身就往床角爬。

为了达到目的不择手段，已经到了可以随意伤害自己，拿自己的生命开玩笑的地步，昭然忍无可忍，抄起戳在墙角的高傲球棒，反转过来把重的一头攥在手里，一把抓住郁岸脚腕，把人拖回来。

密集的小手扑上来抓住郁岸的手和脚，只不过那些有名字的小手不敢参与，因为知道郁岸报复心有多强，但也不敢帮着郁岸，怕主人怒极拿它们杀鸡儆猴。

几棒下去，郁岸被揍得嗷嗷直叫，但被密集的手按在床上动不了。那些手的力量异常强大，足以在皮肤上留下鲜红的指痕。

昭然是真打，一点儿不留情，好像把积攒的愤怒全撒在这不知好歹的小东西身上。

追逐的时间太久，郁岸已经成了自己刻在骨头上的守则，不是没想过放弃，可放弃他，就相当于刮去骨头上的刻痕，痛苦得只让人想

逃避。

　　为什么不按大哥说的，去选一位人类高手契定呢？为什么要反反复复忍受希望破灭的遗憾？自己如此强大，为什么要在一个看不见希望的少年身边虚度光阴？

　　"嗯！"郁岸的闷哼将昭然拉回现实，他抱头缩在床上，破皮红肿和瘀青遍布他瘦削的身体。

　　发觉昭然停了手，郁岸才松开蜷紧的身躯，小声哼笑，笑声里夹杂咳喘。

　　他缓了一会儿才爬起来："我不相信有人可以无限包容我，多手怪物也不能。"

　　昭然愣了一下，拨开他的手臂："我不要你了。"

　　但这一点儿都威胁不到郁岸，他贴过来说："我腰上的戳呢？"

　　"我收回来，干吗在你这棵小歪脖树上吊死。"昭然板着脸。

　　郁岸顿了顿："你消不掉。"

　　但其实有点儿不确定，没结契之前，畸体留下的图腾是可以消掉的吗？

　　"你不信？契定之前，主动权可完全在我手里。"昭然左手固定住他两只手腕，右手掌心压在他后腰，一些极其细微的触丝从手套内放射出来，连接到郁岸身体上。

　　有什么东西在从体内流失，轻微的刺痛带给郁岸一阵恐慌。

　　郁岸咬牙从昭然的左手中挣脱，掀开衣摆，努力扭头看自己后腰上的太阳图腾，诡异的花纹消失不见，连温热烘烤的感觉都消失了，郁岸被久违的寒冷侵袭。

　　看着臭小鬼难以置信的模样，昭然舒服了许多。

　　然而郁岸接下来的反应并不像昭然预想中开始打滚撒泼，或是冷着脸一走了之，他大脑宕机似的跪立在床上僵住了。

　　"还给我。"郁岸极少表现得非常在乎一件东西，这样哀求的目光，昭然也只在昨晚骗他说带他去见多手怪物时才见过。

"什么?"

"快还给我。"

"它在你身上也不过是个装饰而已,你有自信在茧里打败我?"明明昭然只是收回了自己的印记,却好像抢劫了小朋友珍贵的存钱罐一样,心里竟然出现了一丝负罪感。

郁岸摇摇头,又点点头。他对多手怪物的实力上限并无概念,很强,到底有多强,他只见过对方与亡湖寄生者那场战斗,但强者之间的战斗并不能让他直观地感受到力量冲击。

"穿上衣服,跟我出去一趟。"昭然微抬下巴,示意他带上武器。

夜色已深,昭然披着外套,带他走进一条无人的巷子,几只猫从房檐上溜走,流浪狗在垃圾桶边翻找食物,乌云蔓延遮住了月亮,小巷中就连一丝光亮都消失了。

郁岸穿着普通的冬衣,左眼包了几圈绷带遮挡住眼眶,紧跟在昭然身边,并不畏惧黑暗,但不免将流浪动物的遭遇代入自己身上。

从一个深不见底的楼梯口向下走,最深处隐约能看见光。昭然在黑暗中平稳下楼,郁岸搓搓身上的瘀青,跌跌撞撞跟上去。

光亮尽头,粉蓝色灯光拼成的牌子挂在入口——失序边缘,一个酒吧的名字。

进入窄小的门口后,豁然开朗,斑斓的霓虹灯光往返扫射,音乐鼓点声震耳欲聋,两人之间说话都得用力喊才听得到。

两人经过吧台,银发调酒师正在擦拭玻璃杯,抬头看见昭然,他们对视了一眼,相互点了下头当作打招呼。接着调酒师便发现了跟在昭然身后的年轻人,兴味盎然地打量了一番,朝他眨了一下眼睛。

散座上的酒客醉眼迷离地朝郁岸看过来,交头接耳谈论几句,然后哈哈大笑。

处在嘈杂的环境中,郁岸非常不安。一位穿着兔女郎皮装的卷发美女正在聚光舞台上扶着钢管搔首弄姿,郁岸不小心和女孩对上视

线,兔女郎魅惑一笑,抬手飞吻,郁岸便感到脸颊一热,一个烈焰唇印居然印在了脸蛋上,怎么都擦不掉,像文身一样牢固。

是畸体图腾?

郁岸终于明白自己的不安源自何处,这家酒吧里可能百分之九十以上的顾客都不是人类。自己就这么跟进来,等于羊羔走进狼窝里。

他警惕环视四周,却没注意前面,额头撞在了昭然后背上。

昭然转过身,用拇指轻松蹭掉郁岸脸上的红唇印记:"这儿也不是完全没有人类,人类与畸体的界限其实很模糊,别紧张。"

"带我来这儿,什么意思?"

"前面才是目的地。"昭然把郁岸的脑袋转向另一个方向,霓虹灯光下烟雾弥漫,华丽的舞台周围流光溢彩,布置得像拳击场。两个肌肉猛男正缠打在一起,郁岸仔细盯着场上的选手,红方占上风,那人的手肘上镶嵌着一枚银色的畸核,增生的肌肉交缠在畸核上,畸核表面的纹路是甲胄团成的球,是只类似穿山甲的动物。

"看花纹应该是犰狳,银级怪态核吗?好厉害。"郁岸专注观察战斗,"是人类吧。"

蓝方壮汉被压制在地上,僵持了一秒后,突然打挺踹翻红方,顺势骑了上去,海碗大的拳头雨点般砸在红方身上。蓝方选手速度快出虚影,身上可能有个增加速度的核。

红方突然肌肉增大,镶嵌在手肘上的怪态核-犰狳战甲亮起银光,壮汉浑身披上了一层坚硬鳞甲,蓝方选手的拳头砸在鳞甲上,发出一声骨头断裂的闷响,他还未惨叫出声,红方的重拳已经砸至面门。

强化过的带着鳞甲的拳头重如巨石,击中蓝方头颅时,时间仿佛在这一瞬凝固。

郁岸微张开嘴,台上有什么爆炸开来,在绚烂灯光照映下像烟花四溅。一片破碎的颅骨飞到郁岸脚边,还沾着一些或红或白的脏污。

台下观众的欢呼好似鬼哭狼嚎,他们向台上抛撒火焰、骷髅、硬币或者各自视为有价值的乱七八糟的私人物品。

红方选手高举肌肉爆满的双手，为自己的胜利欢呼雀跃，从暴毙的蓝方选手尸体中捡出一枚深红色畸核，带着血直接亲吻自己的胜利果实。

"好野蛮的竞赛……真的不是表演吗？"郁岸确实没见识过这样的场面，扇扇鼻息边的血腥味，不料竟看到昭然径直从身边经过，往舞台边走了过去，"喂！"

昭然披着外套，里面也只穿着平常的衬衫，都市白领的打扮与环境格格不入，但没有人敢轻视他。在这里，轻视任何一个对手都将是送命的开端。

兔女郎托着绒布盘走到昭然身边，昭然从口袋里摸出那枚三级银职业核－魔术师，拍在了托盘里，作为上场的抵押，如果输给台上的对手，这枚核就送给对方。

兔女郎认出了汉纳家族传承的魔术师职业核，惊诧地捂住嘴，匆匆去报告老板。周围观众闻风而来，对那位粉长发男人的身份各自有了猜测，但彼此心照不宣，只当观众，其余闭口不谈，几个愣头青还在向周围人打听他是谁，被知情者瞪了回去。

郁岸一惊，掀开储核分析器盒盖，里面果然空了一个，不知道昭然什么时候偷拿走的。

他在干什么，难道要公开自己杀了魔术师的事吗？

昭然走到特别加固过的舞台中央，炽烈的射灯照得他睁不开眼睛，但他也不在乎，任由自己从头到脚褪成虚弱的苍白色。

裁判是个阅历丰富的老人了，举手示意红方壮汉："你可以选择弃权。"

不幸的是，台上那位镶嵌犰狳战甲的红方壮汉就是愣头青中的一员，他不认识魔术师那枚传世畸核，也没见过昭然的脸，同行的朋友朝他疯狂使眼色叫他下来，他却抬手拒绝。

如果赢下这一场，对面的赌注三级银核就归自己了，谁面对如此丰厚的奖励不想赌一下？

见他拒绝，裁判又对昭然说："我会限制你的移动范围在一米半径之内。"

"不，我走出这圈灯光，就算输。"昭然以自己站立点为中心，仅直径半米的射灯光圈，光圈几乎将将圈住了他双脚，活动余地并不多。

红方壮汉碰了碰坚硬的拳头，对方这么狂，肯定不弱，自己得小心应对，准备在赛哨吹响的一瞬间就将犰狳战甲覆满全身。

郁岸手心里全是汗，多手怪物虽然强，但对方也不弱，舞台上如此密集明亮的射灯炙烤着他，实力说不定会被削弱一半以上，昭然身上本就有伤，更何况还有严苛的走位限制，为什么要打这种竞赛呢？

"嘿，小弟弟。"有人拍了下郁岸的肩膀，原来是刚刚经过吧台时见过的银发酒保。

郁岸顾不上理他，目不转睛盯着舞台，不停咬指甲。

银发调酒师抱臂靠在舞台边缘，刚刚昭然与他对视那一眼意思是自己不在的时候在他这里托管一下孩子。

"你紧张什么？"调酒师用手肘碰碰郁岸，笑着问。

郁岸不擅与陌生人交流，抿唇往远处挪了一点儿。

"哦，真可爱，等昭然下来，我就把你的表情告诉他。"调酒师笑道，"居然担心他受伤啊。"

"拳脚无眼，谁说得准？"郁岸瞥他一眼。

"听说过三级金吗？"调酒师眉眼弯弯，像狐狸，"佛像金。"

郁岸走了下神，突然听见竞赛开始的哨音，匆匆向舞台上望去，对手在开局第一秒就用了犰狳战甲，银甲从头到脚严密披覆，就算拿一支火箭筒来恐怕也轰不破他的甲胄。

他抱住双腿，滚成一团钢铁甲球，朝昭然撞了过去，既然只要让对手踏出光圈就算自己赢，干脆速战速决，迟则生变。

昭然只点了一下脚。

脚下浮起一圈金环，金环被划分为六个扇形，五个明亮，一个灰暗，金色指针在中央飞速旋转，缓缓停驻在一个明亮的扇形中。

郁岸见过这招数，多手怪物的必杀技"轮盘赌"，指针有六分之五的概率会指向将对方一击必杀的格子上。

一只粗如古树的鬼手从舞台中央骤然掏出，光线照在漆黑的鬼爪之上被尽数吸收，那由暗影凝结成的鬼手指甲尖长，不断向下滴落黑色的物质，将犰狳甲球握于拳中，猛地收紧。

全场寂静，注视着从鬼手指缝中缓慢滴落的鲜血。

连反抗一下的余地都没有吗？在现实中近距离观看轮盘赌的威力，郁岸呼吸急促，被这残暴的能力威吓得不停后退。

昭然没有理会观众席中抛来的礼物，扭头对郁岸做了个"过来"的手势。

调酒师在郁岸耳边起哄："哇，那是什么手势，不会是在请你上去吧？"

第 073 章

希望

炫目的射灯照映下,昭然远远地凝视着他。

郁岸逃避与他每一次视线相接,想起古县医院初见他时,在幽暗的灯光下破门而出,将羊头人从背到胸贯插在地,起身回眸,目光如刀。

银发调酒师轻推他后背:"快去呀。"

"我怎么打得过他?"郁岸喃喃,到刚才为止,他都还怀着侥幸心理,认为昭然带自己来这里只不过当观众,观看一下真正的战斗而已。

"那我带你逃跑好了,跟我走小门。"调酒师举起食指对他轻嘘。

郁岸想走,但心里强烈地预感到,一旦转身,昭然会就此在自己人生中消失,他不甘心。

"你知不知道有多少权贵和英雄想得到他呀?"调酒师趴到舞台栏杆上,托腮笑道。

"对我们来说,只有蝶变之后才有追求什么诗和远方的余地,否则只能选择羽化活六小时,他居然选择了你,真是怪胎。

"但愿你从来没问过他感情和蝶变哪个重要这种蠢问题,这就像人类问妈妈和老婆掉水里先救谁一样无理取闹。"

"我……"

"哎呀,快去吧,他还能真舍得杀你嘛,打不过就使手段,他没你聪明。"调酒师狡黠地眨了下眼,蓬松雪白的狐狸尾巴将郁岸往舞台前扫过去。

郁岸方才惊醒，跟自己攀谈许久的调酒师也是长出人脸的北极狐畸体。

舞台足有一人半高，并无阶梯，迎战的选手不是跳上去，就是像昭然那样若无其事地闪现上去。

只有郁岸上得无比艰难，没有纯黑兜帽的敏捷加成，只能靠自己蓄力跳起来，双手猫挂在边缘，手肘一撑，在舞台外壁踩出几个脚印，爬到了台上。

惹得观众们哄堂大笑，交头接耳："是幼年人类？"

"不是不是，我猜有十六七岁。"

"好啊好啊，两脚小人儿打赢他！"看热闹的观众将贴身钱物和酒吧提供的应援荧光泡泡抛上舞台。

清道夫扶着推铲将场地清理干净，被鬼手攥碎的骨肉已经看不出原状，跟黏稠血浆一起被铲下舞台。

舞台边缘的一圈地面自动掀开，环形深沟里竟然圈养着十来头红色的鳄鱼畸体，每一头都壮硕凶残，头顶戴着酒吧服务员的小帽子。

它们也是酒吧雇用的员工，专门负责吞食从台上铲下来的碎渣，三下五除二处理干净，打了个嗝满足退场。

郁岸在舞台一端，看见昭然站在对面，被灯光圈禁在直径半米的圆里，白发垂在肩头，眼睛混浊成一对蛋白石。

明明身处劣势，却令对手望而胆寒，如此强大，他那战无不胜的姿态，像烈日燎发摧枯。

郁岸被观众的欢呼声淹没，手足无措，但这一次他确信不会再有人从水深火热中拯救他。

兔女郎端着绒布盘轻盈跳过舞台栅栏，请郁岸拿出赌注。

郁岸犹豫着拨开储核分析器，对方拿出银级核做赌注，按规矩自己也得拿出个银级核才行。

"不用了。"昭然开口止住他的动作，"如果你输了，我就换人契

定。这就是赌注。"

郁岸攥紧拳头，指节轻响："你明知道我打不过你。"

"没错，这一局就是我们放弃彼此的理由。我不会杀你，只是让你明白你做不到的事，总有别人可以做到。"

台下的狐狸调酒师已经不见踪影，带着兔女郎们去吧台附近大肆宣传："倔强青铜要挑战巅峰王者了，酒吧提供各种应援物，但不是免费的啦，来排队付款，慢了就要错过精彩开场了！"心想早知道昭然要来，今晚入场就收门票了，简直血亏。

舞台周围的观众越来越多，将看台挤满后，甚至踮脚在台下围成一圈，堵得水泄不通，搞不懂这些人是从哪儿冒出来的。

郁岸抚着手臂上隐隐作痛的瘀青，抬起头直视昭然的眼睛："面试官，这才是你给我真正的面试，对吗？"

昭然目光平静，比赛即将开始。

郁岸轻翻手掌，破甲锥从袖里滑进手中，二级红核雕刻而成的十字星在刀柄与刀刃连接处熠熠闪烁。

跟昭然相处良久，郁岸知道硬拼不可能有胜算，努力冷静下来。

快想想，自己的赢面在什么地方。

郁岸陷入思考，环境中嘈杂声响逐渐被隔绝，万籁俱寂之中，更清晰地感觉到射灯明亮。连他自己都觉得有些晃眼，恐怕昭然在台上几乎看不见东西。

昭然的三种技能他都见识过，只有必杀技轮盘赌最为凶险。凭经验来看，当轮盘指针停止后，从地里掏出的鬼手会百分之百命中自己，而且鬼手握拳之前就会追踪，跑也跑不掉。

如果是这样的话，唯一的生机在于轮盘指针尚未停下的那两秒。

郁岸忽然有种贯通感，boss 用出必杀技之前势必有个蓄力时间，而这短暂的时间，是可以打断的。

他扯下左眼的绷带，一枚淡蓝色畸核就嵌在眼眶之中，畸核表面的狼头仰天长啸，是他手里仅剩的一枚功能核－狼王命令。

狼王命令，不可不遵，他能发出一个二字命令让对方遵守三秒。

郁岸说："别动。"

观众席上一片嘘声，还以为这小子有多厉害，原来只镶嵌了枚最低级的一级蓝核，这种破核卖都卖不上价，几百块顶了天了。

"真是初生牛犊不怕虎，嵌着一级蓝就敢往台上爬，哈哈哈哈，我还没见过有人嵌一级蓝核呢，这种破烂不都是大批量安机器里当电池用的吗？"

"这孩子好傻呀，为什么不命令昭然自己迈出光圈，耍个小心机就能拿走一枚三级银核赌注，大庭广众下昭然也不能反悔，我太好奇他吃瘪的表情了。"

"就是，错过这个机会他就死定了。"

"哎哟，真残忍，我不敢看了，哈哈哈哈。"

别小看拖延三秒的作用，这足以让昭然失去先手秒杀的机会。

郁岸却朝舞台边缘跑去，身体扑倒向前滑，在两枚畸核即将滚落到台下时抓在了手中。

被昭然打败的那位肌肉强悍的红方选手掉落了一枚银色的怪态核－犰狳战甲，在前一局被他打败的蓝方选手掉落了一枚红色畸核，从郁岸观察到的效果来看，红核肯定是增加速度的，所以蓝方选手爬起来反抗的速度才能如此迅速。

等级越低的核郁岸用起来越得心应手，他没有时间多想，顾不上擦掉红核表面的污垢，塞进了眼眶里。

名称：怪态核－闪电羚

来源：酒吧竞技场

种类：普通种

等级判定：一级红（玫红色）

基础能力：快速移动

使用限制：每日使用上限三十分钟，次日零点刷新

简介：来如闪电，逝如疾风

共鸣条件：未知

畸核入体，迅速与眼眶内部建立连接，强烈的刺激让郁岸半个头都跟着痛，一阵晕眩，却强撑着没倒。红核光芒闪烁，奔跑的羚羊剪影骤然出现在畸核表面，郁岸头顶伸出两个锋利的细羊角。

喧闹的观众席顿时沉寂，台上的情况有点儿超出他们的认知。

一个人指着台上惊诧大喊："那少年能换核！！"

人们唰地站了起来，睁大眼睛向台上张望。

三秒狼王命令失效，昭然只当他在垂死挣扎，脚下金光扩散成环，金针飞转，即将在六格轮盘中做出致命选择。

郁岸早在开场前就规划好了奇袭路线。在轮盘旋转的同时，他的身影化作羚羊，拖着一道闪电残影冲到昭然面前，双手死死扒住对方的肩膀，身体被凌空一甩，整个人黏到了对方背上，甩都甩不掉。

他抓的时机奇准无比，金环落地形成轮盘的形状后，到轮盘赌结束之前，昭然都用不出其他技能。

如果轮盘转到了六分之五的击杀概率，鬼手在冲破地面攥死自己之前，得先掏了昭然本人。

昭然见势不妙立刻收手，轮盘在转到最终结果之前被迫熄灭。

"小东西好狡猾。"昭然握住他紧攥破甲锥的右手，轻松推离咽喉，但郁岸紧咬牙关，脖颈青筋鼓胀，右手竟在昭然的抵抗力量之下拼命前进了半分，他从齿缝中挤出凶狠的几个字："只有我能杀你，不准选别人。"

"你还没有命令我的资格。"昭然翘起唇角，胸骨左右突然生出第二对手臂，指甲尖长，抓住郁岸的脚腕用力一拽，向台外甩了出去。

郁岸脊背撞在栅栏柱上，从半空栽落，但他没有屈服，甚至已经感觉不到疼痛，握紧破甲锥迅速爬了起来。

果然是多手怪物，他身上居然出现了四条手臂，贸然贴近太危险。

台下前排观众在激动尖叫，后排观众高举双手跳起来大喊："好！杀了他！杀了他！"

郁岸左眼亮起红光，如闪电般游走，在昭然周围绕了一整个圈，距离昭然时近时远，行动轨迹俯视看来像个由密集锯齿形成的环形，把昭然圈在中央。

昭然着实摸不着头脑，眼睛被舞台射灯晃得看不清东西。

突然，郁岸身影闪现，从舞台上一跃而起，迅速坠落，破甲锥朝昭然眉心刺来。

"诡计不行就改偷袭，也不成啊。"昭然哼笑，脚下浮起金色日晷，晷针逆转，时间倒流，郁岸的刀尖原本已经快要接触到他，却跟着时钟失常向后倒退。

然而，郁岸之前是按照锯齿路线跑的，时而离昭然很近，时而很远，昭然根本不会想到去计算，要回溯几秒才能让郁岸出现在距离自己远的位置。

但郁岸可以，他的计算能力比起昭然迅速且准确得多。

经过几次观察，郁岸发现如果没有特殊情况，昭然用时钟失常基本都是回溯三秒。

晷针逆转，郁岸退回的位置竟然与射灯投下的光束在同一条直线上，而且是锯齿轨迹中距离昭然最近的位置。

刚刚挥过来的一刀只是假动作虚晃一枪，回溯之后停留的位置才是他真正进攻的起点。

昭然正对射灯完全失去了视野，等到视线中出现郁岸的影子，破甲锥已经近至身前，他侧身避开，那冰寒刀尖还是在肩头砍了一道血红伤口。

郁岸落地喘息，捂住刺痛的左眼，血珠沁到睫毛上，悬而未落。

"你输了。"郁岸用挂血的刀尖指向他脚下，昭然左脚退到了光圈外半寸，按规则，他得认输。

"今天的表现还真是让我刮目相看。"昭然拍了拍手,四只手一起鼓掌,有点儿惊悚。

但他并没有认输的意思,双眼渐渐反上猩红的颜色,颊腮开裂,上下粘连与唇角贯通,一声尖啸从喉咙里鸣响,地面的金色光环中爆发出一团金色岩浆,强大的爆破力将郁岸掀飞到半空。

昭然变得无比兴奋,脸上的人相消退大半,残酷鬼相取而代之。

"天哪。"郁岸退到栅栏边,手指哆嗦,之前面对詹姆斯假冒的面试官,狂暴状态已经足够惊人,今天对上真身,迎面而来的压迫力让他更为震撼。

这是本体吗?不,似乎还没有完全显露出来。

裁判也没有叫停的意思,郁岸满台寻找,终于在远处桌子底下找到了瑟瑟发抖抱着头的裁判。

观众的兴致被彻底点燃,谁都不希望如此精彩的竞技轻易结束,谁还在乎昭然的承诺,大家就想看他们拼个你死我活。

金环被昭然召唤到脚下,太阳花纹从脚下骤然旋开,璀璨花纹金光绽放,六道圆环像发牌一样平均分散到舞台的六个边缘点上。

看见地上的太阳纹,观众们早就在期待这个了,纷纷起立几乎喊破嗓子:"战神旗帜!战神旗帜!"

昭然的战神旗帜能召唤六种不同的银甲骑士,铁链锤骑士、矛斧骑士、弓箭骑士、重型宽剑骑士、教皇十字剑骑士、轻甲苦无忍者,此时这六位骑士各站一角,将郁岸包围在中央。

郁岸握紧手中的怪态核-犰狳战甲,但二级银核等级太高,这时候镶嵌,怕还没适应就被干掉了。

两枚苦无暗器从忍者手中甩出,郁岸仰身后空翻,苦无从他咽喉前掠过,结实插在栅栏柱上。

铁链锤骑士甩着重锤压来,站在对角线的矛斧骑士手持长斧断了郁岸后路,郁岸左右动不了身,只能跳到空中避开这两招足以让自己粉身碎骨的重击。

而弓箭骑士抬手搭箭，雕刻大马士革花纹的弓身向后绷紧，弓弦一响，一道金光飞射而出。

郁岸瞪大眼睛凌空翻身躲避，但那金光已经迎面而来，击中郁岸穿腹而过。

时间仿佛在这一刻静止，那些嘈杂的尖叫都离他而去。

金光如烈阳灼烧，郁岸甚至流不出血。他重重摔到地上，捂住腹部的孔洞蜷成一团，动也动不了。

储核分析器里有治疗核－快速愈合，郁岸用尽全力抠下眼眶里的红核闪电羚，向前爬去。

储核分析器掉落在一米来远处，却好像隔了千百里，怎么都摸不到。

昭然看着他挣扎，最终耗尽力气，一头栽在地上不再动弹，眼眶不由自主变得潮湿。

也许早该听大哥的，不要再尝试，为一己私欲去搅乱一位少年的人生，让他受尽本不该经历的伤痛，让自己迷失在幻想中。

现在两个人都可以解脱了。

"我知道你尽力了。"昭然蹲下来，把储核分析器推到郁岸手边，让他愈合伤口，"我也尽力了。"

"别动。"郁岸压抑着吐出一口气，发软的双手支撑地面，艰难抬起头，眼球充血，右手始终没有放下破甲锥，他捂住嘴，血从指缝向外涌。

他的手搭在储核分析器上，还在思考自己已经命悬一线，身体能不能扛得住再连接一枚三级紫色的快速愈合。

畸核连接时的伤害判定比效果判定早，所以即使三级紫平时连接起来还算轻松，却有可能在此时成为压死骆驼的最后一根稻草。

昭然没有拉他，静静蹲在地上凝视他，不相信他还有力气站得起来。

但他也迟迟没有倒下。

观众席上有零星的声音对他喊："快站起来，别输给他。"

叫喊的人从一人变成两人，再到十几个人一起催促。

"站起来！"

"站起来，别输给怪物！"观众纷纷站起来，又开始向台上抛掷礼物，但这一次抛的并非钱币、鲜花或是火焰，而是畸核。

那些便宜的、攒在手里还没卖掉的破烂一级蓝畸核。

射灯掠过一枚又一枚的蓝色琥珀状畸核，光线被折射成绚烂的蓝色光带，仿佛划过一片闪烁的碧蓝流星。

十几枚蓝核滚落到郁岸手边，郁岸迅速而敏锐地辨别着核上的花纹，突然出手抓住了一枚表面纹路是一支注射器的蓝核，按进了眼眶里。

没猜错，这枚核是一次性使用的治疗核 – 肾上腺素。

昭然警惕退开，郁岸居然真的摇摇晃晃站了起来，一次性使用的蓝核对他身体没有丝毫伤害，甚至能量耗尽后会自动从眼眶里脱落，省去了他往外抠的时间。

郁岸手疾眼快，看准后迅速在地上拣起几枚攥在手心，昭然在光下完全看不清他拿了什么核。

金环从脚下升起，轮盘赌指针迅速旋转，这次昭然警惕他故技重施黏到自己身上，指针落在明亮的格子上，巨大黑暗鬼手从地面掏出，将满地逃窜的郁岸攥于掌中——

欸！打不着！

嗡的一声，郁岸从鬼手指缝里飞了出来，背后生出一对蚊子翅膀。

之前用过这枚核，因此郁岸记住了表面的蚊子图案，一级蓝怪态核 – 夜行蚊，一次性使用，能躲避一次致命伤害。

逃出生天后蚊翼消失，郁岸从空中坠落，在半空趁机塞进眼眶另一枚蓝核。

盘旋羊角从头顶瞬间长出，怪态核 – 山羊角，能使用十分钟，力量敏捷增强，简介是"更大力！更大奇迹"。

金色轮盘还没消失，昭然用不出时钟失常，郁岸从天而降，身体犹如沉重的战锤，将昭然踹翻在地，整个人骑上去死死压住，双手反握刀柄毫不留情刺进昭然胸口。

热血喷溅在郁岸脸上,洒进眼睛里,从下眼睑淌出来。

他拔出破甲锥,又一刀插进昭然左肩,左手按住昭然脖颈,俯身狠道:"老怪物……你神气什么?"

昭然痛吟,仰躺在血泊中,两只手扶着郁岸的上半身,另外两只手扶在他腿上,胸口起伏,露出尖牙轻笑:"让你一局罢了,免得在这么多人面前哭起来难看。"

"我讨厌你用看废物的眼神看我。你敢走,我挖了你的核。"郁岸拔出破甲锥,重重插在他锁骨中,昭然仰头痛哼。

"叫你上台……就是约定……只要你能站起来……我就不会走……"

郁岸微怔,闭上眼睛,好像有股委屈要夺眶而出,额头抵在他身前,哑声讨要:"印记,还给我。"

"叫声好听的,就还你。"昭然哼笑。

"哥哥,够好听吗?"

昭然一下子愣住,观众席看得一清二楚。

第 074 章
物归原主

昭然骨头有点儿发软。郁岸压住开始隐隐作痛的腹部,精神已经有些恍惚,吃力地扯住昭然的衣领:"快还我。"

"还你,还你。"昭然实在顶不住,拇指抹掉蹭在郁岸脸上的血迹。

粗糙手套从郁岸上衣纽扣之间穿进,触碰皮肤,中心对称的太阳花纹从胸前一点向四周旋开。

他头一次如此郑重地给予图腾,突然觉得与此相配的应该是场盛大的仪式,可自己什么都没准备。

郁岸却以为他反悔了,手上的力量一下子卸掉,倒在昭然身旁微弱呼吸,手指依旧固执地钩着他的衣领,喃喃威胁:"以后谁拿到这个印记……都别想好过……"

金纹扩散,带着一股暖意温柔地烙印在郁岸胸前,邪异的太阳光纹延伸到锁骨、腰侧和上腹,正上方一道"光芒"伸至咽喉。

郁岸深刻地感受到一股炽热的力量,并非烙印在肉体上,而是镌刻在灵魂中,空洞的皮囊都被这股力量填满了。

昭然努力酝酿,喉咙滚动:"杀死我,在茧里……我等着。"

舞台上的射灯熄灭,观众一片哗然,他们清楚地看见扩散在地面上的明亮太阳纹在缩小聚拢,化为光束被郁岸吸收,最终印在了他胸前。

昭然当众公布未来主人身份,居然是个没什么背景的小孩,以后要是契定不上,那可是天大的笑话。

昭然拉起郁岸,趁着舞台一片漆黑跳了下去,与狐狸酒保擦肩而过,偏头低语:"把观众的单买了,今天我请。"

"噢?"狐狸酒保听罢,两只雪白毛茸耳朵噗地冒出来,嘴角弯弯向上翘,"老板大气。"

昭然刚拐进往小包厢去的电梯里,狐狸酒保就遮住嘴对身边的兔女郎悄悄吩咐:"快去开几瓶贵酒送给VIP老主顾们。"

电梯升到二楼,客人们鬼哭狼嚎的歌声在灯光斑斓的走廊中回荡,昭然挑了个没开灯的空包厢拐进去,仰头靠在门后,慢慢滑坐到地上,就算自己身体金刚不坏,也扛不住破甲锥三刀。

只有畸动武器才能对高级畸体造成致命创伤,破甲锥镶嵌二级红核,威力不可小觑,尽管特意避开要害,还是令他流血不止。

郁岸一只手撑着门,低头笑他:"怪不得溜这么快,原来是怕在观众面前倒下出糗。"

"当然溜得快了。"昭然说话带了些喘,发丝被汗水浸湿黏在额头上,"要是被人看穿实力下降,魔术师是怎么死的,下一个就是你了。"

"怎么会实力下降?"

"为了找你。"昭然闭上眼睛平复心跳。

"你也用鱼尾和嗓音跟巫婆交换双脚了?"

"什么乱七八糟的。只要你能在茧里干掉我,这些全不是问题。"

郁岸不明白他的意思,一字一句从脑海里穿过,再落进心里记住,闷声承诺:"我能。"

他摸出储核分析器里的三级紫治疗核-快速愈合,嵌入左眼,柔和的紫光从眼底氤氲,建立连接的刺痛在眼眶中冲撞,让头脑一阵眩晕。

"刚刚什么声音啊,小猫叫吗?好像没什么底气。"昭然仰靠到门上,从口袋里摸了盒烟出来,用烟麻痹身上的疼痛,点燃打火机,火焰的光芒使他额发和脸颊的颜色褪去,"我也知道你做不到,只是忽然想通了可以一起死而已。能看见你爬起来,我觉得值了。找别人契定,被我看不上的人驱使,保护他忍让他,行尸走肉一样活着有什么

意思。"

"能！能！"郁岸声嘶力竭大吼，门外妖魔鬼怪的歌声和震耳欲聋的鼓点无法将他的声音淹没，"我能！面试官，我能！"

快速愈合核的紫光汇入两人的伤口，紫色激光状的细线在裂开的皮肉之间行走，将断裂的血管和肌肉拉紧贴合，能量留在伤口中，加速细胞再生。

郁岸看不见昭然惊讶的眼神。

"好，我等着。"

"你这么强大，就没有哪只畸体看上你吗？"

"有是有，但她们只是慕强，很理智的，为自己家族寻找更有用的成员而已，如果也像人类一样喜欢看脸的话，应该没有畸体看得上我。"

"家族？你们畸体也结婚生小孩吗？"

"同一个辐射源影响下出现的畸体就算作一个家族，也有一些小的家族相互合并，成为一个大的家族。"

"你们世界里还有长得好看的啊？"

"按我们的审美，刚刚那个狐狸酒保属于非常好看的，他叫明堂，出了名的貌美。"

"是吗？我没看出来。"

"极地雪狐，毛茸尾巴，小粉鼻子大蓝眼睛，多好看啊。"

"他姓明？"

"什么啊，只是名字……你不会一直以为我姓昭吧？"

"那你为什么叫昭然？"

"我哪儿知道，不是你给我起的吗？"那天在日御镇冰洞遇到这团小煤球，对着自己大喊"昭然"，还喊了两声，他以为这就是给予名字的意思。

郁岸呆住，默默在脑子里捋了一下时间线。

"这个名字的意义是，'明亮的样子'，像太阳一样明亮。"郁岸双手拍拍他的腮帮,"在人类审美里,你这张脸漂亮极了。"

"在台上看清本体的脸了?"昭然故意问他,"好不好看啊?"

"好看。"郁岸小声回答。

"……"昭然拢了下头发。人类的审美和癖好对畸体来说果然还是太抽象了。

酒吧吧台边,几位酒客边喝边聊,醉醺醺地对吧台后的狐狸酒保说:"来杯水割威士忌,醒醒酒。"

"都灌多少了,有人请客也不能这么喝吧?"话虽如此,狐狸酒保已经滑了块冰进杯,倒上琥珀色的酒液轻搅,推给对面醉眼迷离的男人。

"谁说我为免单的,还不是想在这里多待会儿。"男人品了两口,放下冰杯,朝他勾勾手,"明堂,你给哥几个分析分析,昭然整这一出是什么意思?"

狐狸酒保枕着一只手倚在吧台边,雪白狐尾摇曳:"最近有小道消息传他实力下降,他要警告听信谣言蠢蠢欲动的那些家伙。"

"他还把魔术师杀了,也不藏着掖着点儿,不怕别人找麻烦吗?"

"你傻呀。"狐狸酒保戴着黑薄手套的手敲敲桌面,"他就是告诉诸位自己选定了这个能换核的年轻人,谁来捣乱就和魔术师一个下场,连汉纳家族的人他都照砍不误,其他谁还拎不清跟个疯子叫板。"

"哦……"几人恍然大悟,不愧是上知天文下知地理、家住瓜田万事灵通的漂亮狐狸。

驻唱节目和竞技场比赛结束,酒客渐渐散去,只剩稀疏的几桌客人昏昏沉沉地聊着天,明堂也趴到台面上打起呵欠。

电梯叮响,哗啦门开,昭然领着郁岸从里面走出来。

明堂睡眼惺忪,坐在吧台后懒懒迎接,抬起眼皮见两人一起出来,忽然来了精神,狡黠笑道:"哦,哦哦,原来是包厢沙发不舒服。"

"就你废话多,拿点儿喝的。"昭然坐在高脚凳上,一双长腿弯曲

踩在地面上，郁岸手一撑跳上凳子，身上痛，怎么坐都不舒服，鞋尖晃来晃去来回蹭地面。

"哦对，给小朋友上杯果汁。"昭然瞧他没来过酒吧新奇地东张西望的样子觉得好笑，补充了一句。

"我不要果汁，我要度数高的。"郁岸趴到吧台上，其实肚子上的伤还在痛。

狐狸酒保推来一杯白色果酒："我特调的'狐火'，快尝尝。"

郁岸看着面前燃烧紫色火焰的酒杯犹豫了："会不会烫嘴啊？"

狐狸靠在墙边直笑。

真的很好喝，雪色冰沙是荔枝和玫瑰的气味，喝不出什么酒的味道，甜甜的，嚼一大口下去很爽，伤口都不疼了，就是看面试官的脸有点儿重影……

郁岸一头栽进臂弯，人事不省。

昭然一口酒刚咽下去，就看见郁岸以迅雷不及掩耳之势迷糊扑倒。

"你要干吗？"昭然脸都绿了。

狐狸酒保呆住："我会错意了吗？是真的要果汁，不是要把他撂倒吗？"

"我把你撂倒。"昭然两只手接住郁岸，身侧伸出第三只手抓住狐狸的衣领。

郁岸哼着歌在昭然头一侧编了两条小辫儿。

"好了好了，回家了。"昭然扶起软得没骨头的郁岸往出走，第三只手放下狐狸，恶狠狠指了指他的鼻子。

狐狸摆手将一卷纸塞进那只手中，然后又从柜台下拿出一个包裹挂在手指上："账单塞到你手里啦，记得结账哈。哦，还有观众们打赏的一级蓝核，我给你打包好了。"

狐狸心想还好自己聪明让昭然快点儿回家，否则他在这儿看完账单还不得抽自己两巴掌，这张漂亮的脸蛋可禁不起揍，嘿嘿。

没过多久，酒吧的门再次被推开，一位紫衣银饰的女人带着一身寒气走进来，十三节蝎尾曳地生风。

蝎女将一摞特殊钱币扣在吧台上，冷冷道："我要进斜塔去雇用鬼仆，劳烦您引路。"

狐狸擦拭着刚洗净的酒杯，瞥了一眼桌上的钱币："小姐，昭然刚刚来过了，那架势是要逼人站队呢，斜塔主人恐怕也不想蹚这趟浑水，你回去吧。"

蝎女怒极反笑："你们不帮我，我就把昭然的身份公之于众，让他在人类城市待不下去。"

狐狸将玻璃杯重重放到台面上，皱眉道："冷静点，小姐，别坏了我们的规矩。"

畸体已经深深渗透进人类城市各行各业中，数量远比人类预想中更加庞大，将一位已经在人类之间站稳脚跟的畸体身份公之于众，势必会引起轩然大波，吸引政府的注意，大肆排查清剿，对其他畸体不是一件好事。

"你的小儿子很可爱。"狐狸抚摸着玻璃杯边缘说。

蝎女脖颈上的项链不知什么时候自动打开了，里面照片上的小婴儿柔软乖巧。

"你敢威胁我？"她立即用手挡住，蝎尾高高扬起，尾钩直指狐狸酒保的喉咙。

狐狸悠悠举起双手投降："要是别的仇人还好说，极地冰海日御家族最护短，小姐还是少以卵击石的好，况且汉纳家族当年在公海游轮上重伤他准契定者闹事，导致他蝶变失败，现在又违背约定对他的人动手，他今日报复，于情于理挑不出毛病。

"我给你指条明路吧，古县医院出现了幻室，在地下铁的管辖范围内，他们肯定会管。有传言说，昭然实力下降，如果拿出破釜沉舟的觉悟在那里埋伏，说不定能伤他一星半点。"

蝎女偏头沉思片刻，带上钱币转身走了。

酒吧安静下来，角落的两位看客终于开口，问狐狸："那也是位

可怜姑娘,你不帮她,何必害她?人类的诗写得好,'女之耽兮,不可说也'。"

狐狸酒保擦净吧台污渍,漫不经心回答:"谁都能在我的酒吧里撒野,我生意还做不做了?一来给她个教训,二来……我也好奇,昭然实力下降到底是不是真的。"

第 075 章
硬核计划书

　　从静寂的小巷拐出来，进入街道，仍只听得见俩人的脚步声。城市颓废凶险，冬日的夜晚更无人在外游逛，夜深人静时便连孤魂野鬼都不敢在大路上行走了。

　　身边人醉醺醺的，好像被抽走了骨头，扶着昭然还直往下滑。昭然只能再伸出一对手臂扶着他："一杯倒还学别人喝酒，你可真会找麻烦。"

　　"别碰我。"昭然身边太温暖，即使颈侧皮肤裸露在外也不会被寒风吹得冰凉。

　　"怎么了？"

　　"出门前被你用高傲球棒抽的，好痛。"

　　"嘿嘿，这回怎么没还手啊？"以前小家伙出去惹是生非，回来挨揍的时候也不老实，又抓又咬，非得让昭然身上也挂上几道彩。

　　"我不还手，我害怕。"

　　"怕什么？"

　　"你要把我扔出去捡垃圾吃。"

　　昭然被他的胡话搅和得心软，安慰："我还真能扔你吗？你工资卡里存了二十来万吧，离家出走也不用捡垃圾吃啊。"

　　"我不知道……"郁岸浑浑噩噩闭着眼睛，"你是不是很早之前就在我身边，我怎么觉得，你就像我家人。"

　　昭然心里一颤，心脏像被小猫踩到，落了个爪印上去。

手机在口袋里振动，昭然分出一只手拿出来查看，大哥发来了一条消息：一天不惹事你难受是吧？

估计是刚刚听说了酒吧竞技场的事，特意来骂人的。

昭然边走边打字回复：我扛不住了，哥哥。

大哥又回：对小孩凶一点儿他才听你话。

昭然发过去一张酒吧消费账单，然后在接到大哥咆哮电话之前迅速关了机。

郁岸含糊问他："依你们世界的审美来看，我怎么样？"

"嗯……好看。"

"你敷衍，说真话。"

"我……不知道，我觉得小煤球很可爱。"

"我就是个煤球吗？"郁岸胡乱揪他的头发，向一边扯，"你说多手怪物觉得我跟它长得像，所以喜欢，是不是在你眼里我也很难看啊？"

"哒，没有，真没有。"

昭然把人带回家，重新泡进热水，洗去从酒吧带回来的烟酒味，然后上床睡觉。

他从洗衣房里把烘干的睡衣拿回来，卧室关着灯，他能清楚地看见郁岸身上黏着一层紫色的火焰，与狐狸酒保推来的那杯"狐火"上的火焰如出一辙。

没想到只喝了半杯，效果会这么厉害。

这一夜，昭然在全黑的环境下休息得很好，也或许是精神和身体都太过疲惫，等太阳光透过厚实的窗帘照在脸上，才缓缓睁开眼睛。

昭然翻开被子一骨碌从床上坐起来，看到趴在书桌前睡着的人。

台灯还开着，大概很早就爬起来坐到这里了，郁岸的脸埋在灯光下，笼着一层朦胧暖光。

"这是在写什么？"昭然双手撑到桌面上，小心地从郁岸身边俯下身，探出头仔细瞧纸上的内容。

郁岸忽然惊醒，蒙蒙仰起头。

昭然颤了颤。

"……早安。"

郁岸低下头，露出毛茸茸的头顶，把桌上散落的白纸对齐，举起来给昭然看封面上的项目名称——"杀昭然计划书"，主要研究方向是如何在茧里杀死昭然。

"……"昭然迷惑地抚着下巴轻咳，"说说你的构想。"

"突破口在匿兰的破茧之钉上。"郁岸翻开第一页，"既然她能在茧内破除茧壳，我就能带其他帮手进去，协助我一起围剿你，最后让匿兰破茧，其他人就能安然离开。"

昭然点头："说得好，但是人家凭什么帮你，靠钱吗？我的茧内凶险，你要隐瞒吗？"

"所以要从与匿兰打好关系开始做起……"郁岸用笔帽蹭蹭脸颊，"还要培养一个能用得上的小队。这个得从长计议。"

"大早上就在想这个呀。"

"还有别的。"郁岸把从电视橱底拿到的日记按日期排列顺序，铺在桌面上。昭然粗略浏览内容，并没有表现得很惊讶。

"这三篇日记里频繁出现的'他'是指你吗？"

昭然沉默了一下，点头："对。"

"写日记的人是我吗？"

"是。"

"我从没有写日记的习惯，为什么会写这些琐碎事情放进'保险箱'里呢？"

"嗯……不能说。"跟大哥发过誓，如果回答了郁岸的问题就相当于在陈述往事了。

"嗯？"郁岸翻过身跪立在椅座上，双手搭在椅背上，"为什么不能说？"

"呃，"昭然焦躁挠头，"只能靠你猜，我能回答是或者不是，不

然就会出事。"

"哦?"郁岸探头探脑观察昭然的表情。

昭然抿唇,诚恳道:"我没有耍你。"的确这种事在谁听来都好像在开玩笑。

郁岸细细思考了一下,打了个响指:"没关系,我很会玩海龟汤[①]的。"

他率先问:"这日记是不是你让我写的?"

昭然一愣,怔怔点头:"是。"这小子的头脑是真的聪明,一句话就能切中要害。

"你觉得我会忘记什么,所以提前让我记录下来,以便后来提醒我?"

"这倒不是……"

郁岸比对了一下三篇日记的落款时间:M016年1月22日,M017年11月20日,M018年2月23日。

"这么来看规律还不是很明显,但如果把我从古县医院醒过来的那天算上,是M022年1月22日,1月22日好像是个很特殊的时间节点,但具体怎么回事,还得拿到更多日记才能看出来。正好在酒吧竞技场拿到了不少蓝核,应该能换好些日记看了。"

昭然无奈:"你设计的'锁箱'只有这一种打开方式吗?强行撬开就启动里面的碎纸机,太狠了。"

"不能……不过说起海龟汤,我想起一个人非常会玩。"郁岸说,"纪年,他精通精密设备,比我强得多,可能是天才吧。如果他能醒过来就好了。"

"没有其他建设性的计划了?"昭然托腮笑道。

"还有第三项,"郁岸又翻一页,"知己知彼百战不殆,我想了解多手怪物的具体情况。"

"哟,采访我,好啊。"

"那先从家庭构成入手,你有家族吗?"

---

① 指情境猜谜游戏。

"有，极地冰海辐射源影响下形成的日御家族。"昭然轻松侧躺在床上支着头，像看刚从幼儿园学到新节目的自家小孩表演似的，其实想通以后对蝶变就不执着了，能多陪他几年就好。

"日御家族。"郁岸把纸垫在膝盖上记录，"我在日御镇冰洞看到一个巨大的扇贝，里面挤满眼球，它是你家族的成员吗？"

"噢，那是我大哥，蛤白。特别臭美，出去玩还得借我的手给自己戴美瞳，不然等他自己戴完天都黑了。"

"你大哥？"郁岸仔细回忆多眼扇贝的外形，"……确实跟你挺像，为什么他那么自信，你这么自卑？"

"胡说八道，"昭然看了一下他，"在我们的审美里也分可爱、美丽、妖艳或者帅，在畸体看来他就属于酷帅这一挂的，你在他面前说他跟我像，他能气死。"

"好吧。"郁岸仔细记录，"一团手、一团眼睛，你们家族就两人吗？还有一团什么？"

"哈哈。"昭然被气得直笑，"没有这样的了！"

"极地冰海辐射强烈，昨晚见的那位狐狸酒保算起来也称得上表亲，整个家族就不好说了，三天三夜才能讲完。我是大哥养大的。家族里的小孩子都扔给大哥养，我也被一起扔过去了，一直没分开，所以和大哥关系最近。"

"噢……"郁岸诧异抬头，"好……日御家族暂时放后面研究。"

他翻开计划书最后一页："还有最后一项，训练，寻找最好用的装备。每个月去酒吧竞技场挑战一次真正的畸体。"

昭然扬起眉梢，从郁岸专注的瞳仁里看见了自己错愕的脸孔。

郁岸是认真的。

光线太强，昭然无法分辨钢笔写下的整齐字迹，可纸上分明写满了两个字——未来。

门外的小手拿着扫除用具溜进卧室，扫除地上的灰尘和杂物，两只小手负责换床单，看到床单上出现了一些血点，议论纷纷，对昭然

指指点点。

郁岸把计划书郑重放进抽屉,盖上钢笔盖:"首先进行计划的第一项,我得先帮小兰姐把J·S兄弟从游戏里弄出来,她才高兴。"

他打开电脑,找到《灰鸦:玩具屋》进入游戏,浏览自己的账号物品:控咒×1、蝴蝶飞行器(已损坏)、英雄拳套、玻璃毒(空瓶)、亡湖面具、詹姆斯玩偶、精进徽章×5、好感度表、一键换装按钮。

一对小手将卧室门推开一条缝,相继爬进来。离谱拎着一个大塑料袋进来,里面装满成卷的画纸、一套马克笔,还有一些基础的辅助绘图工具,以及两个微型电子装置。

"搞不到游戏内部的建模,只能自己画了。"郁岸铺开画纸,开始用铅笔起稿,"幸亏娃娃是Q版造型,否则我可画不出来。"

靠谱拿给昭然一张超市账单,等待报销的途中,撑着桌沿看郁岸画画,和刚刚昭然双手撑住桌面俯身向下看的姿势一模一样。

郁岸研究了许久画面里娃娃的造型,一个像素一个像素照着描,一旦沉入工作中,时间便过得飞快。终于进展到涂色的阶段,郁岸拔开马克笔帽对着草稿沉思,顺手在靠谱手指上画了一颗心。

靠谱故作镇定,手指尖渐渐变红,没想到被离谱看见了,跳上来满桌打滚也要画一个。

昭然搬了把椅子坐在桌边的窗帘下,他不怕冷,只穿一件单薄的家居短袖,小臂支着头,在边上看着郁岸专注画画。

"你不管管?"郁岸抬眼问他。

"嗯……"昭然伸出右手去,把手腕递到郁岸面前。

第 076 章 重要情报

得到了满意的图案，昭然给自己小臂内侧拍了一张照片。

郁岸假装干活，其实在用余光偷瞥昭然的举动，大概对畸体来说，昭然穿着短袖拍小臂上的图案，相当于人类在拍一张很帅的照片吧。

昭然存好照片，欣慰地说："一晚上怎么变得这么乖啊？居然想到和匿兰打好关系，不是去抢人家镶嵌在手上的破茧之钉。"

郁岸一边描画，一边头也不抬地回答："小兰姐近战太强，会砍死我，J·S兄弟也会拼死帮她，我不抢。"

过于理智的分析让人无言以对。

郁岸将Jump Scare兄弟完全相同的部分画完后，拿去复印了一份，然后分别填充剩余的颜色，詹姆斯和萨兰卡容貌一模一样，只在一些微小之处偶尔不同，比如詹姆斯左眼金色，右眼蓝色，萨兰卡正好相反，衣服上各自有自己名字的首字母。

一整个上午全消磨在画画上，郁岸忽然举起两幅彩图，如释重负地喊了一声"完工"，然后朝天一抛，戴上一级银核画中取物，双手瞬间掏进两张画纸中，手腕没入纸张，在虚空之中握住拳头，向外一扯。

一对J·S棉花娃娃便一左一右从纸张中被掏了出来。

"噢，一次成功。"郁岸把两只巴掌大的玩具娃娃放到膝头端详，拨动他们耳垂上的马赛克小耳钉，"好灵动的样子，不怪小兰姐喜欢。"

看郁岸抱着J·S兄弟的娃娃不松手，还那么认真把玩，昭然清了清嗓子，矜持地刷了一下存在感。

"你还承诺匿兰让J·S走进现实见她呢,画中取物又不能取活物,你打算怎么办?"

"那我肯定有办法,这个简单。"郁岸放下两只娃娃,问起自己一直疑惑的问题,"其实在游戏幻室里,詹姆斯已经把图腾印在我身上了,他想跟我换一条生路,但那时候被你的太阳印记驱逐了。是因为你不同意?"

"与我实力差距太大的畸体印记就会被我驱逐。"

"我拥有两只强大的畸体驱策不好吗?如果我契定了其他畸体,他们应该是可以陪我进入你的茧里帮我的吧,毕竟只要契定者不死,畸体就不会死。"

"他们算什么强大呀。"昭然打了个呵欠,"茧会排斥其他畸体靠近,这是生物本能,所以他们没办法进去帮你。"

郁岸忽然笑出声。

"笑什么?"

郁岸趴到桌面上歪头偷瞄他:"原来畸体也会相互嫉妒,霸道圈地盘。"

"是啊,归根究底还是怪物,习性改不了的。"昭然扶着一条腿踩在椅垫上,下巴懒洋洋地枕在膝头,"我难得放假,你趴在别的畸体画像上做了一上午手工。"

郁岸抽出一张新纸,趴回桌上继续描描画画。昭然瞥了一眼趴在地板上用抹布奋力擦地的几只小手,托腮笑说:"娃娃都拿出来了,还画什么?"

"我试试账号里其他的道具能不能拿出来。"郁岸挑了最容易画的道具"英雄拳套",是两条缠绕在手上的白色绷带,是英雄套装配件之一,可以大幅增加近战伤害力。

但这个道具在游戏里只是一张贴在拳头上的贴图,不像詹姆斯娃娃那样可以直观地看见全貌,在反复尝试画了几十张长宽不同的绷带条,并且掏漏了几张无辜的画纸之后,终于,右手一拳穿入纸页中,从里面拿出了两条结实的绷带。

拿到英雄拳套的那一瞬间,郁岸自己都不敢相信,他竟然真把游戏道具给拿到现实中了,提着两条绷带不知所措。

他将绷带缠到自己手上,在空中挥舞了几下,拳头带起的劲风呼呼作响,手臂感受到一种前所未有的力量感。

得到昭然授意,离谱和靠谱跳到空中,左右手共同摆出防守的姿态,招架郁岸迅猛的出拳,过了几回合招,郁岸抹了把额头上的汗。

"不光道具出来了,效果竟然也在。"郁岸惊喜万分,趴回桌上迅速打开《绝境求生》,铺开画纸,"我要把铁拳火箭筒掏出来,镶嵌几个畸核上去,让它变成畸动武器,等进了你的茧我就一炮打过去——对了,既然这样我为什么不掏辆坦克出来。"说着他关掉《绝境求生》,打开了《战场5》,"到时候我就开着虎式坦克进去轰你。"

"别白费劲儿了,《玩具屋》三个测试副本是游戏幻室,是真正存在的幻室,你才能把道具拿出来,还掏坦克呢,快掏个温度计出来测测自己发没发烧吧。"

"唔。"郁岸还对英雄三件套念念不忘,魔女传说副本中的英雄套装是目前能拿到的顶级道具,等叫出J·S兄弟之后,让他们想想办法。

"剩下还有什么能画的?"郁岸在道具栏里寻觅,亡湖面具不断滴落流动的阴影,不是科班出身实在难以捕捉精准的形状,好感度表的玻璃质感不经过长时间的训练恐怕也很难画得出来,那么只剩下一键换装按钮了。

这个最好画,就是一个正圆形的红色小按钮,底座是个戒圈,可以套在拇指上。

尝试两次就成功了,郁岸把按钮戴在手上,试着按了一下,看看能换什么装。因为《玩具屋》只开放了三个测试副本,人物都还没有什么特别好看的属性外装,其实换了也没什么用。

按钮按下后的一瞬间,郁岸眼前突然一黑,等再睁开眼,身上的睡衣不翼而飞,取而代之的是晾晒在洗衣房的纯黑兜帽套装。

这……这不就是超级英雄变身的按钮吗！郁岸跳起来躺到床上，举起手欣赏一键换装按钮，之前在副本里抽奖的时候草率了，这哪是破烂，这是无价之宝。

谁小时候没幻想过走在路上按下神秘小按钮然后瞬间换上战衣啊！

昭然静静托腮看着他躺在床上一个人开心，默默打开购物软件，进入收藏已久的套装店铺，咨询客服："178厘米、65千克左右的男孩子穿什么尺码合适？"

早餐吃得晚，午餐便移到了下午，昭然去厨房看看小手们准备了什么菜，他特意嘱咐过别做辣菜，郁岸最爱吃炖菜和汤菜。小手们忙活着将玉米排骨汤熬上，昭然套上围裙，站在砂锅边舀起一勺品品咸淡，再添一些调料进去。

手臂忽然一紧，勺子里的汤汁洒到了灶台上，郁岸从背后偷袭，探出半个脑袋说："我有点儿饿了。你是在做饭吗？"

厨房里的小手们对昭然尝个菜就把自己的劳动成果轻易侵占的行为非常不齿，但敢怒不敢言。

"别闹，昨天的亏还没吃够呢？"

昭然嘴上赶他走，其实倒也不讨厌，汤都熬好了他还靠在砂锅边一动不动的。

最后昭然垫着抹布端起砂锅走出厨房，任由郁岸在身后捣乱，毛绒拖鞋挂在脚尖一晃一晃的。

实习生休假一周，转眼就过完了大半，郁岸这些天除了研究怎么把剩下的游戏道具拿出来之外，就是思考如何利用J·S兄弟的一级金核-游戏之王——在一定条件下能够永久提升其他畸核的等级，这个能力实在太诱人。

但郁岸不敢贸然嵌进眼睛里，镶嵌二级银核都是一场痛苦的劫难，更何况金级核，弄不好把命搭进去，或是落个大脑损伤再也醒不过来，岂不是追悔莫及？镶嵌越高级的核风险越大，这一点不论对郁岸还是其他人类载体都是平等的。

"我初步的想法是做一个畸动设备，用游戏之王当作驱动核心，就像细柳美容院里能拿出活人骨骼的X光机那样。"郁岸对着自己设计的简易图纸给昭然讲解，"这里做一个投币口，把想提升等级的畸核投进去，然后另一边投入能源材料。"

"你这灵感来自商场的扭蛋机吧？"

"哼哼，可以这么说。"郁岸用笔帽蹭蹭头发，"说得简单，可我不知道怎么做畸动设备，到目前为止也只拆过鹰局的机械鹰罢了。我打算找个生产畸动设备的工厂偷师，或者直接抢一个框架回来。"

"哒，我好像忘了什么。"郁岸跑到墙角，提起自己的单肩包，拉开拉链埋头翻找，诧异地抬起头，"薄小姐不见了。"

"薄小姐是谁？"

"就是细柳美容院幻室的现任院长薄如芷啊，一个美女广告牌，但是是活的，她会说话，被我叠起来从美容院里带出来了。"

昭然叫来靠谱，向它描述了一下薄小姐的形状。

靠谱朝郁岸勾了下手，引他上到别墅三楼。两人平时只在一楼活动，定时上二楼训练室训练体能，郁岸甚至没注意到这栋房子还有三层，只有负责打扫的小手们每天上楼清扫灰尘。

绕着盘旋的阶梯上行，昭然背手跟在郁岸身后，看他鬼鬼祟祟、蹑手蹑脚在自己家里探险。

三层的一个房间里音响在播放老歌的曲调，郁岸轻轻将门推开一条缝，向内探视。

水晶圆桌上插着一枝玫瑰，一瓶刚起开的红酒放在中央，圆桌一方，一只纤长的断手优雅地托着高脚杯，正在品鉴红酒的香味，原来是酒鬼那家伙，不在底下干活，跑到楼上偷懒来了。

郁岸悄悄挪动身体，以便看清圆桌对面坐的是谁。

一个纸片美女坐在椅子上，婀娜地将两片纸片腿叠在一起，满面红光,看来这些天过得很滋润。

她忽然倾斜身子,与郁岸对上视线。

薄小姐托起酒杯,慵懒道:"终于想起来听我的情报了?"

第 077 章
领取新任务

郁岸扶着门框迟迟不进去，甚至把门带上了。原来社恐的性格一直没变，昭然跟他相处久了，见的全是他到处蹦跶、有活力的一面。他有点儿担心郁岸能否像计划中的那样靠自己组建一支队伍，但小煤球只黏自己一个人这种事其实细想也挺爽。

"执行计划第一步，试着和别人友善沟通。"昭然轻推他后背，"快去，这儿是你自己家呀。"

郁岸被迫推门走了进去，昭然跟着进去，几只打杂小手搬来两把椅子放到两人身后，放下两个干净的高脚杯，举起玻璃醒酒器给昭然倒酒，给郁岸倒了一杯鲜榨果汁。

薄小姐早在单肩包里躲着的时候就看见过昭然的脸，纸片高跟鞋尖在桌下轻蹭昭然裸露的脚踝，伸出纸片美手捏捏昭然结实的上臂。人类受辐射突变为畸体之后当然依旧保持着人类审美，昭然身材挺拔高挑，又长着一张雪白透粉的妖异的脸，薄小姐一眼就相中了。

但纯种畸体的审美不一样，对于畸体美女的标准是强壮有力，体格越膀大腰圆越美，或者极其聪慧，展现出非凡的领导才能。这样的雌性才会受到雄性畸体的追捧，因为她们可以掌控家族，共同捍守领地。

所以在昭然看来薄小姐这种一吹就飞的类型属于丑不可耐。

但郁岸觉得薄小姐从正面看真的很漂亮，美艳诱人，还有点儿泼辣强势的感觉。

三人形成了奇怪的审美闭环，气氛有些微妙的尴尬。郁岸抿着果

汁发呆，盯着昭然双膝看，腿可真长。

"这位是？"薄小姐主动开口，希望郁岸能介绍一下。

郁岸说："三十八岁离异带俩娃，我是他捡回来的……"

昭然长出第三只手从桌下捏郁岸："让你友善沟通，不是胡说八道。"但桌面透明，薄小姐完全看得到。

"哦？畸体。"薄小姐掩唇笑起来，"既然有同类在，说起话来就方便多了。"

"你也是畸体？"郁岸好奇地从头到脚打量她，"你的畸核长在哪儿啊？"

薄小姐指了指肚脐，一颗紫色的小珠子长在肉里，像心脏一样微微搏动，郁岸一直以为那只是个装饰脐钉。原来某些畸体的畸核也可能长在肉眼看见的位置。

"三级紫色的职业核－美容师。"提起自己的畸核，薄小姐自嘲般叹了口气，"你应该知道，只有在某种职业或领域内登峰造极的人，受到辐射时体内才能出现职业核。因为病痛，我再也无心事业，一心期待着重新变美，近乎疯狂的执念催生出了这枚核。"

"现在的我应该叫整容家才对。"哀伤已经成为过去，现在薄小姐反而有些骄傲地卷着发梢，"同时，也只有在相应专业领域天赋异禀的人类载体，才能镶嵌与之相配的职业核。听说你们拿到了一枚职业核－魔术师，你试过镶嵌吗？"

酒鬼那个大嘴巴小手，只要一喝多什么事都往外比画。

三级银等级太高，郁岸本身有些抗拒镶嵌银级以上的畸核，因为那种疼痛刻骨铭心，每次试图镶嵌都会生出一种"一朝被蛇咬，十年怕井绳"的惧意来。

昭然眉头微皱："你的意思是，他嵌不上？"

"当然嵌不上。"薄小姐摇摇纸片手指，"只有魔术师，而且是非常厉害的魔术师才能镶嵌职业核－魔术师，他从来没学过魔术，怎么可能嵌得上。"

这一点连昭然都不知道，因为职业核本就罕见，也只有对自己的职业充满疯狂热爱的人类载体，才会去苦苦追寻职业核来镶嵌，所以昭然从没遇到过镶嵌职业核失败的案例。

"不信你试试。"薄小姐扬扬下巴。

郁岸不服，鼓起勇气拿出职业核－魔术师，深呼吸，做了几十秒的心理准备，一咬牙一跺脚把畸核塞进了眼眶里。

几秒钟的等待后，预想中的疼痛并未出现，甚至连镶嵌一级蓝核时的那种连接感也没出现，他惊讶地睁开眼睛，魔术师核便从眼眶中自动脱落，像读取失败的光盘，自动从光驱中退了出来。

意料之中的事情，薄小姐没说什么，反倒对郁岸的反应有些奇怪："你的表情过于震惊了，你的换核能力我已经在美容院领教过，但我很惊讶，难道你从来没有镶嵌失败过吗？"

"这还是第一次，以前镶嵌高级核虽然痛，但也都成功连接了。"郁岸老实回答。

薄小姐一拍桌面："那我敢断定，你体内有帮助镶嵌的东西。"

郁岸一脸茫然，抬头看昭然，昭然表情微变，举杯品酒掩饰："什么东西？"

"还不清楚，这就得问他自己了。"

郁岸从头到肚子摸了自己一番，依然想不通。

"你怎么知道这么多？"昭然看薄小姐的眼神逐渐变得有些敌意。

"美容院里人多嘴杂，干了这么久，当然知道许多消息。"薄小姐说，"我还知道现在出现了一种药丸，人吃了就会受到强烈辐射，体内出现畸核，突变成畸体。"

"是我在电梯夹层找到的荧光绿色药丸？"郁岸想起和叶警官一起进入的那间小黑屋，里面全是皮包骨的骨感怪人，地上就扔着一瓶那样的药，鹰局化验后说带有强烈辐射。

"对，他们同时选中了许多人做这场实验，我也是其中一个。当年我因为药物副作用而陷入绝望，他们承诺我可以重新塑造美好的皮囊。"

"他们？是谁？"

"不清楚，我没有见过他们的脸，开始他们只是在社会上寻找志愿者，要求是希望在某些领域有所成就的人，那时候人们趋之若鹜，但成功率并不高。"薄小姐叹了口气，"而且零星几个成功者被他们用各种方式要挟，我被命令在美容院幻室里看守X光机，听从他们调遣，医生夫妻负责镇守幻室，同时盯着我不准离开。

"我猜等成功率达到要求，他们就会开始量产这种药，因为现在的畸体藏得越来越深，畸动设备却越来越多，畸核不好找，能源需求却大，大概是想用这种方式量产畸核能源。"

"你还知道有谁成功了吗？"

"我不能确定，因为我们都蒙着头套，所以互相看不见脸，但有一个同来的志愿者我记住了。"薄小姐比画出他的外形，"是个非常非常肥胖的男人，我们一同走进门口，他的身体挤到了我，我能明显感觉到他的体形。"

"后来我接到他们的命令，要求美容院想方设法去抓肥胖症患者回来，将他们的脂肪全部去除，然后录视频给他们看。"薄小姐轻抿红酒，"那时候我就猜到，肯定是那个肥胖男人也成功突变成畸体，体内出现了畸核，但是他们找不到那个人了，所以想逼我用这种方式把他找出来。

"那些视频我也上传到了暗网上，是希望鹰局能按图索骥找过来，我就能趁乱逃走，只是没想到来的是你。"

"那你找到了吗？"

"还没找到美容院就被你端了。"薄小姐有些郁闷，"你来那天，医生夫妻正准备解剖那个新抓来的胖子呢，后来不是被你们救走了？他人呢？"

"周先生。"郁岸忽然回忆起那天，营救周躬行先生是自己的第一项实习任务。周先生是一位在精密机械领域造诣极高的工程师，参与编写数十册专业书籍，肖像被印在郁岸的精械课本扉页上。

"这么说，如果周先生就是当年参与药物试验的志愿者，那么他身体中很有可能已经突变出了畸核。"

昭然摸着下巴沉思了一会儿，也想到一些蛛丝马迹："其实遭遇魔术师那天，我带你跑到了马戏团帐篷附近的墓园，漂移飞车的人早在里面设了埋伏，深受熊总信任的那位药剂师方先生在现场，我在他手里看见过绿色的胶囊。"

郁岸将只言片语拼拼凑凑："听叶警官说，周先生患病之后，独自一人来到红狸市，在古县医院中失踪，他大概知道些什么，不然不会在危险废城乱跑。"

"之前叶警官还说周先生想当面感谢我，给了我一个医院地址。走，去看看。"郁岸跳起来，拉上昭然就往外跑。自从做了计划书，这小子干劲十足，似乎终于对生活开始感兴趣。

昭然回头交代几只打杂小手好生照顾薄小姐后，才跟着郁岸下楼。既然薄小姐同时在逃避鹰局和"他们"的追捕，肯定不会轻易离开如此安全的安身之处，反而不需要限制她的人身自由。

看昭然被拉着离开，薄小姐撂下酒杯愤愤嘀咕："哼，我就知道，粉毛帅哥竟然被那个臭小子拐跑了，太可气了。"

"正好天快黑了，我们现在就去医院。"郁岸拿上单肩包，把英雄拳套缠到双手上，戴上纯黑兜帽，顺手拎起戳在墙角的高傲球棒插进背包里。

"等会儿，这球棒怎么变这样了？"昭然环顾四周寻找闯祸的小手。

"咦？"郁岸仔细打量了一下高傲球棒表面，奇怪，花纹变了。

原来只是个普通的木纹球棒，现在表面却被喷绘上橙紫相间的颜色，加上惊悚的鬼魅图案，像万圣节限定皮肤。

名称：装备核－高傲球棒

来源：盲核白随机激活

种类：普通种

等级判定：一级紫（罗兰紫）

基础能力：一根不会折断的沉重木棒

使用限制：使用一次后，以实体形式永久存在

简介：一根传奇的球棒，总共在二十九位棒球运动员手中传承，神奇的是每一次比赛它都会脱手击中裁判的头

共鸣条件：熊孩子的噩梦，被用来揍过熊孩子

共鸣效果："高傲球棒"进化为"惩戒球棒"，被此球棒击中者会产生恐惧感，轻微动摇斗志，每命中一次，效果叠加，最多叠加十次

郁岸拎着球棒呆住。

昭然困惑托着下巴，忍住没笑出声："往好处想，至少触发它共鸣了。往坏处想，连球棒都判定你是个熊孩子。"

第 078 章
新副本：重返医院

"我不能接受，为什么匿兰的虚无光剑就能进化成破茧之钉，我这是个什么啊！"郁岸顺着衣服向上揪他头发，"别笑。"

昭然幸灾乐祸地说："怪我。"

昭然跨到摩托上，拿一顶头盔扔到他怀里，叫他上来，他却站在地上磨蹭。

"想什么呢？"昭然长腿轻松撑住地面，叼起手腕皮筋将卷发拢到一起后将手臂搭在车把上，"谁又惹你了？"

郁岸盯着他没开口。

昭然笑着低下头。

如空气般轻盈的血红触丝从皮肤下的毛细血管中延伸出来，飘落接触到郁岸的太阳穴，柔软的触感与脑部的某种神经接触纠结。

郁岸感到身体中像过了一股电流，似乎幻听到了什么声音，又好像什么都没听到，但脑海中接收到了一种特殊的信号。郁岸左顾右盼寻找脑海中信号的来源，紧张地咬住指甲。

他的反应太有趣，经过一通周密的分析，昭然判断他应该是在紧张。

"我们和非常亲密的家族成员之间就会这样做，如果成员背叛家族，在这样交流时就会被发觉情绪异常，所以是表露忠诚的意思。"

没想到这一下给郁岸打了镇静剂似的，一路上都很老实。

落日没入地平线，光芒渐弱，整座城市跟着一起熄灭，纯黑摩托

在跨海长桥上飞驰，强风吹拂脸颊。

天色由红变蓝，再迅速黑成一片，昭然问："昼伏夜出，是不是很像老鼠？"

"是废墟精灵。"郁岸摇头，明明是死气沉沉的城市夜晚中稀少的生机。

昭然感觉到他摇头晃脑用力反驳的动作，如此简单就被治愈了。

郁岸迎着风在昭然耳边问："你之前不是不准我和别人说自己能换核吗？现在全世界都知道了，你那么高调，还当众跟我打了一场，现在还准我跑出来，怎么回事？"

"还不是因为你在实力测试里暴露自己，公司出了叛徒，秘密被机械组组长泄露出去，继续藏着掖着反而显得我怕了。没不准你出来啊，有家长带着去哪儿都行。"

"你不训我啦？"

"训你有用吗？连球棒都知道你是个熊孩子了。"

"有用。"其实不是不知道说什么话做什么事昭然不喜欢，会生气，但就是享受把他惹毛再安慰好的过程，即使因此挨揍也有点儿舒服，因为被管教的时候总会得到一种心理安慰，郁岸终于对日记中的文字感同身受——他的愤怒源于在意我。

他们在中心医院门口停下，昭然摘下头盔，走进医院大门向夜班护士出示地下铁证件，要求看望周先生。

郁岸从地上捡起他掉落的束发皮筋，拍拍灰尘，套到自己手腕上，然后匆匆跑过去跟上。

按照护士的指引，他们绕过门诊大厅，去往另一栋住院楼，乘电梯上到周先生那一层，对照着病房号一扇门一扇门地找。

"周先生病情稳定后为什么没转到大城市的医院？"郁岸自言自语，"总得有什么非要留在红狸市的理由吧。"

"是这间。"郁岸双手搭在门玻璃上向里偷窥，其实还没到入睡的时候，病房里却关着灯，"我看不清，你来看看。"

昭然微微俯身贴到玻璃前,黑暗中的事物在他眼中无处遁形,病床棉被下鼓鼓囊囊隆起,周先生似乎在棉被下蠕动。

"不对。"昭然压下门扶手,发现门从内被反锁了,"给我找根铁丝,然后把值班护士叫来。"

"这破门要什么铁丝。"郁岸跳起来一个飞踹,两个铁制合页全部从门框上豁下来,整个门板都起飞了。

一声巨响轰动整层病房,然后房门裂开倒地又是一声震响,连郁岸自己都捂住耳朵跳开,没想到会这么大声。

昭然拍他脑袋,压低嗓音训他:"这是有人的地盘,你稳当点!我们是调查不是抢劫,同层病人得让你吓出心脏病来。"

"哦。"郁岸整理了一下纯黑兜帽下的额发,居然没还嘴,现在学聪明了,终于明白一项社会法则,即外出任务的时候不能跟顶头上司对着干还顶嘴,因为如果在外面让领导下不来台,回家自己就有可能"遭殃"。

他抬手向后将倒插在背包里的高傲球棒抽了出来,轻盈跳过倒塌的木门,接近周先生的病床,捏住棉被一角,向上一掀。

几位值班护士闻声慌张跑来,聚集到病房门口,在看到棉被下蠕动的景象后,全都惊恐地捂住了嘴。

那是一团纠缠在一起的活蝎子,数以千计,在病床上密密麻麻爬行,蠕动成人的轮廓,几只蝎子粘在棉被上,被郁岸甩到空中,噼里啪啦掉落在地上,朝郁岸脚下迅速爬去。

"好密集,有点儿恶心。"郁岸敏捷跳开,踩着没有蝎子的空地退远。一团黑色蝎子在桌柜上爬动,被郁岸用球棒重重扫到地上,捡起桌柜上留下的字条抛给昭然,然后退到昭然身边。

看见眼前的景象,昭然就已经猜到蝎女来过,字条上娟秀的手写体文字映入眼帘,仅仅五个字:古县医院见。蝎子从病床上散开,稀里哗啦地上掉,朝门口爬来,但昭然轻跺了一下脚,脚下便形成一圈金环,黑蝎畏惧那拦路的炽热金环,在边缘徘徊,稍微触碰到就跟

触电似的缩回远处，完全不敢接近昭然。

"你过来啊。"郁岸蹲在金环里，用高傲球棒拍蝎子玩。

昭然外套兜里的手机振动了一下，是助手小齐的电话。

"组长，城市巡逻组发现古县医院已经形成幻室，但目测环境异常，需要紧急秩序组先进入探路，确定幻室核心和镇守者后，通知快速反应组进入清剿。"

"知道了，那医院门口见。"

小齐说："幻室里有人质，机械组组长李星的儿子被绑了进去，还有一位护士和一位保安也被困在里面。等我们赶过去估计来不及。"

"我就在附近，先过去。你和小安先来中心医院住院楼处理病房里泛滥的毒虫，确定没有爬到其他病房区再走。"挂断电话，昭然拉起郁岸向外走，回头嘱咐护士："封死房门，把其他病房的门窗也关上，不要到处走动，等我们的人处理干净再放开。"

他将金色光环留在了病房门口的地上："它们爬不出这道金色痕迹，不用慌。"

"好的好的，您辛苦了。"小护士们感激涕零，这就是地下铁的昭组长吗？好有安全感。

郁岸拎着球棒跟上昭然，路过几位小护士的时候举起手把球棒插回背包，套在手腕上的粉红小皮筋露了出来。

赶到古县医院附近，昭然找到之前藏车的地方，用荒草把摩托藏起来，掩盖车和有人行走过的痕迹。

郁岸坐在矮围墙上悠哉晃腿，向远处的阴森医院眺望。古县医院外围满鹰局的黄色警戒线封条，这家医院自从出现"羊头人事件"后再也没有开放过。

有畸体造成过命案的空间内非常有可能形成幻室，羊头人在古县医院里杀过人，所以人们都绕着这地方走，只有城市巡逻组巡查到这个路线时会从外部检查一番。

古县医院荒凉，入了夜之后，周围干枯杂草丛生的样子和坟地没什么分别。

"叫你回家，偏要跟着，蝎女大概算准了我们会来这儿找她，肯定设下不少陷阱等我们自投罗网。"

郁岸一边低头清点储核分析器里的畸核，一边说："那个女孩一脸聪明相，我怕她摆你一道。"没办法，多手怪物给他留下的印象太单纯太憨了，像那种被卖了还要老老实实用自己好多手帮别人数钱的傻球。

郁岸戴上了三级红色的透视核，探路最容易受伤，最好还是多透视看看，能提高容错率，等差不多摸清里面的情况再换适合的核。

透视核还剩六十多次使用次数，每次对着想要看透的事物发动能力才会触发透视功能，所以不容易浪费透视次数，是个非常实用的核，可惜透视核无法一眼看透幻室，成为幻室的建筑在透视核的视野中是实心的。

接近古县医院，便真切地感受到一股阴风灌入后颈，不过才荒废几周，医院的外墙已经老化得像经历过百年风霜，铺满灰尘的漆黑窗口下方布满深褐色的锈痕，无人打理的台阶缝隙中甚至长出了枯草，只有门口上方的"急诊"二字还亮着幽暗的红光，将门口一片空地照映得一片血红。

郁岸拎着球棒靠近大门，双开玻璃门扶手上拴了一圈铁链锁，锁链完全锈蚀落满灰尘，仿佛历经多年风霜。

他吸取教训，这次没跳起来一个飞踹让门板自由起飞，而是小心翼翼地将双开门推开一道缝隙，侧身从缝隙中向里面挤，仗着自己瘦，钻了进去，拍掉身上的锈迹和灰土，扒到脏兮兮的玻璃门上望着昭然，等待表扬。

昭然将左手中指指节贴在玻璃门上，一股劲气向外释出，击中玻璃门上一点，整个钢化玻璃门爆碎成小块，被他哗啦踹开，长腿从碎玻璃间迈了过去，偏头向表情复杂的郁岸解释："有些门是可以踹的，

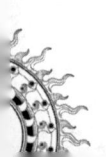

小朋友。"

两人进入医院幻室后,背影似乎被不正常的黑暗吞噬了。

他们来时路过门口的保安亭,空旷的岗亭里发出了一些桌椅挪动的声响。

第 079 章

幻室开端

郁岸从背包里掏出手电筒照明，古县医院大厅里的摆设和从前来时相比并无改变，只不过此时空无一人，收费窗口的卷帘门全部封闭，分诊服务台的登记册胡乱扣在地上，整个大厅都积了一层陈年的灰。

"我记得不久前我们才从这儿逃出去，那时候医院还在营业呢。"郁岸蹲下来，仔细察看地上的灰尘，不像人工铺撒的灰末，"这里看着像荒废了几年。"

"幻室里发生什么都不奇怪，小心点儿。"昭然闭上眼睛感受了一下周围的气息，"先检查一遍大厅，确定没有异常再上二楼。"

"好。"

"我强调一下今天的任务内容——营救人质，确定支撑幻室运转的核心，找到镇守幻室的畸体，然后把内部情况告诉快速反应组，让段组长带人进来清理幻室。"

"谁是人质，就是机械组组长李星的儿子吗？他背叛公司，为什么要救他儿子？"

"一码归一码，儿子得了脑瘤，他才会被漂移飞车老板拿捏，现在宝贝儿子被扔进幻室里，李星失魂落魄，大老板的问询也不顺利，总得先把儿子给他找回去再谈别的。"谈起同事背叛，昭然终归有些惋惜，"周先生也有可能在这里，还有另外两位人质，一位护士和一位保安，不清楚为什么会被卷进幻室里，总之尽量把他们活着带出去，这是我们的工作。"

"知道了。"郁岸默默总结,领导的意思是不能见着活物就杀。

他搜完大厅的边角,一无所获,最后检查一下被卷帘门锁死的收费窗口,用手电筒照亮第一个窗口,然后发动功能核－伦琴之眼的透视能力。

三级红核的暗光如同射线照透卷帘门,郁岸仔细辨别收费窗口内部的摆设,没有什么异常。

总共五个收费窗口,需要浪费伦琴之眼五次透视次数,郁岸一边心疼一边透视,当他扫过第三个窗口,竟看见卷帘门后站着一个人。

在他的视野中是一具骷髅骨架,面对自己站立在收费窗口后,一动不动。

"有人!"郁岸叫了昭然一声,率先举起高傲球棒重重打烂卷帘门,然后打碎收费窗口玻璃,右手一撑台面,带着整个身子翻了进去。

昭然听见喊声立刻跑到近前,双手撑在台面上向里看:"什么?"

郁岸举起手电筒在周围扫了一圈,除了落满尘土的杂物并无其他,他蹲下来仔细搜查地面,发现了一个黑色的脚印。

"是新留下的,像女性的尺码。"他用手指在脚印上抹了一下,指腹上便沾了一团黑色,"炭?"

"她没跑远,咱们从里外一起堵她。"郁岸拖着球棒从收费窗口里侧向门外跑,昭然绕到另一侧守住楼梯口,同时从外面替郁岸把锁住的收费室门扳开。

郁岸在里面拍门:"溜得也太快了,都没看见影子。"

"别逞强,这里面不只有人质,还藏着一位跟我结了仇的蝎女呢。"昭然边训斥边拆门,一道金环从脚下浮现,并沿着身体上升,最终沿着手臂印在了门锁上,咔嚓,锁芯应声而碎。

"我知道,但现在就我们两个人,我们是在合作行动,你不要老是教训我保护我,束手无策的时候你最好问问我接下来该怎么办。"郁岸在门后不满地说,"你不能只让我面对我有把握对付的敌人。"

"快出来吧你,老实跟着我。"昭然猛地拉开防盗门。

门后的光景让他骤然呆滞，手还搭在破碎的门把手上，愣了好几秒。门里空无一人，郁岸并不在门后。

刚刚一直在门后跟自己说话的是谁？

昭然真切地慌了一瞬，但立刻冷静下来，利用夜视能力搜索房间内的物品。

诡异的是，这道门并未通往收费窗口内部的房间，正对门的是一扇玻璃窗，窗边摆着两张病床，两张床之间的矮柜上摆放着一束干枯的花。

门后安装了一个简易洗手池，方便病人洗手，洗手池上方挂着一面镜子，昭然从镜子前掠过，猩红的双眼带过一道暂留的光线。

他转身往门外看，门外本应是医院一楼的门诊大厅，此时却变成了刷着淡绿色墙围的医院走廊。

昭然在病房里转了几圈，忽然发现了房间里的违和之处。

墙上挂着一个平板电脑大小的牌子，最上方写着"病房守则"，在文字下方还画有另外三条可填写的下划线，分别标示着1、2、3三个序号。

第一行写有"患者不可攻击医院工作人员"的字样。

牌子边缘吸附着一支电容笔，可以在横线上写出字，昭然试着画了两笔，字迹只停留了几秒，就慢慢消失了。

他翻开牌子的背面，居然是个电子显示屏，不过上面几乎一片空白，只有右上角显示着一个小数字：70。

昭然轻出了口气，背靠墙壁席地而坐，摸出一根烟叼在齿间，一边点燃一边拿出手机给郁岸拨电话。

但幻室内信号极弱，电话接通的概率非常小，昭然也没抱希望，当初在美容院幻室外给郁岸打电话，就算接通了也没听清他到底在说什么。

对昭然来说，最难探查的就是这种深奥莫测的怪异幻室，如果能一进门就遇到幻室镇守者，他两拳打爆畸体的头就能破解，但有些幻室

需要清晰地说出内部运转的规律才能破解，上班还得动脑子，特别烦。

砸开门的一瞬间两人擦肩而过，郁岸也没反应过来，他扑出门口，本来以为能碰到昭然，没想到门外居然空无一物，唯一的出路就是一道看不见尽头的漆黑走廊。

哪儿都不见昭然，不好，走岔了。

郁岸左手握着手电筒照亮，右手拎着高傲球棒，贴着左边墙壁向前摸索，随时警惕着身边的异响。

纯黑兜帽套装给予了他一些猫的属性，使他的跳跃攀爬能力提高，敏捷度和听力也会相对小幅度提升。

走廊的墙壁摸上去有一种冰凉的金属质感，地板踩起来也会产生走在空心金属皮上的感觉，这里并不像医院里的走廊，反而像条铁皮通道。

他不经意回头照了一眼身后，发现自己走过的地板向上折叠了起来，将后路完全封死。

郁岸往回跑到地板折叠的位置，打光仔细察看四周，才发现金属地板并不是简单地折叠起来，而是与天花板和两侧墙壁焊死在了一起，无法再推动分毫。

此时脚下的地板开始向上倾斜，郁岸站立不住，从金属地板上滑了下去，被地板驱赶着向前走，无法原地停留。

但走廊的天花板越来越矮，两侧墙壁也越夹越近，起初郁岸还能直立奔跑，几分钟后就只能弯着腰向前慢慢走，再走了一会儿，膝盖挨到了地面，他只能叼着手电筒，手脚并用向前爬，时不时回看身后，地板仍在不断向上折叠，将他封锁在更小的空间里。

空间逐渐狭窄得能逼疯幽闭恐惧症患者，郁岸开始感到胸闷，而且四周的金属板冷得冰手，手掌贴在上面被冻得通红，几乎快要麻木。

这里越来越冷，关节都被冻得难以活动，郁岸呼出一口气，居然在金属板上起了一层薄薄的白雾。

胸前的太阳纹从皮肤下隐现，图腾纹路中仿佛有血液流淌，像沸腾的岩浆，守护着郁岸残存的体温，驱散他体内的苦寒。

到最后，郁岸甚至无法用膝盖爬行，只能完全贴在铁皮上匍匐向前挪。

咚的一声，郁岸的手撞在一块厚重的铁板上，前面居然没路了，回头看看脚后，退路也已经焊死，此时此刻他被困在了一个狭窄如棺材的金属盒子里，寒冷无比，简直像个冰箱。

郁岸摇摇脑袋让自己保持清醒，此时的处境似曾相识，古县医院里也确实存在这样一个地方。

他平躺下来，把高傲球棒放在胸前，对准头顶的厚重铁板，用力向上撑。双手缠了英雄拳套，力量增长了不少，高傲球棒有不会折断的特性，因此他放心地用上了十成十的力气。

轰、轰、轰——巨大的敲击声响震动着铁板，随着一声卡扣损坏的声响，头顶的小门被他向外捅开，郁岸爬了出来，但身体悬空，一头栽在了地板上。

熟悉的水磨石地面映在眼前，泛黄的瓷砖墙面布满锈迹霉渍，郁岸还记着这股潮湿气味。

他回头看向自己爬出来的小出口——并非通风管道，而是占满整面墙的存尸抽屉中的一个。

这里正是郁岸最初醒来的那间停尸房。

他搓着手臂站起来，还好太阳图腾能替他扛住寒冷，不至于被冻得失去知觉。环视四周，一整面停尸抽屉，门有的虚掩着，有的向外敞开，昏黄灯光时不时由于电压不稳而闪烁，环境和上次醒来时基本一样。

不过这一次房间正中央并没有放置着肥胖症患者周先生的担架床。

郁岸对古县医院的地形已经了如指掌，从大门出去向左转是地下行车通道还有运尸斜坡，向右转是电梯，停尸房在负一层，只要坐电梯就能回到原位。

他握紧高傲球棒，试着拉开虚掩着的停尸房大门。

奇怪，门根本没锁，只不过半掩着，却怎么拉都拉不开，用高傲球棒也撬不动，不知道是不是门轴卡住了，大门纹丝不动。他试着侧身往外挤，但缝隙太小，挤不出去。

郁岸抓了抓头发，在停尸房里徘徊，手机都拿到手里了，就是不敢打电话，糟透了，万一被困在这儿，打电话向昭然求救，等出去回家还不得被骂死？

正当焦虑徘徊时，他偶然抬头，发现了挂在墙壁上的牌子，打光照亮文字，上面写着"停尸房守则"。

守则下方总共三条空白的下划线，分别标注着1、2、3三个序号，牌子侧边吸附着一支电容笔。

他翻看了一下牌子背面，是个几乎空白的电子屏幕，屏幕右上角显示一个很小的数字：65。

这是什么东西呢？郁岸靠墙蹲在地上研究起来。

电容笔可以在牌子上写下字，郁岸在空白下划线上胡乱写了一句"多手怪物可爱"，几秒钟后，笔迹渐渐消失。

是要答题的意思？

最上面写着"停尸房守则"，应该是需要写上相应的条款吧，可郁岸没在医院待过多久，完全不清楚停尸房有什么特别的规定。

算了，先乱写几个试试。

他开始胡写：尸体不能说话。

手写字迹突然被识别成宋体字，自动跳上了序号1后的下划线，而且再也没有消失。

好像写对了，这也能算正确答案？

他正皱眉琢磨，手机忽然振起来，显示昭然打电话过来了。

郁岸抿唇犹豫了一下，艰难地接起电话，做好了挨领导批评的准备。

信号过于差，昭然的声音断断续续，听不清在说什么，郁岸满屋子寻找信号，开口应答：我在停尸房，你在哪儿？

不对。

郁岸突然抚摸自己的咽喉,瞪大眼睛,用力试着喊了一声。

没有声音。

他好像不能说话。

第 080 章 试探交锋

郁岸掐住自己的喉咙,朝电话听筒喊了好几声,可无论如何都发不出声音,只能听见昭然在另一端卡顿的说话声。

"岸(滋滋)?你(滋滋电流音)……"

郁岸急匆匆原地转了两圈,拿着手机靠近存尸抽屉,将听筒贴近金属外壳,然后用球棒重重地敲了几下外壳,将声音传递给昭然。乡村医院地方不大,昭然也跟自己下到负一层检视过停尸房,应该能排查出什么房间可能发出这种声音。

郁岸敲完之后就挂断了电话,抱着停尸房守则牌子蹲到了墙角里。

这牌子大概就是医院幻室的关键道具了,写上去的规则就得严格遵守,还好只试探写了一句不准说话,万一写成尸体不能动就完了。

从存尸抽屉里爬出来就是尸体吗?可能这就是门虚掩着自己却出不去的理由,因为尸体确实没办法离开停尸房。

郁岸拿起电容笔,试着在牌子上写了一句:尸体可以说话。

但笔迹并没有被识别成宋体字,几秒钟后就自行消失了。

看来不能写相互矛盾的条款,他把上一条涂黑,但也无济于事,已经写上去的条款雷打不动,无法修改。

他想了想,又写了一句:尸体可以打拳击。

字迹依旧不能被识别,渐渐消失,似乎只能写合理的条款上去,因为尸体在任何情况下都不可能打拳击,这并不能算作一条成立的规则。

不如写一句"尸体可以复活",不,何不干脆写"尸体可以诈尸,然后凶猛追杀医院里的人"。

　　动笔之前，郁岸谨慎回头，用透视核扫视整面墙的存尸抽屉，停尸房里至少还躺着三具尚未转运的尸体，锁在不同的存尸抽屉中冷藏，他登时出了一身冷汗。

　　幸好悬崖勒马没写，避免了一场惊险刺激的丧尸追逐战。

　　总共只有三条空横线可以填条款，已经浪费了一条，不能再乱写了，先观望一阵再说。

　　他将牌子翻转过来，背面的电子屏应该也有用。

　　此时电子屏右上角的小数字发生了变化，之前还是65，不知道什么时候变成了80。

　　是对于行动的打分还是其他什么东西，不太理解。

　　他用电容笔在电子屏幕上随便画了几道，笔迹忽然被识别成乱码符号，弹到了空白电子屏最上方。

　　郁岸（80）：%￥#。

　　没过几秒，第二条文字就弹了上来。

　　李书恪（0）：救命！我被绑架了！

　　郁岸（80）：李星儿子？

　　李书恪（0）：你认识我爸爸？你是地下铁的员工吗？快来救我，我在一间诊室里，被绑起来动不了了。

　　郁岸（75）：我是实习生。诊室在几层？

　　李书恪（0）：我不知道，我是被漂移飞车的人扔进来的。

　　郁岸（75）：你的板子背面是什么，诊室守则？

　　李书恪（0）：我被绑着呢！板子翻不过来，只能在这一面打字。求你快来救我，我给你钱，给你好多钱。

　　十几秒过后。

　　郁岸（75）：你给多少钱？

　　昭然（70）：喀。

　　郁岸（75）：……

郁岸（75）：面试官，我困在停尸房里了，我是个尸体。

李书恪（0）：面试官？你连面试都还没过呢？！昭先生，是昭先生吗？求您快来救我。

昭然（70）：等。

李书恪（0）：不要动！别出声，我看到一个女护士经过了我的窗口，她手里也拿着一个牌子，最上面写着"护士站守则"，她攥着一个大号注射器。

郁岸（75）：她写了什么？

李书恪（0）：写的是，护士可以为别人注射药品。

李书恪（0）：昭先生也路过我了！我在这儿！往左看！我在门里面！我喊他听不见啊！

李书恪（0）：啊，护士回头了。

李书恪（0）：妈呀，她举起注射器朝昭先生冲过来了！疯子疯子。

听李书恪描述，那位护士也不过是人类而已，可以确定她就是他们要救的人质之一。大概因在废弃医院里太久，她被类似鬼屋的气氛吓得精神错乱了，才会因为恐惧过度而胡乱攻击别人，把她控制住就已经事半功倍。

李书恪（0）：昭组长被她扎伤了。她走得特别急，往电梯口跑去了，昭组长去了反方向的楼梯。

郁岸（80）：嗯？

他迅速放下牌子和电容笔，身子贴到铁门前，从停尸房大门的门缝向外瞟，漆黑走廊尽头的老旧电梯果然在运转，门上方的红色楼层标志从三层开始下降，生锈铁板摩擦的声音在空旷走廊中回荡。

郁岸摸到高傲球棒攥在手里，在门后伺机偷袭。怎么可能，昭然对付一位人类女子岂不是绰绰有余，怎么可能被她近身还扎伤？

没有这么简单。郁岸掂了掂球棒，略作思考。

旧电梯最终在负一层缓慢停止，发出一声富有年代感的叮响。

锈蚀的电梯门向两侧拉开，刺啦噪声摩擦着郁岸的鼓膜。他奋力从门缝中分辨从电梯中走出的模糊轮廓，隐约可见一个戴护士帽的女人从轿厢中走了出来。

护士鞋底在地面轻微蹭动，她右手举到胸前，手中反攥着一支大号注射器，左手扶着墙壁，缓缓向前摸索，在发现停尸房里亮着灯时，一下子加快了脚步。

郁岸屏住呼吸从门边缩了回来，捡起地上的板子和电容笔。停尸房中央空旷，只有墙上的存尸抽屉能暂时藏身，他来不及挑选，拉开一个没有关紧的存尸抽屉爬了进去。

他刚刚将抽屉门合上，就听见护士脚步声停在了停尸房的铁门前，铁门被奋力推动，锈蚀的门轴发出很响的咯吱噪声，她走了进来，在空旷的停尸房内徘徊了一圈，似乎确信郁岸就在这里，于是开始一个抽屉一个抽屉地谨慎搜寻。

郁岸小幅度呼吸，通过电子屏幕催促昭然。

郁岸（90）：她冲我来了。

他首先选择藏起来，而不是举起球棒抵抗，因为刚才吃过停尸房守则的亏，以这间幻室严格的规章制度，极有可能尸体就无法攻击活人。

李书恪（0）：她针管里装的什么啊？强效镇静剂吗？

昭然（75）：她有肌肉松弛剂和高浓度氯化钾，以及不少备用针头，简单来说就是死刑注射用的药剂。我从她的反方向路线去找你，病房在三层，太远，坚持住。

郁岸（95）：你从病房出来的吗？你手里有病房守则？

昭然（75）：对。

郁岸（95）：我有个主意。

在他迅速写下计划发给昭然的同时，存尸抽屉门被护士一个接一个拉开，护士的精神状态非常不稳定，一直发出歇斯底里的喘气声。

郁岸屏住呼吸，身体绷紧，一丁点儿都不敢动，恐怕弄出什么声响。他将高傲球棒紧紧攥在胸前，死死瞪着眼前的黑暗。

耳边极近的地方听见唰地拉开门的声音，郁岸条件反射颤了一下，原来是隔壁的抽屉门被护士猛地拉开，紧接着郁岸听见她恐惧地尖叫了一声，然后将手中的针头用力向下胡乱扎了十几下。

原来自己隔壁的存尸抽屉里躺着一具尸体。

针头刺破裹尸袋扎进尸体中的动静，加上护士凄厉的尖叫，实在像把尖刀反复割扯郁岸的精神，他血液上涌，四肢都变得冰冷，腿控制不住地哆嗦。

郁岸（160）：救救救。

护士歇斯底里的叫喊声和扎针声终于停歇，郁岸捂住嘴，屏气快要憋不住了，轻轻呼吸了一口。

突然，一束光亮刺痛了他的眼睛，头顶的抽屉门被护士猛地拉开，一张惨白的脸几乎贴到了郁岸面前，护士面如死灰，只有双眼下方泛着鲜红，骤然看见郁岸趴在存尸抽屉里睁着眼睛瞪着自己，她大叫一声，举起右手的注射器，扎弯的针头上还沾着上一具尸体的残渣。

郁岸第一反应是举起球棒抵抗，但面对护士他竟无法举起右手，球棒突然变得沉重无比，他用出吃奶的力气都拿不起分毫。

果然作为尸体无法攻击活人。

脖颈剧痛，护士攥着粗大的注射器重重地扎到了郁岸的颈动脉上，郁岸忍着剧痛一歪脑袋，忽然发现针头并没扎进皮肤里，刚刚护士对着隔壁的裹尸袋疯狂下砸，针头被砸弯了。

护士在寒冷的房间中喘着气，用冻僵的手指从口袋里拿出新的针头换到注射器前端，她右手只有四根手指，食指从根部断开，安装针头很不方便，只能换成左手操作。

郁岸趁此时机，从存尸抽屉里一挺身就蹿了出去，此时的停尸房门已经敞开，郁岸想逃出去，却发现自己仍然无法踏出停尸房半步，脚悬空在门口与走廊的界线以内，无法迈出这个房间。

护士已经替换完了新的针头，转身朝郁岸走来，惶恐地高举注射器，按住郁岸的脑袋准备将针头扎入静脉。

同一时间,昭然飞速攀爬楼梯,生出另外一双手在病房守则上写下了第一条条款:病人可以按呼叫铃叫来护士。

他冲回病房,在千钧一发之际,按响了墙上的呼叫铃。

停尸房中,护士像突然被定了身,拇指竟然无法继续向下推注半分。

郁岸一直背对着她,直到护士缩回了手,身体似乎不受控制地扭曲挪动,走出停尸房外,被迫向电梯方向而去。

郁岸如释重负,扶着门边慢慢蹲下,捂着被扎痛的脖子喘息,喷吐出的热气变成白雾,在冰冷的停尸房中散开消失。

走廊左侧的螺旋运尸斜坡尽头发出暴躁的砸门声,门板被撞开,细碎快速的脚步声从斜坡尽头向这里接近。

郁岸发现自己可以从脚步中听出是昭然,他的步幅、呼吸的频率,仿佛拥有朝夕相处过十几年的默契。

猩红的身影从黑暗的尽头现身,熟悉的粉白脸孔扑出弥漫的黑暗时,郁岸跟着松了一口气。

昭然一把抓住他的手腕:"走。"

我是尸体,我走不出去这个地方。郁岸想解释,可仍然无法发出声音。

但被昭然拽着手腕,被拉扯着向前走,郁岸发现自己居然迈出了停尸房的界线,被昭然拉到了走廊里。

原来尸体可以被活人带着走,真是太合理了。

他一直张嘴但没发出声音,昭然才注意到他失了声,脸色一下子变了,双手扶住他肩膀,皱眉俯身检查他的声带:"怎么回事?"

郁岸摇摇头,举起停尸房守则指给昭然看自己写的条款。

"没受伤就好。"昭然的神色才微微缓和,他抚了两下郁岸后脑的头发,"没事,别怕。"他单手撑着墙壁,弯腰松了口气:"我从病房里出来就撞见她了,但我的能力命中不了她,她居然可以用针头扎我。"

昭然把牌子亮出来,病房守则下赫然写着"患者不可攻击医院工

作人员"。

郁岸用电容笔写在牌子上给他看：如果你试着伤害她会怎么样？

昭然摇头回答："会被催化爆核。我刚刚试着攻击护士的时候体内的畸核就在颤抖，像要裂开。蝎女知道凭自己杀不死我，所以利用幻室规则来借刀杀我，先派人质来攻击你，再让我冒着爆核的风险救你。"

总之先离开这儿再想办法，得离那个疯护士远一点儿。

护士坐在电梯的角落里，直勾勾地看着他们，小腿卡在电梯门之间，锈迹斑斑的铁门关闭，又因卡住异物而开启，反复开关。

护士将护士站守则牌子垫在膝头，然后用残缺的右手握住电容笔，寒冷使她手指僵硬得无法弯曲，只能迟钝地一笔一画写上了第二条规则——

无论病人藏在哪里，都会被护士找到。

呼叫铃还在嘈杂地叮叮响，护士收回卡住电梯的小腿，对两人阴恻恻地笑，凌乱的发丝从护士帽下掉出来，僵白的脸被逐渐关闭的电梯门遮挡，电梯开始上行。

郁岸又写道：她缺一根食指，你不觉得熟悉吗？

第 081 章
我不理解

之前在古县医院里就有人被羊头人咬掉了一根食指，正是联手带走周先生的两人之一，听说那个名叫包思的护士和保安一起逃跑了，后来又短暂地在细柳美容院出现过，一直在逃避鹰局的追捕。

昭然细想之下，蹙起眉头。

郁岸晃了晃他手臂，对他比画一个圆盘，手像指针一样一寸一寸地转，示意他用时钟失常的能力将自己倒回写"尸体不能说话"之前的状态。

昭然抬手遮在他的眼睛上，轻声解释："我现在最多倒流五秒。"

郁岸一愣，更用力比画：你的核，金级佛像色，就五秒，逗我呢？

"我跟你说过，实力下降是真的。我已经用不出真正的时钟失常了。"耳鬓碎发掉了下来，又被昭然掖回耳后。

郁岸用套在手腕上的皮筋替他绑住长发，两人太阳穴靠近，只可惜郁岸不是畸体，无法利用触丝交流的方式与他精神对话。

昭然真诚的举动，让郁岸窥见了多手怪物的影子。之前也是如此，他将畏光的弱点当作稀松平常的谈资说给自己听，从不担心自己背叛两人的诺言，哪怕这些惊天秘密中任何一条都可能让他粉身碎骨。

郁岸皱着眉，踮起脚扯他的脸，无声地骂他：我要把你卖了让你替我数钱。

昭然从他的口型就能读出内容，扬起眉梢回答："好啊，我数得可快了，一次能数几十叠。"

牌子背面的交流板上弹出一条文字。

李书恪（0）：你们还活着吗？快来救我。

昭然提笔想安抚他一句，但与郁岸对视了一眼，就放下了笔。既然护士手中也有守则板，保不齐她也能看见他们的对话，继续在交流板上透露信息不太明智。

他带着郁岸爬上了三层，两人从楼层中间的病房开始分别搜索。

李书恪说自己看见护士和昭然先后经过了自己的窗口，大概位置不会太偏。

"小心护士，看见电梯动了就快到我身边来。"昭然低头在郁岸耳边交代，"病房区是护士的管辖范围，如果她写一句'护士可以锁死病房门'之类的限制行动的规则，我们就太被动了。"

在昭然搜索人质时，郁岸靠近楼梯口试着向下走，脚仍然只能悬空，落不到第二个台阶上，看来自己作为尸体，只能在活人带自己进入的空间中活动，无法靠自己去往下一个楼层。

他只能举着手电筒在三层左右打量，靠近电梯的一间病房墙壁几乎坍塌，砖石散落在地上，墙上有一个人形窟窿，是自己当时试用怪态核-山羊角的时候大力出奇迹撞出来的。

羊头人的尸体已经被鹰局运走，走廊中央的地面上还粘着一些烧焦的羊毛，回忆起来这家医院也能算他和面试官的初遇遗址，真是有趣。

郁岸推开护士站变了形的门，举起手电筒照亮里面的景象——满地狼藉，已经被烧成焦炭，整个内墙被燎得焦黑一片，地上的炭黑不太完整。郁岸蹲下来仔细察看，发现走廊上也留下了一些沾有炭色的脚印，和最初在收费窗口内发现的脚印一样，都是护士鞋的鞋印。

这么看来，护士一开始就进入了病房，在昭然的守则板上写下了"患者不可攻击医院工作人员"的条款，自己在收费窗口看到的人影就是护士包思。

能在鹰局眼皮子底下逃亡几个礼拜，说明这护士有点儿能耐，也够聪明,从她能在短时间内在幻室中掌握先机,就能知道这人很难对付。

郁岸循着脚印向前打光,但护士太警惕,走到一半就把鞋上的炭黑在墙上蹭掉了,只能判断一个大致方向,她可能往仓库方向去了。

昭然对他招了招手,郁岸站起身望过去。

"没有人,整个三层我都搜遍了,三层全是病房,没有诊室。只有二楼有诊室。"昭然拿起交流板重新读了一遍李书恪的发言,"他为什么能看到我?我并没去过二楼。"

郁岸则对着交流板上每个人发言后的数字发呆。

突然,李书恪又发出一条文字。

李书恪(0):救命,我看到保安了。他正在上楼,手里拿着电棍,一脸狰狞横肉。你们在哪里啊?

郁岸(70):护士现在在哪儿?

李书恪(0):我不知道!

李书恪(0):保安加速向上跑了!是要去杀你们吗!

"我去看看。"昭然回头看了一眼郁岸,然后手一撑楼梯栏杆,直接翻到反方向的楼梯上,往二楼跑去。

郁岸对着交流板出神,揣摩李书恪的每一句发言。

他为什么能看见不属于他楼层的东西……就好像拥有上帝视角一样。郁岸向走廊尽头的一扇门走去,缓缓抽出高傲球棒,将手电筒照向破旧的门板,门牌上写着"监控室"。

正当他将全部注意力放在门把手上时,忽然感觉踩到了一摊水,伴着强烈的酒精味。

郁岸猛地砸碎从内部反锁的门把手,一把拉开门,没想到面前的人并不是李书恪,而是手拿打火机的护士。

监控室的桌子上摆着十几个空玻璃瓶,她没给郁岸一丁点儿反应的时间,直接将满满一瓶酒精迎面泼到了郁岸脸上,将他全身浇透,然后毫不犹豫点燃打火机,扔到了郁岸身上。

郁岸本能反应迅速后退,可火苗挨到皮肤便噌的一下烧了起来,

蓝色的火焰黏着，在皮肤和衣服上迅速向全身蔓延，水磨石地面已经提前浇满酒精，被火焰沾染的一瞬间就燎起漫天的蓝火，火焰迅速将郁岸整个人吞噬，走廊被烈火照亮。护士惊恐地望着冲天的火焰，似乎也不敢相信自己做了什么。

她绕到提前留好的干燥通道失魂落魄地逃跑下楼，却在迈下第一级台阶时，甩到身后的手腕被牢牢攥住了。

滚烫的火焰立刻环绕住了护士的左手，她惨叫一声，回头看去，竟看见郁岸浑身燃着蓝火站在冲天的火焰中毫发无伤，不仅抓住了她的手，甚至全身都一起抱了上来。

被扔在地上的停尸房守则上赫然写着第二条规则：尸体不能在医院里火化。

从发觉护士可能去过仓库后，郁岸就大致猜到了她的意图。酒精烧羊头，这可是郁岸玩剩下的招数。

她与郁岸悚人的双眼对视，一只黑色深不见底，一只红色散发着血光，正对自己露出满足的眼神，仿佛一些冷酷和残暴的生理需求得到了释放。

尸体无法袭击活人，着火的尸体却能引燃活人，相当合理。

郁岸紧紧抱着护士，身上的火焰便燃到了护士服上。包腿的丝袜燃起滚烫的火焰，难以忍受的剧痛从她身体各处传来，她痛苦哀号，尖锐的嗓音嚷得郁岸耳膜突突直痛。

他松开双手，护士便从楼梯上滚了下去。郁岸站起来，摸了一把脸上被护士指甲挠出的血道子，冷眼看着护士逃走，自己却因尸体的身份被限制在楼梯的界限内，身上黏附的火焰在逐渐熄灭。

刚刚本打算抢她手里的护士站守则，可她居然没带在身上，真是不简单。

所以想对付她，就得消耗掉她最后一条空白规则，让她的聪明无处可用。

护士逃进二楼的洗手间里，躺进水池里打开水龙头浇灭身上的火焰，然后拖着严重烧伤的身体翻了出来。她几乎昏迷，用最后的意志支撑，胡乱在水池下翻找，终于将藏起来的守则牌子抠了出来，哆嗦着在最后一条空白横线上写：护士可以治愈伤病。

写下这句话后，身上的烧伤立即停止了溃烂，疼痛减轻，护士一头倒在地上虚弱地呼吸。

郁岸没有等监控室里面烧完，便一脚踩在燃烧的地面上打量里面的情况，监控电脑并没被破坏，但里面也没有什么其他可疑的东西了，只有一些走向复杂的电线不知道通往哪里。

他原地等了一会儿，交流板上终于有了新文字。

昭然（60）：搞定了？

没过几秒，昭然从二楼楼梯返回，见郁岸坐在最上层的台阶上，挺乖巧的，就是头发烧着了一绺，于是用手套替他捻灭，拉上他向走廊深处躲。

郁岸随意竖了下拇指。

"我搜了二层，有一间诊室被完全锁死，可能人质就在里面。"昭然脚步匆匆，偶尔回头扫一眼身后，"保安手里有电棍，但他在黑暗中看不清楚。这两个人八成已经被蝎女收买控制了。"

郁岸半听不听，一直在琢磨交流板括号里的数字代表着什么，其实心中已经有了猜测，现在需要一个小小的证明。

他忽然捉住昭然的衣领，将人拉低到自己面前。

昭然被他突然袭击蒙了，然后被要求在交流板上写几个字。

昭然（200）：我不理解。

第 082 章
有仇必报，越快越好

郁岸低头听着对方心脏剧烈的搏动，有些好笑。郁岸一边被昭然拉着向另外的出口逃离，一边歪头看他，他的心率居然能达到二百，怪物的心脏果然比人类更加强健。

我曾经欺负过他吗？郁岸忽然回忆起日记里的内容，只言片语之间似乎存在一些联系。摧残过这颗鲜艳心脏的人，都理所应当被惩罚，于是偏激地和日记里的自己结了仇。

身后，走廊深处传来窸窣动静。

两人回头朝刚刚离开的位置望去，一个肥硕的身影从阶梯尽头出现，只能从微弱的光线中辨认他的轮廓——堆满的横肉使脸和脖子的界线不清，厚重的鞋底每一次落地都会发出一声闷响。

保安手中握着高压电击棍，但并没见他身上带着牌子。肯定和护士一样，提前把保安室守则藏起来了。

他们已经接近仓库附近的安全通道，中途郁岸按下了电梯按钮，但电梯一直停在二层，肯定是护士用障碍物将电梯卡在二层，想把他们的退路堵死。

李书恪（0）：我看到护士了！她正趴在地上写东西，好像是保安室守则，第一条是……保安可以封锁医院通道。

郁岸注视着交流板上李书恪的发言，随着文字映入眼帘，面前不远处的安全通道门轰的一声自动锁闭。昭然急促的脚步下浮起金环，金环沿着手臂迅速击中液压锁，锁芯爆出一簇金色的火花，爆成了满地碎末,但门却依然推不开。

李书恪又紧急发了一句:护士又写了一条!写的是保安可以使用武力维护医院秩序。她还在想第三条呢,她要把这三条都占满。

同时,保安加快了脚步,肥壮的身躯在地板上大步前进,潮湿的墙皮跟着被簌簌震落。短短几秒保安就已经逼近到离两人三米之内,他粗壮的手臂高举高压电击棍,郁岸距离他最近,他高抬右手直接砸了下去。

郁岸冷眼面对着他,脑子里保持冷静飞速运转,保安必须维护医院秩序,那么病人不在病房、尸体满街乱走,大概就会被定义为不守秩序吧。

昭然回头眼神锐利地看了保安一眼,脚下金色日晷旋转,将保安的位置倒回五秒之前的。

虽然保安每次快要接近郁岸时,都会像录像带倒放似的再退回去,但昭然必须等待上一个能力施展完毕才能再次施展下一个能力,因此每次利用时钟失常倒流对方的时间,保安的位置都会距离他们更近一些。

保安停留的位置越来越近,郁岸眼看着他手中的电击棍终于落了下来,噼里啪啦的电响在耳边跳舞。

他本能地闭眼闪躲,却感到一双温热的手撑住了自己身后的墙,几乎同一时间,他明显感觉到挡在面前的人剧烈地颤抖了整整三秒。

郁岸惊诧地看见一簇火花,高压电击棍的一端紧紧抵在昭然的后肩上,一股烧焦血肉的恐怖气味灌入鼻腔,在意识到昭然生扛这一下的那一瞬他不知所措。

强烈的电流击中身体,昭然居然没倒下,只是咬着牙忍痛说:"畸体皮糙肉厚,挨一下没什么事,我们不是在合作吗?这座麻烦的幻室里少了动脑子的人可不行。"

郁岸目睹电击的过程,表情反而越发冷峻,脾气一下子被点燃了。

他从昭然手中夺走病房守则牌,四目相对的瞬间,他通过唇语告

诉了昭然四个字：先抓护士。

然后他用上十分的力气，把昭然往保安身侧的缝隙推了过去。

昭然身法敏捷，从保安用力伸来拦截的粗肥手臂下滑铲过去，回头瞄郁岸的唇语，走廊无灯，一片昏暗，昭然却能清清楚楚看见郁岸的口型，他说：搜二楼，监控能看到的地方。

在这场生死游戏中，看似保安是处决者，护士是帮凶，结果他们小看了那位护士，她自己的规则条数被消耗完，竟然能想到利用保安的规则。因此，必须先把护士制伏，否则极可能被她反杀。

"扛住。"昭然担心地频频回头，但并没有拖延哪怕一秒，听从了他脱口而出的命令，随后迅速翻入二楼，踪影完全被静寂的黑暗吞噬。

保安面对一个高挑的成年男人还有些犯怵，但现在面前只剩下郁岸，宛如十七八岁的青涩脸孔即使做出再凶狠的表情也震慑不到他。

"小子，别反抗了。你老老实实挨一下，我就能去交差了。"保安脸上的横肉泛着油光，跟郁岸打着商量，他的精神状态倒比护士稳定许多，那护士好像受过巨大的惊吓和刺激，兴许是看见了什么不干净的东西。

话音刚落，保安又一次举起了电击棍。

郁岸二话不说，也没反抗，咣当一下直挺挺地躺在了保安脚边。

突如其来的碰瓷，让保安措手不及，张着嘴愣了半晌，还以为这小子投了降，于是举起噼啪作响的电击棍朝郁岸脖颈抵去。

然而好像凭空出现了一股阻力，撑着他肥厚的右手，让电击棍无论如何都挨不到郁岸身上。

郁岸将身体绷成一个平板，闭着眼睛一动不动，就赌他一把：幻室的规则够不够严谨。

尸体躺在地上非常合理，并没有扰乱医院秩序，保安并无理由武力镇压。

甚至，保安为了维护医院秩序，把尸体运回停尸房也是他的职责。

保安的身体开始不受控制行动，将电击棍插回腰带，弯腰捉住郁岸双脚，呼哧呼哧地向后拖。

郁岸躺在地上装死，任由自己被保安拖着走，紧皱着眉冥思苦想。许久，他忽然睁开眼睛，举起昭然留下的病房守则，在上面写下了最后一条规则：病人可以将护士传染成病人。

昭然沿着二楼搜寻所有拥有监控的房间，他落步很轻，侧耳聆听关闭的水房门里略显急促的呼吸。

他每落一步，脚下就会像水波一样泛起一圈金色涟漪，将压迫气息化作能被感官接收的信号从体内释放。

护士背靠在水房的铁门上，发抖的手臂紧紧抱着保安室守则的牌子，听见强势的脚步声越靠越近，她紧张到喉头完全哽住。

脚步声从门前路过，似乎渐行渐远了。护士的心脏快要跳出胸口，将耳朵贴在门上，警惕聆听着外面的动静，右手紧攥大号注射器，努力安抚自己：患者是无法攻击医院工作人员的，不用担心。

拇指僵硬地挨在推杆前，苦涩的药液从尖锐针头上滴落。

水房太过安静，连如此微小的动静都仿佛近在耳边。

她突然感到脖颈急促地一紧，迟钝的鼓膜才听到一声撼动整座医院的巨响，一只戴着皮手套的左手直接洞穿了生锈的铁门，从孔洞之中抓住了她的脖颈。

昭然的上半身穿过锈蚀的铁门，犹如一把刀割穿白纸，他双眼血红，唇角向上裂开，露出锐利的怪物尖牙，从背后控住护士的脖子，并同时抓住她的手腕，加重力道，护士痛叫着松开了手，注射器掉落在地。

护士的尖叫被扼在了喉咙里，从水池斑驳的镜子中看着身后的粉红怪物，恐惧到极点，怎么都想不通为何他竟能触碰到自己。

昭然轻声要挟："女士，请把保安室守则举起来。"

护士双腿发软，布满血丝的眼睛盈满眼泪，只好按他说的做。

昭然拿出手机看了眼时间，然后提笔在保安室守则的最后一个空

白处写道：保安必须准点换班。

保安还在吃力地将郁岸往停尸房拖，已经进入了楼梯口，如果就这么生把人拖下楼梯，也够郁岸吃苦头的。

时间一分一秒过去，时间指向午夜十二点。

保安的脚步戛然而止，扔下郁岸的腿，解开装备腰带，摘下胸牌往地上一扔，转身走了。

郁岸明白昭然已经得手，一下子翻身而起，从储核分析器中拿出竞技场得到的银级怪态核－犰狳战甲，替换透视核塞进了眼眶里。

二级银核首次镶嵌，让郁岸头痛欲裂，连接入眼眶时，疼痛从头部开始流向四肢百骸，细密的血丝从眼皮的缝隙向外渗。

他站都站不稳，却不管不顾地一头栽到保安扔在地上的装备腰带前，摔得眼前一黑，摸索着拿出电击棍，极快地蹿了出去，从背后一跃而起，骑到保安后颈上，紧紧抱住他的大脑袋，打开了电击棍的开关。

电火花刺啦响起，郁岸知道自己无法直接攻击活人，于是将左手紧紧压在保安颈侧，然后将高压电击棍高高举起，狠狠砸在了自己的手背上。

第 083 章 本体初现

被强电流击中的那一刻,大脑仿佛被迫宕机,神经被震晕,郁岸感到一阵剧痛,好像猛地被粗钢筋扎穿了,他无法判断这股剧烈的疼痛从哪个确切的位置传来,整个身体彻底麻痹,从保安身上弹了下来,栽落的钝痛在此时已经不值一提。

犼狳战甲在眼眶中亮起灰尘色银光,从郁岸的尾椎处迅速向上在脊骨上覆了一层鳞片甲胄,浑身骨骼得到战甲的保护,为他缓冲从楼梯上滚下去的大力冲击。他一头撞在阶梯下方对面的墙壁上,直直撞出一个坑来。

多亏犼狳战甲的保护,郁岸才没完全失去意识昏过去,但他也动弹不了,仅剩的理智还在斤斤计较高压电击棍经过自己手背之后,还能不能让保安也尝到足斤足两的疼痛。

他成了一摊烂肉,和坠落的砖石碎屑一起堆在墙角,可以感觉到有人脚步匆匆赶了过来,想努力爬起来让自己清醒,却麻木地做不到。

然后就被扶了起来,脑袋垫在温热的肩窝里,比冰冷刺骨的水磨石地板舒服得多。

不过郁岸没有就此瘫进温柔乡里沉沉睡过去,而是调动全部的意志逼迫自己睁开模糊的眼睛,微微抽搐的双手搭到昭然肩膀上,爬起来看他后肩圆形的灼伤。

"要我说你几遍才听得懂?"昭然话到半截咽了回去,心里憋满的火候地泄空。

"好了,我没事,我不痛。"昭然扶正他的肩膀。

郁岸明显被电晕了,每个动作都如此不协调,他尝试了几次才准确地用手指钩住纯黑兜帽的领口,低头看看自己身前,再放心地把拉链拉回去,捉住昭然的手拍自己的脸。

昭然才明白他的用意,原来是在检查太阳印记有没有被收走,意思是"你可以打我几巴掌解气,但不要抢我的图腾"。

"还是老样子,报复心那么强,狗咬你一口都得亲口咬回去。"昭然嘴上还在训他,但语气里已经全无指责。

昭然捡起滚到地上的电击棍,仔细读了一遍标签上的电压电流,后怕地喘了口气。

高压电击棍并非医院保安应配备的武器,肯定是蝎女提供的,幸好有犰狳战甲的保护,否则失禁都是轻的,直接瘫痪也不是没可能。

郁岸的意识慢慢恢复正常,除了动作还有些迟钝,哆嗦着捂住昭然的嘴,不准他再说话。

"好了。"昭然轻轻拍拍他后背,"你给我解气,我知道的。"

郁岸绷紧的身子就这样因一句话软化成水,低下头,吸了吸鼻子。

昭然弯下身,双手给他抹掉脸上沾的石屑,拍掉他衣服上的灰土。

保安已经躺在地上不省人事,护士也被昭然打晕暂时关在水房里,离开前昭然把外套留在了护士身上,人类保持体温的能力实在太差。

昭然回望了一眼二层走廊中央那间上锁的诊室:"应该只剩那个房间没有检查了。"

病房守则、护士站守则和保安室守则上的三条条款都已经填满,拿在手里也没有意义,被郁岸果断扔进了垃圾桶。

郁岸走路还不稳,抓住昭然的衣袖踉踉跄跄在后面跟着,到锁住的诊室门前停住。

他还有些眩晕,努力辨认门牌上的文字——脑外科诊室。听说李星的儿子已经脑瘤晚期,从他在交流板上的发言来看,要比想象中更有精神。

　　只不过他每一次发言时，名字后面括号里的那个零一直让郁岸十分困惑。

　　昭然将左手搭在锁住的门把手上，手腕处亮起一圈金色光环，波浪似的沿着骨节向前推到指尖，最终圈在门把手上，金环收紧，轻易将门把手勒崩，锁芯炸开。

　　门锁被摧毁，门却推不开，郁岸背靠门板向前推，门板迟缓地向前开了一寸缝隙，仿佛大量嚼过的泡泡糖在门后黏着。郁岸将手电筒塞进门缝里照亮，看见了一些轻飘飘的白丝，有点儿像蚕丝。

　　昭然皱眉："有蛹的气息，很强烈。"

　　进入化茧期的畸体被称为蛹，身上会沾染茧的气味，这种气味只有同类离得很近才能闻得到。

　　破甲锥从郁岸袖中滑进右手，割破那些密集黏稠的蚕丝，将诊室门用力推开。

　　整个房间完全被雪白丝网掩埋，看不见边际，迈入房间之中仿佛踏进了浓雾掩埋的盘丝洞，呼吸都变得不太通畅。

　　昭然突然出手把郁岸拉回身边："这是茧壳的外部，大概是蝎女的茧，茧快要破碎了，她没有找到契定者，难不成打算就地羽化，用六小时极限实力跟我拼命吗？"

　　手电筒光束照映在房间正中央，在雪白丝网缠绕之中，郁岸看到一个大脑悬在空中微微搏动，数十根电线接在大脑的回沟上，将医院监控的信号传递给视觉中枢。交流板就挂在大脑正前方，由一根缆线连接在大脑内部。

　　李书恪（0）：我看见你们了！站在门口的是你们吗？

　　交流板上弹出了李书恪的问题，郁岸抬起头，头顶上方装有一个监控器，摄像头正对着他们。

　　李书恪的心率一直没变化，是因为他已经没有身体，只剩下一个大脑，连接在监控上，所以才能看见各个房间的景象。

不知道人质这样的状态是否还算活着，至少他自己认为自己活着。

郁岸回头请示昭然接下来要怎么行动。

"畸体进别人的茧会顶着很大的压力，搞不好会爆核。"昭然拉着郁岸向房间外退，"我说一个普普通通的低级幻室怎么会把我控得这么难受，原来蝎女在里面化了茧，用茧壳外溢的能量撑着幻室的运转核心。你带两个人质先走，我对付她。"

郁岸这一次没反对，点了下头就迅速转身跑了。他知道轻重，也隐约能猜到让昭然如临大敌的对手是怎样的境界，于是踹开水房的门，把昏迷护士的手臂搭在自己脖颈上，背起她向一楼出口快步跑去。

被击碎的玻璃大门近在眼前，午夜刚过，昏暗夜空中悬着一轮阴冷的月亮，月亮重影，边缘散发着紫光。郁岸距离出口只剩一步之遥，忽然耳边传来类似刀割绸缎的刺啦声，下意识回头看去，天花板居然裂开了一道巴掌宽的缝。

大厅极度静寂，郁岸听见了自己呼吸的回声，紧张中不由自主吐出的一口气，仿佛成为亚马孙河的蝴蝶，扇动微小气流，然后整个二楼便从头顶上塌了下来！

犰狳战甲还镶在郁岸眼眶里，他迅速团成犰狳球的形状，用坚硬的战甲顶住头顶塌落的砖石以及砸下来的大型医疗仪器。

随着一声震耳欲聋的巨响，古县医院三层楼完全震塌，灰尘碎石漫天弥散，主承重梁断裂砸下来，被郁岸弯曲的背脊银甲碰断，变成一个三角形的承重架，给郁岸和护士撑起了一个勉强能呼吸的空间。

犰狳战甲连续发挥了两次作用，郁岸有点儿吃不住二级银核对身体的消耗了，捂住刺痛的左眼倒吸凉气。

月光洒落在废墟上，照亮了一块本不应属于此处的异物——一块六人餐桌大小的紫红色矿晶，呈半透明质感，几秒钟后，这块鲜艳有毒的矿石便依次伸出了六条矿晶状节肢，两只螯钳从末端生长而出，最后，一条通体由透明紫色矿晶构成的十三节蝎尾高高扬起，每一节透明蝎尾中都盛装着发光的紫红毒液，摇晃起来就如同十三盏葡萄酒高脚杯。

这是……羽化了。

郁岸第一次从纸质资料以外见到羽化后的畸体。如果畸体没有选择与人类契定，化茧之后就会走上与蝶变截然相反的路——羽化。羽化时实力进入巅峰，持续六小时，时限一到，这朵绽放的昙花将就此衰败，不给这个世界留下任何痕迹。

那美丽的毒蝎在废墟上徘徊，水晶状足尖戳在碎石上发出清脆的声响，她沿着破碎的茧壳向上爬，接近了李书恪的大脑，巨虫体内发出一声邈远的啸鸣，十三节蝎尾猛地上扬，钩在了李书恪的大脑上。

癫狂蛊惑的女声带着回响，蝎女问那个大脑："昭然的弱点，你知道吗？"

一股紫红毒液注入李书恪的大脑，大脑的回沟随之亮起紫红光晕。郁岸一惊，连忙从废墟中找到自己的交流板，李书恪果然回答了她的问题。

李书恪（0）：是……爸爸说，他的眼睛好像有点儿怕光。

你！郁岸怒不可遏，手指攥得板子都变形了，但很快冷静下来，分析蝎女的能力。她注入大脑的毒液是什么，吐真剂？难不成能力是精神控制一类的？

一块碎石从主承重梁上掉了下来，声音惊动了蝎女，那只矿晶毒蝎甩下李书恪的大脑，转身迅速朝郁岸所在的方向爬过来。

糟了，她好敏锐。

郁岸转身往废墟外面爬，忽然脖颈一紧，冰冷的紫红矿石缠了上来，在他脖子上缠了几圈，向后一拖，将他整个人从废墟下拖了出来。

锐利的石头尖端划破了郁岸的皮肉，他被蝎尾绞刑架挂在了空中，双手用力扒住脖子上的蝎尾，身体胡乱晃荡挣扎试图脱身，可就算用破甲锥来砸，也只是在矿石表面留下一些刻痕而已。

魅惑动听的嗓音在郁岸耳边问："他既然选你做契定者，那么一

定告诉过你他的畸核在什么位置吧？告诉我，我不杀你。"

畸核的位置是所有畸体最大的秘密，在实力相当的情况下，如果一方知道另一方的畸核长在哪儿，胜算会大大增加。

郁岸视死如归挂在蝎钩上，挑衅地直视毒蝎发光的眼睛。

他的表情激怒了蝎女，蝎钩一挑，从胸前扎进了郁岸身体中，一管紫红色毒液向内注入。郁岸双脚踢蹬抗拒，可强烈的麻醉感进入大脑，他根本无法控制自己的行为。

郁岸的右眼亮起和毒蝎同色的紫光，精神被操纵，自动回答蝎女的提问。

然而他只有嘴在动，没发出声音。

蝎女有些疑惑，人类不可能抵抗自己的蝎毒，她加大了剂量，但郁岸的反应只是表情更加扭曲，仍然只张嘴不出声。

因为尸体不能说话，这是他自己写下的规则。

有人踩在废墟的碎石上，矿晶毒蝎警惕地转过身，看见昭然坐在断裂的钢筋上。

"红狸家族还剩几个人？"昭然没有急着抢回郁岸，静静坐在废墟之上问她，"兄弟姐妹们不陪你一起拼命吗？"

"你想杀死他，为了让我对你的痛苦感同身受，我可以理解。"昭然平静道，"放心，我从不对幼崽动手，你的孩子不会死于我们的战争，他将在这个世界流浪，独自一人。"

"只是我与你的战争，不需要牵扯到家族。"蝎女松开了郁岸，将他抛到一边。

郁岸趴在碎石间咳嗽，反握破甲锥，恶狠狠瞪视庞大的矿石毒蝎。他正伺机而动，被昭然一个眼神制止了。

昭然说："去找个地方乖乖坐着。"

郁岸捂着胸口退后，远远望见昭然脚下浮起一圈金色光环，他把身体压得很低，脊背高高弓起，手臂拉长，身躯变得庞大而扭曲，丧失了人的形状。

血肉从昭然的骨架上快速腐烂脱落，骨骼的缝隙中发出黏稠的生长声，手臂接连从肋骨两侧向外生长而出。

他脸上的皮肉破损脱落，露出皮下的骷髅头，双眼如同警戒红灯散发着幽暗的血红光泽。

骷髅头化成骨沙随风飘散，从脖颈处断开，最后只剩下躯干骨架。

昭然成了一只无头的怪物，逐渐重现当年多手怪物的模样，但要比多手怪物庞大数倍。

无数骨手慢慢从球状舒展开，躯干作为核心被包裹在中央，数条白骨手臂弯曲支撑着躯干，整体很像白骨化的巨型盲蛛。

密密麻麻的手臂有秩序地交错爬行，每一只手落地，都会拍出一圈金色涟漪。

郁岸仰望着那强大的存在，巨大的美丽生物，震撼人心。

昭然的本体，似曾相识的压迫感。

亡湖……寄生者。

第 084 章

咕噜

郁岸早该想到，既然失落小镇关卡是灰鸦游戏公司以日御镇为原型制作的场景，那么关底 boss 亡湖寄生者的动画形象，自然也要仿照日御镇的怪物去设计。

他们收集传说加以联想最终制作出的模型，正是多手怪物成年后的模样。

不过幻想游戏中的形象与真实的昭然本体存在些许出入，无论是蜘蛛还是亡湖寄生者，都不及他的手臂数量多。

亡湖寄生者作为游戏场景里的明星 boss，在《灰鸦：玩具屋》里的介绍是这样的：

游走在死亡边境的暴躁白骨，从流淌的恶意中滋生，以为自己依然活着，守护着湖中枉死灵魂的宁静，像一个悲情角色在无尽黑暗里潜行。

是游戏设计师们对传说中怪物身世的苍凉臆想吗？

因为他们看起来确实背负着等量的痛苦，昭然每向前爬一步都会发出凄厉的吼声，可他确确实实活着，像一个悲情角色，寄生在苦痛中。

蝎女被扑面而来的煞气击退，但无所畏惧地举起玻璃状螯钳，十三节矿晶蝎尾高高扬起，在空中快速摇晃，毒液在玻璃质感的外壳内发出明亮的紫红光芒，被外壳上包裹的透明晶体四散折射，用光来克制昭然。

她已然选择羽化，接下来的六个小时是她一生中难以重现的实力巅峰时刻，不论对手是谁，她都拥有一战之力。

午夜时分，地铁日常停运，只有几条特殊的环形线路还在运行，快速反应组的几位干员在蚁堤站站台前徘徊，垃圾桶上插了十几个烟蒂，他们有些不耐烦。

有人在防弹马甲外套了一件薄羽绒服，又点起一根烟，把冻僵的手偷偷搭在火焰圭的头发上。

然而她偷偷摸摸的动作被火焰圭脖颈上的龙眼畸核发现，火焰龙眼向后扭动，蔑视地扫了她一眼。

宁鸣讪讪缩回手，挠挠卷翘的头发，嘿嘿一笑："你太暖和了，我没忍住，对不起对不起。"

她胸前戴着快速反应组的徽章，作为第一行动队长，战斗经验丰富，带队清除幻室已是家常便饭。

火焰圭大冷天依旧穿一套短袖短裤，一点儿都不怕冷。

"没关系宁前辈，我给你们暖一下。"他闭上眼，驱动脖颈处畸核，静脉凸起岩浆般的红色血管，一股炽热的暖意以他为中心四散开来。

"真了不起啊……小火球。"几位前辈纷纷搓着手靠近，把冻僵的手脚聚到人形小火炉附近烤一烤。

宁鸣甚至从怀里拿出中午剩的鸡翅，煻热乎了分给火焰圭两只。有人也想要，被她骂回去："人家会发热，你会干什么，走开。"

"宁姐，我们在这儿等了有十五分钟吧，车都过去好几趟了，段组长怎么还不发车票（行动许可），不是说去支援紧急秩序组吗？"

"让实习生去问问。"

"你自己去问，他走了我们烤什么。"

"我去师父那儿看看吧，很快的。"火焰圭捧起双手，一团火焰从掌心中燃起，在空中留下一团飘浮的无根火，然后三步并作两步爬上手扶电梯，刷身份卡进入地下铁总部大厅，往办公室的方向跑去。

他刚到拐角，就看见城市巡逻组组长原小莹匆匆推门进了师父的

房间，火焰圭靠在门边，悄悄听他们怎么说。

原小莹语调有些急促："我刚从技术那边过来，他们检测到蝎女化茧，现在已经羽化了，你在这儿坐得这么悠闲啊。"

段柯不紧不慢倒上茶水："急什么，昭然不是已经去了？"

"羽化期畸体，太危险了，昭然的身体什么情况我都看在眼里，你想袖手旁观吗？"

"我现在过去，不就更坐实他实力下降了吗？"段柯一点儿不着急，靠到椅背上，"叛徒李星把他实力下降的消息传给了漂移飞车，许多人对这事心存疑虑来着。"

"胡扯，你支援他是快速反应组的本分。"原小莹双手压在他办公桌上，孔雀绿色的麻花辫在身后甩动，"你到底去不去？"

段柯看了一眼表上的时间，敷衍点头："没说不去，就说晚点儿去。谁叫他处处跟我作对，让他吃点儿苦头能怎么样啊？"

"……真没看出来你是这种人。"原小莹摇摇头，推开段柯摆到面前的茶杯，怒气冲冲甩手离开。见她要去找大老板，段柯打了个响指，大理石地面蓦然向上穿出一片半人高的密集黑刺，尖刺表面黑亮光滑，从原小莹双腿和腰旁刺出，将人卡在中央，阻挡她的去路。

"干什么？"原小莹捻开手心里把玩的羽毛扇子，每根扇骨顶端都镶嵌着一枚雕刻过的畸核，锋利扇影横扫，将周身尖刺拦腰截断，旗袍裙摆微动。

段柯拦不住她，拍桌叹道："你这傻大姐，我说别去就别去。"

快速反应组的队员们迟迟没拿到车票，无聊地烤着无根火，聚在一起闲聊，听地铁列车在身边呼啸而过。

列车的尾巴掠过站台，隐约有股暖风拂过。火焰圭扒在飞驰的列车最后，从众人眼前一晃消失。

宁队长："哎，不是——？"

地铁在比萨庄园站暂停，整个地铁零号线由于专门为地下铁员工设置，因此都没有安装玻璃护栏，火焰圭跳下轨道，双手一撑站台地面灵活地翻了上来。

"师父都说了不准来的，听了你的话过来，回去肯定要被师父骂。"火焰圭自言自语向前走，脖颈上镶嵌的火红龙眼扭动，竖线瞳孔向上看着他的下巴，似乎在与他精神对话。

"跟郁岸打好关系？为什么？他一脸不想理我的样子。不对，他不想搭理任何人，他只喜欢昭组长。"

"能换核有什么了不起……你是我的畸核，老是夸别人算怎么回事啊，你也夸夸我。"

从比萨庄园站出来，荒芜，野草遍地，天空悬挂的圆月萦绕着一圈紫色的光辉。

沿着平时巡逻组踩出的小路向古县医院的方向靠近，视线被一堵矮墙遮挡，角落里用枯草掩埋着一辆纯黑摩托车。

他双手攀到矮墙上缘，踩着凹凸不平的墙砖向上一撑，双臂腋下卡在了矮墙边缘上，向远处眺望。

破旧的乡村医院塌成一片废墟，上空飘浮着一个巨大的白色丝团，茧团中央破了一个大洞，整体像宇宙中的星云一样缓慢旋转，表面被紫色的月光照映着。

飘浮的茧团下方一左一右对峙着两头巨物，一头由紫红色透明矿石堆砌成的蝎子高高扬起尾钩，另一方看不出是头怎样的生物，它是一副骨架，由数不清的白骨手臂支撑和保护着中央的躯干，没有头颅，每一只手落地，都会激起一圈金色的涟漪。

骷髅手骨颀长尖锐，仿佛盲蛛交替弯曲细长的腿向前行走。

"蝎女对面是什么……畸化种畸体？"火焰圭扒在矮墙上看得傻眼了，龙眼畸核转动瞳孔，审视远方的骷髅怪球。

无头骷髅仰天长啸，身下旋开一个金色、繁复的太阳花纹，其中六只骨手重重拍打地面，在手掌落地之处绽开六道金环，金环之中浮

现六位身披战甲手持武器的骑士，骑士带着金环移动，占据六角将毒蝎包围在中央。

矛斧骑士抡起长斧，与铁链锤骑士两面夹击，一斧砍在毒蝎的螯钳上，重锤随之落下，带着一股劲风砸在了毒蝎玻璃状的外壳上，爆出一片紫红晶体。

弓箭骑士高举金色弯弓，从箭筒中抽出三支神圣光箭，搭弦瞄准，三道金光破空而去，从毒蝎矿石状的右眼和胸口处残忍洞穿，晶石爆裂。

郁岸趴在碎石窟窿里观战，只露一双眼睛出来，两头巨兽的每一次交锋都震动着残余的砖石。近距离观看强者的战斗，才叫他领教到战神旗帜的威力，六位残暴的骑士灵魂为昭然所驱使，不死不休，与酒吧竞技场中放大水的招数相比根本不在一个量级上。

矿晶毒蝎被骑士灵魂围攻，节肢弯曲站立不稳，身体砸在了地面上，但她没有认输的意思，拼命摇晃蝎尾，十三节矿石尾肢发出明亮耀眼的紫红强光，在透明矿石中央散射，并带着浑身炫光冲向无头骷髅。

她光芒万丈，灼得昭然不停后退。

畏光的弱点被她洞悉，昭然的处境有些不利。

矿晶毒蝎失去一只眼睛，可她仿佛感觉不到疼痛，不在乎身上致命的伤口，蝎尾高高扬起，再如一条铁索鞭子重重砸落在地，泛着紫红色荧光的毒液从蝎尾中溅落，满地的石块包裹上有毒的发光浆液，被震到空中，经蝎尾横扫，一同砸向昭然。

无数碎石像一场沙暴，迎面从昭然的骨骼之间刷过，锋利的石块砸来，深深嵌进白骨表面，发光的紫红毒液便跟着沁入伤口。

白骨沾染上斑驳的发光毒液，迅速从伤口开始向边缘腐蚀。这时，毒蝎又开始摇晃蝎尾，她的玻璃状尾肢喷出了一半毒液，剩余的毒液晃动时发出碰触外壳的嗡鸣，就像葡萄酒触碰杯壁的声响。

嗡鸣一起，昭然身上的伤口居然冒起腐蚀的毒烟，钻心蚀骨的痛深入骨髓之中。

无头骷髅抬起数条手臂，攀抓住头顶的高压电线杆，整个球状躯体便伸展开来，躯干处裂开一条血红的锯齿裂缝，震耳欲聋的吼声从他的喉咙里发了出来。

郁岸紧张地抠着手边的石头，蝎女居然能与昭然周旋这么久，甚至隐隐出现逆转反杀的趋势，六小时极限羽化果然不可小觑。

昭然全身血肉融化脱落也没有露出畸核，看来畸核长在骨头里，按他之前所说，有一枚长在右侧胸骨下方，还有一枚长在胯骨处，这么说，他的躯干是弱点，那些白骨手臂环绕保护躯干，也是在保护自己的要害。

昭然露出躯干痛吼，被蝎女找到了可乘之机，毒蝎飞速向前爬行，不顾一切冲破骑士灵魂的阻拦，朝躯干处张开的巨嘴爬过去。

骑士灵魂一同消失，重回昭然脚下，被吸入金环之中，旋转的金环形成日晷，晷针逆转，时钟倒流，蝎女在惊诧中被迫退回十米之外。

昭然扬起无数手臂同时砸落在地面上，掀起一片碎石狂沙，金色轮盘取代日晷，轮盘指针飞速旋转，六个扇形金格从脚下浮现。

多手怪物最强杀招——轮盘赌。每一次轮盘出现，郁岸都感到一阵惊心动魄。

指针旋至实心扇形格，毒蝎见势不妙惶然逃窜，可轮盘赌拥有追踪判定，金环套住毒蝎并跟着她移动，一只巨大的暗影鬼手从地面穿出，锋利的指尖洞穿毒蝎的矿石外壳，紫红色的毒液爆喷，漫天溅落，天空仿佛下起鲜艳的酸雨。

矿晶毒蝎从空中坠落，破损的外壳像砸碎的琉璃花瓶，毒液从裂缝中向外流淌。

白骨怪物虽然还保持站立，但他的手臂吃力地支撑着身体，疲惫地垮塌在地上，收拢成一个镂空的白骨球。

"原来……他们说的是真的。"蝎女的声音极度虚弱，"你没有从前那么强了……早知道如此，我会带上整个家族，将你……抹杀。

"只是我不敢赌……不敢赌上红狸家族所有性命，我不够果决，

是失败的领导者……

"但我没有其他选择……我不愿意找一个无趣的人类结合,瑞恩告诉我,这是爱的意思,你也这么认为吗?"

昭然没有上前斩杀她,羽化期畸体除非自愿否则不能被杀死,即使动手,也不过让她死前受到无尽折磨,残杀同类没有意义。无头骷髅卧在地上静静听她叙说,毒液犹如附骨之疽,实在难熬。

蝎女喘息了很久,突然用折断了几条的节肢撑着站起来,拖着残破的身躯甩起尾钩向昭然刺去,她看准了白骨之间的空隙,从孔洞中刺入,可以直贯昭然的躯干核心。

进攻的路线被一块牌子遮挡,郁岸纵身一跃高高跳起,用身体横截在白骨怪物和蝎女尾钩之间,把交流板抱在胸前当作盾牌,但牌子纤薄,锋利蝎尾刺穿牌子,将其一分两半,喷射毒液的钩尖刺向郁岸的喉咙。

蝎女本不想杀他,可甩出去的尾钩根本收不回来。

停尸房守则断成两截从蝎女眼前掠过,她惊诧地看到最后一条新添的条款——尸体不能被杀死。

尾钩接近郁岸时,蝎女被判定即将触犯规则,体内的畸核剧烈地震了一下,尾钩偏了方向,打中郁岸的肩膀,那可怕的力道直接把他撞飞到空中。

无头骷髅伸出手臂,在郁岸从半空坠落时接住,攒成一团镂空的白骨球,把他安稳裹在中央。

"咕噜……"(哄慰的叫声)

第 085 章
羽化

细长的骨骼相互交错成球形鸟笼的形状，把郁岸困在中央。骷髅手臂之间交叉的缝隙刚好够郁岸呼吸，他从内部拍打昭然的骨头，发现根本爬不出去。

"咕噜……"

他只能听见从躯干中心发出的怪物哼叫，在日御镇遇见多手怪物时，它也会发出这样的声音，拿走郁岸手里的小刀，对他摇摇手指，咕噜咕噜告诉他不要玩这么危险的东西。

昭然把他困在了里面，和最脆弱的躯干部位一起用手臂保护起来，让郁岸心里升起一种不祥的预感。

透过骨骼缝隙向外窥视，蝎女半透明的矿石身体内部被细密的裂纹填满，和被利器击碎的钢化玻璃一样，裂纹的中心在腹部内侧，看来刚刚被幻室判定为违反规则险些让她畸核爆开。

蝎女用尽全身的力气，节肢和蝎尾中的发光毒液全部向腹部倒流，畸核周围的紫红光辉越来越盛，最终变得刺眼无法直视，那些发光的毒液灌注进了矿石身躯的裂缝之中，并无限膨胀。

她的光芒早已掩盖今夜憔悴的月亮，成为地面上的紫红色星云，然后像失落的恒星一样，爆炸开来。

一阵强光晃过，郁岸感到眼睛一阵灼痛，昭然更是被这剧烈的光亮照得瘫倒在废墟之间，白骨表面附着的腐蚀毒液跟着爆炸，他的骨架上不止一处毒伤，腐坏之处放鞭炮似的引起一串连锁爆破，昭然只

能在炫目的连环爆炸中节节后退。

郁岸拼命想从骨架缝隙中爬出来，但无奈自己被昭然紧紧封锁在里面。

上空飘浮的星云状茧团自动瓦解，化作耀眼的紫色烟花，向下流淌成无根的碎光瀑布。

郁岸眼睁睁看着这华丽而荒凉的一幕，腰间的储核分析器屏幕亮起，显示出一行文字：检测到幻室镇守者"辉石矿晶蝎首领"已被击败，破解幻室"古县医院"，幻室已清除。他张了张嘴，似乎可以说话了。

蝎女腹部突然爆出一片晶石碎屑，炸上了几十米高空，在一片流星状碎屑持久的凋落中，蝎女的嗓音如释重负——

"我终于解脱……昭然……你继续受这折磨吧……你终会明白，如今加诸赌注的爱正是苦痛的开端……今天的我……就是你最后的归宿。"

艳丽无比的紫红色透明躯壳炸成无数碎块，光芒逐渐熄灭，连着她的银级畸核一同消散。

骷髅手球无力地层层摊开手臂，郁岸急匆匆地从中央跳了出来，扒在其中一条手臂上，抚摸被毒液腐蚀的表面，对着骷髅躯干一端问："你还能动吗？

"她的毒是不是很厉害，你伤得重吗？"

疲惫的无头骷髅动了动，抬起一条手臂，巨大的白骨手掌轻轻握住郁岸，把他放到与刚刚站立的位置相反的方向，对他摇摇骨节，意思是不要再对着尾椎说话了。

郁岸拽住他的手，毫无心理负担贴到白骨的表皮上："你不会死掉吧？"

"咕噜。"骷髅手球僵着一只手递给他，剩下的手慢慢收拢到身边，攒成球状，慢慢地遮住脸（指胸骨以上的部位，他没有脸）。

原来多手怪物是这样团成球的，郁岸一直以为这些手全部以海胆的造型放射状生长，事实上他只是把所有手臂相互交错蜷在了一起。

郁岸拉着手骨认真打量，骨头的表面不像想象中那么干枯脆化，其实很坚韧平滑有弹性，有种还很年轻的感觉。

鬼使神差中，他摸了摸那只毒伤累累的骨手，骷髅手球浑身一震，身体下方扩散开一个金色光环，光环跟着体形一起慢慢缩小，最后缩成了正常成人的大小。

昭然怔怔坐在地上，郁岸的反应实在让他意外，最终得出结论：青少年应该少玩美式恐怖游戏，对审美的培养很有影响。

浮空的茧团化作紫色碎片缓缓凋落，落在两人头顶和身上，蝎女的遗骸不再发光，变成了一具暗淡的玻璃外壳。一些微小发光的幼蝎从壳中懵懂地向外爬，在废墟中迷路，忘记了自己生从何来该往何处，在石头碎屑里莽撞地徘徊。

极度的疲惫在尘埃落定之后一股脑涌入郁岸的身体，他趴到昭然身边。

昭然抬起手，一些紫色的星尘散落在掌心，看着羽化凋零的暗淡光芒感叹："死亡是世界约定，拼命逃避也不能免俗。"

"可我希望你永垂不朽。"郁岸固执道。

昭然拍拍他的后背，嗓音沙哑："去把人质带出来，我……休息一下。"

郁岸把护士和保安从坍塌的空间中拉出来，绑住手脚扔在医院大门前，然后从堆积如山的损坏设备中找到一个还算完整的器官保险箱，用破甲锥把黏附在残存茧团上的李书恪的大脑储存进去。他还记着李书恪透露给蝎女昭然畏光的弱点，动作十分粗暴。

碎石屑之间卡住了一枚红色的畸核，郁岸连撬带抠把它弄了出来，塞进了储核分析器里。

名称：幻室核－规则
来源：破解古县医院幻室

种类：幻室种

等级判定：一级红（玫红色）

基础能力：在有限空间内订立一条规则，踏入此区域者必须遵守

使用限制：二十次

简介：我的地盘我做主

共鸣条件：未知

"小破一级红核，弄这么大动静。"郁岸拨弄着盒盖，视线上移，被残留茧丝覆盖的一把诊疗椅上，似乎有人影在晃动。

他利用犰狳战甲的力量增幅特性分开挡路的钢筋水泥碎块，反握破甲锥，踩着满地碎砖向近处摸。

椅中坐了一位中年男人，臃肿虚弱的身体在苟延残喘，短短半个月他斑驳的发丝已变白。

"周……老师。"郁岸谨慎地推了一下扶手，试图唤醒他，回头叫昭然："周先生在这儿。"

昭然扶着手边竖着的断钢筋站起来，压着肋骨一侧挪到他附近，用手腕试探周先生的颈侧和腹部，血红触丝透过手套伸出几根，探入皮肤之下。

"薄小姐没乱说，他体内果然有畸核存在……严格来说周先生已经成为畸体，不再是人类了。"昭然闭上眼睛仔细感知他身体的变化，"他被蝎女的茧彻底摧伤，已经太脆弱了。"

苍老的手迟钝地抬起，伸向郁岸，郁岸第一反应是躲开，没想到周先生抓住了他的书包带。

这个单肩包是郁岸上学的时候背的，拉链上挂着学校发的机械目镜作为挂件，老先生用浮肿的手指抚摸上面"长惠大学"的字样，混浊的眼睛充满留恋。

他已奄奄一息，郁岸担心他咽气，俯身到他近前问："老师，你知道是谁找你们去做人体畸核试验的吗？"

"方……方士休……方信……"

他肿胀的喉咙只能勉强挤出两个名字。

"方士休？"郁岸想了一下，印象中是在漂移飞车工作的一位药剂师，"方信是谁？"

昭然回答："他叔叔，这人我知道。"

郁岸扶住周先生的手腕，但安慰不是他的目的，他只想听到更多情报。

可周先生已经接近昏厥，张着嘴难以再说出完整的词语，他想要呼吸，却因为喉咙肿胀濒临窒息。

郁岸回头看昭然。

昭然摇头："畸体进入其他畸体的茧会受到强大的压力，出来以后身体上的压力一下子消失，体内的畸核应该会慢慢爆掉。周先生本来身体就已经很虚弱了，最多挣扎十几分钟。走吧，等快速反应组收拾残局处理吧。"

"阮小厘能救吗？她的治疗核－徒手控制能暂停器官损坏。"

"全身的器官都行将就木，怎么救？"昭然无奈回答，其实有些欣慰，郁岸居然懂得想办法救人了，可惜无力回天，辜负了他刚刚发芽的善良。

周先生的眼珠渐渐向外突出，无比痛苦地抓住腹部的衣衫，用力砸肚子上松垮的皮囊，咚咚咚，肚皮不知被哪来的气填胀，越来越鼓，皮肤被撑紧发亮，像只即将吹爆的气球。

昭然转过身，习惯性抬手搭在郁岸眼睛上："走吧。"

"这就来。"郁岸从储核分析器里拿出在美容院幻室拿到的治疗核－柳叶刀，换下犰狳战甲，玫红色的瞳仁亮起手术刀形状的纹路。

"你干什么？"昭然发觉不对，回头便看见郁岸毫不犹豫割开了周先生的腹部，用治疗核的无痛外科手术能力把畸核剖了出来。

郁岸脸和手臂上全沾满了血污，表情认真，像趴在桌上做作业一

样平静，忽然变得兴奋："面试官，金色的！"

昭然刚要开口骂，突然听见远处的矮墙附近发出细微的动静。

火焰圭亲眼看见郁岸面无表情开膛破肚的样子，打了个寒战从矮墙上掉了下来，心里骂了一句糟糕，转身就跑。

该看的不该看的，今天全让自己看了个遍，被发现就……

"哼，你。"

火焰圭闻声回头，郁岸竟然已经坐到了矮墙上，脸上的血擦也没擦，双手上血珠沿着破甲锥尖向下滴落。

"呃，我。"火焰圭转过身步步后退，举起双手，"我是来……支援你们……呃……"

火焰圭的背撞在昭然胸前，昭然低头冷眼凝视他。这么久以来，郁岸第一次在昭然眉眼里看到杀气，他在考虑是否要灭口。

一道金环从昭然脚下悄然浮现。

这时，火焰圭脖颈上的火色龙眼忽然转动竖线瞳仁，一些飘忽的触丝从龙眼中向外发散。昭然眯起眼睛，同样放出肉眼难辨的触丝，与对方相接。

龙眼高傲地转动，与昭然对视，以精神交流传递出一段沉重的叙说："不如回家去问问哥哥姐姐，该不该对我们动手。"

昭然顿了一下，仔细辨认那枚畸化种畸核的颜色，颜色接近三级红，但上面布满碎金斑点，竖线龙瞳在中央转动。不对，这不是畸核的颜色，压根不是枚畸核。

他先一步收起触丝，绅士地退开一步，微微颔首抚了下肩："请阁下为我保守秘密。"

郁岸和火焰圭一起睁大眼睛。

第 086 章
大哥

快速反应组的队员们来迟一步,宁鸣队长带领清扫残局。火焰圭站在地上发呆,连前辈们从身边路过都没感觉到。宁队长重重拍了一下他的肩膀:"你这浑小子,还没转正就敢私自行动?这还了得,回去组长肯定狠狠收拾你,他们紧秩组的人呢?"

火焰圭肩膀一震,回过神摆手解释:"昭组长受了伤,和郁岸一起回家休息了。"盛放李书恪大脑的保险箱此时挂在他肩头,火焰圭僵硬地整了整斜挎背带。

"昭组长不去急救组包扎一下吗?哎,你怎么心不在焉的,我说话你听到没有啊?"

"哦哦,听到了听到了。"刚刚昭组长居然对自己行了个礼,火焰圭震惊地想了半天才明白过来,那礼节大概是对着自己脖子上的龙眼行的。

龙眼向上瞄他,示意他闭嘴。他抿起唇,抬手在唇边做了个拉拉链的动作,恐怕泄露半个字。

周先生的躯体仍旧坐在诊疗椅上,但上半身已经歪到一旁,腹部被郁岸用治疗核–柳叶刀切开,又用快速愈合核把伤口缝合,与前些日子在美容院留下的伤口痕迹混淆,快速反应组发现他时,并没有察觉腹部已经缝合的伤口有何异常。

月亮边缘的模糊光影随时间流逝一同退去,云层稀薄。

古县医院位置偏僻，沿着荒草丛生的小路走出一段距离才进入正经的县城街道。

其实有座古老庄园就建在医院几百米外，郁岸提出在庄园内借宿一晚，昭然看起来有些顾虑，因此只好沿着街道去找一家旅店休息。

郁岸把昭然的手臂搭在自己脖颈上，左手扶着他，慢慢向前走。

"火焰圭脖子上那是什么？"郁岸琢磨了半天。

"不知道。"

"嗯？"郁岸不解，"那你对它那么尊敬干什么，还尊称它阁下？我还以为你认识那颗球。"

"它口气可大了，随便得罪的话，万一它真认识我哥姐，回去又得听他们唠叨。我得回去问问再说。"

"你怎么还有姐姐？"郁岸歪头，"他们管你吗？"

"当然管哪。"昭然烦躁地拢了把头发，意外瞥见郁岸发呆的表情。

夜深了，街道中央徘徊的流浪猫跳上围墙，顶着夜里霜寒寻找避风取暖的地方。郁岸忽然隔着玻璃窗望到房间里酣睡的小狗，对小狗华美的衣服和精致的窝毯露出困惑的眼神。

昭然捏捏他的脸颊："你也有我管呢。"

被毒液腐蚀的骨骼隐隐作痛，昭然每向前走一步都必须忍受煎熬。

"你的手还好吗？我看见它被毒液侵蚀到了。"郁岸撑着他身体的一半重量，边走边问。

"不用担心，如果这条胳膊不行了，会有其他新的手臂顶上来的。"昭然用食指和中指夹了一下郁岸，"你在想什么？擅自挖了周先生的核，你怎么总干讨打的事？"

"我请示过你了，面试官。"郁岸认真回答，"我问你阮小厘还能不能救。"

"我还纳闷你怎么变善良了，还知道想补救办法。"昭然叹了口气，原来郁岸问这话就相当于问别人"你的矿泉水瓶还要吗"，别人说不要，他立刻抢过来踩扁塞自己兜里。

他确确实实无法对同类的死亡、悲痛与人间疾苦共情,这一点无论在哪个人生阶段都未曾改变,唯一能让他产生代入感的是疼痛和孤独。

昭然也不再强求他理解,只要不做得太过分就行,想到这儿,他的脚步停了一下。

郁岸以为面试官都这么虚弱了,居然还打算修理自己一顿。

"打完架不舔包吗?"郁岸疑惑地问,但被那双鲜红的眼睛注视着,声音越来越小,低下头踢开路面的石子,轻声嘀咕,"今天这么惨烈,我把能捡的东西都捡到才不亏。"

不料昭然把手搭在郁岸头上,稍微扳过来一点:"不过今天整体表现很好,口头表扬一下。很有点儿小聪明,不错。"

郁岸咬住下唇,心情肉眼可见变好了,头顶仿佛有一对看不见的耳朵精神抖擞地竖起来。

"话说回来,使用辐射药物居然能催化出金色一级职业核,怪不得漂移飞车不惜大海捞针也要筛查肥胖症患者,不过这也说明周先生在精密机械领域确实称得上斗南一人,可惜……"

"连金级核都扛不住蝎女的茧的伤害?"

"不分等级,茧是化茧期畸体保护自己的手段,排斥同类靠近是天性使然。"昭然耐心给他解释,"以前我没怎么与蝎女打过交道,但一直对她的名字很熟悉,她属于红狸市主辐射源形成的红狸家族,是个早已没落的大家族。

"因为红狸市是地下铁看中的总部根据地,在我来到地下铁之前,蝎女的家族成员就已经被大老板清除得七七八八,辗转许多年,红狸家族也不剩几个畸体了,都神隐在郊区不再露面,亲族之中也只剩蝎女一个承担起家族领袖的职责。

"我应该还没给你讲过家族成员的阶级划分。家族范围内的畸体,谁体内产生了与辐射源直接相关的畸核,谁的地位就越高贵,就相当于人类口中的纯正血统。

"据我所知，蝎女体内有两枚核，其中一枚是'思想重构'，因为红狸市主辐射源培育基地当年的研究方向就是精神控制，他们非法制作活体实验体，然后利用辐射药物操控它们的意识和行动而成为特种武器。另一枚核'红狸火晶'，与红狸市主辐射源直接相关，所以蝎女就被认可为亲族，继而担任了家族领袖，受到其他成员的尊敬。"

郁岸不太能理解。如果是自己来下决定，就会把红狸家族连根除掉，不可能留一个活口给以后留下隐患。

"大老板也下过除根的决定，让我去执行，我没答应。当时他们人数很少，有些甚至相互结合生下了孩子，我们的世界有个共识，就是不杀幼崽，怎么教训都可以，但不能要他的命。"

"你们真的能生小孩啊？"

"畸体繁衍后代的方式与人类不一样，我们会以体内的一枚畸核作为孩子的根基，然后发育，最后幼体连着畸核一起成形。可以选择相互结合，雌性畸体也可以自己繁育后代，但如果母体只拥有一枚畸核，那么幼体成形后母体就会消亡。

"如果母体存在两枚以上的畸核，繁育后代后仍能存活，一般这种情况下，雌雄双方谁的畸核多，谁就贡献一枚核出来，但雌性畸体与人类男子结合，就只能由雌性贡献畸核了。

"蝎女有一个孩子，我想她大概把思想重构那枚核作为孩子的根基了，所以精神控制能力变得很弱。

"哦，如果是雄性畸体和人类女子结合的话，畸核要由父亲一方贡献，如果不愿意贡献，就只能生出基因不稳定的人类小孩，大部分会夭折。"

凌晨三点，这个时间县城街道上实在难找到开门的旅店。寒风呼啸，天空甚至开始向下飘落小雪，还好昭然身体温暖，靠近他就不会冻僵。

"我看只有比萨庄园能让我们借宿了，要不要回去？"越向深处走，郁岸越隐隐感到不安，被窥视的感觉从身后袭来，他频频回头，却什么都没看见。

又向前走了十来米，道路中央出现了一道直立的影子。

男人穿着一件塑料雨衣，左手拎着一个大号塑料袋，一些黏稠的液体从塑料袋一角滴落在脚下，似乎是血。

郁岸立刻联想到雪夜杀人魔和一些刺激的暴风雪山庄场景，他垂落右手，破甲锥滑进掌心。郁岸左手将昭然挡在身后，右手反握破甲锥，警觉地与"雪夜杀人魔"对峙。

虽说应付不来高级畸体，但对付人类总算绰绰有余。郁岸紧了紧缠在双手上的"英雄拳套"绷带，余光搜索周围是否存在监控，计算双方身高差距，如果击杀该以什么角度刺入什么位置，如果只想令他失去反抗能力该从什么位置下手，附近没有目击者存在，杀死之后应该还能翻翻他的口袋，万一对方刚抢劫过珠宝店之类的岂不是赚了？

那人一头白色卷发，头戴一顶针织帽，抬手扯了扯雨衣帽檐，从阴影中走进了光下。

他手里的大塑料袋支棱出一把芹菜和一捆小香葱，袋子底端被新鲜肋排的边角扎破了，正向下滴落血水，袋子上面印着"袁哥小卖部"的字样。

"……"郁岸依然警惕，这个时间逛小卖部也不像正经人。

白卷毛男人看清他们之后，表情变换，暴躁地举起手，指着他们快步走了过来。

郁岸有点儿拿不准他想干什么，回头询问地看向昭然，等再回头那白卷毛男人居然已经冲到了面前，抓住昭然的衣领："你俩大半夜的一人一身血在干什么？"

郁岸挡在他俩中间，不准那白毛男的碰昭然受伤的身体，但面试官没发话他也不敢贸然用破甲锥去刺，于是一口咬在蛤白的手腕上。

三人顿时僵持住。

昭然摸摸鼻子，说："大哥。"

郁岸整个上半身都挂在蛤白手上,大脑死机了几秒。

大脑终于重启,郁岸松开嘴,落到地上,僵硬地抹抹蛤白手腕上的牙印,半响,结巴地憋出一句:

"哥哥。"

第 087 章
蛋炒饭

蛤白收回手,略带敌意地瞥了郁岸一眼,但忍下来没说什么。

"打算去哪里?这条街不是回市区的路。"

昭然先不声不响地把郁岸拉到自己身后,然后才慢悠悠回答大哥的问话:"随便找个旅店将就一晚,我走不动了。"

许久,蛤白妥协转身,回头叫他们跟上。

郁岸躲在昭然身侧抬头瞧他,不知道这位大哥什么来头,虽然个头上比面试官矮两寸,可面试官好像有点儿敬畏他。

他正思考着,昭然伸出一只手到身后,拉着他向前走。

有生人在场,自己又不好开口安抚他的紧张的时候,昭然想不出其他更好的办法了。

不过好在大哥没有多为难他。

"晚上好,是专门去买菜的吗?"昭然拉着郁岸跟上蛤白的脚步,反客为主地开始在言语上为难大哥。

"晚上袁明昊打电话说隔壁铺子新杀一头猪,找他借盆来着,他觍着脸扯着人家把肋排扣下了,然后分我一半。我到店里顺便拿了点儿水果、玉米和其他菜,明天炖了。"

"噢——"昭然一个音节拐了几道弯,"他想见你。靠人家完成蝶变之后就变得爱搭不理,你这方面的品质真让人不敢苟同。"

"该尽到的义务不会差他的。等他遇到什么危险再说。"蛤白说完,想想又补充了一句,"他退队以后也不常需要我保护,幻术类的

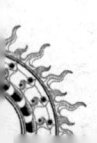

能力对贩售小商品能有什么帮助？"

昭然悄悄与郁岸耳语："大哥没有什么正面战斗的能力，在茧里完全被袁哥武力压制，他一直觉得好没面子。"

郁岸听罢盯着大哥的背影，原来这就是蝶变后的畸体，外貌上看不出什么差别，可气质和躯体上确实给人更平稳真实的感觉。"易碎感"，他从昭然身上感受到这种令人不安的气质，和蝎女没什么两样。

如果说畸体和人类各自属于不同的世界，那么蛤白似乎已经站在了两个世界重合的平衡点上，而昭然还在苦苦追寻。

只走了一会儿神，郁岸猛然察觉到踏在脚下的土地格外松软，周围拱起丘陵状的坟包，一些烧尽的纸钱元宝灰烬用砖头压在墓碑前。

四周荒凉，杳无人迹，道路尽头时不时升起一团鬼火。

是什么时候踏入这种地方的？郁岸根本回忆不起来，也许在哪一个刹那踏进了任意门，而自己浑然不觉。

他的注意力全被款式各异的墓碑吸引，双眼忽然被手掌遮住。

"你跟着我走。"昭然把手掌盖在了郁岸双眼前，挡住了他的视野，因为大哥并不信任他，让他得知进入大哥家里的路线，大概会引起一些不必要的猜忌。

昭然随口与蛤白闲聊："你的幻境越来越强了，有些坟墓真实得我几乎看不穿。"

"老是有人误入这里，以为是真实存在的免费公墓，所以经年累月下来，这里添了不少真坟，反而方便我以假乱真。"

"死后有个地方住也好，不影响你就别驱逐了。"昭然说。

穿越一段阴森坟墓幻境，昭然松开了郁岸的眼睛，郁岸新奇地打量坐落在精致花园里的独栋小房子。

花园院子里飘浮着蓝色的"萤火虫"，这些不惧寒冷的虫子在院子上空漫无目的地游荡，照亮了房子外墙。

房子外墙则爬满奇异的冰雪色的玻璃藤蔓，将蓝火虫的亮光散射到墙面上，仿佛水波一样流动，叶子也像玻璃一样薄脆透明，可以透过表面看到里面流动的淡蓝色发光汁液。

郁岸好奇地戳戳低空飞过的蓝火虫，小家伙从困倦中惊醒，愤怒地从发光屁股部位激发出一圈明亮的电火花，噼啪电了他一下。

郁岸缩回烫痛的指尖捏捏耳垂，更觉得新奇，俯身接近外墙上的玻璃藤蔓。那些藤蔓感知到人类的温度，光滑的茎干上瞬间生出半米来长的玻璃尖刺，要不是郁岸躲得快，险些被当成羊肉串在上面了。

蛤白轻手轻脚打开栅栏，放他们进去。

和昭然家的极简冷淡风装修完全不同，蛤白的家具五彩斑斓，一主一副成套的蘑菇沙发，上面三个小书包并排放在一起，沙发环绕着中央摆放的上了油的树桩茶几，一些散落的蜡笔和画纸扔在桌上，地板上还丢了两辆小汽车模型。

房间里静悄悄的，只在走廊开了一盏暗灯，靠近楼梯的卧室门关着，有人在里面睡觉。

昭然一进门就往冰箱那边转："你给我弄点儿吃的，饿得难受。"

"少废话，去，把血洗干净。"蛤白把两人赶到了楼上，要他们住最靠里的房间，不要吵小孩睡觉。

客房里有浴室，匆匆洗漱完毕，昭然赤着上身擦着头发从浴室里走出来，水珠从发梢滴落在锁骨沟里，积攒了数滴之后向外盈溢，渗进腰间的浴巾里。

郁岸好一些，脱掉纯黑兜帽还有配套的短背心可以穿。房间里温度很低，但有身上的太阳印记保护就不会觉得冷。

昭然坐到椅子上，将靠背调到最低，躺到上面发出一声解乏的喟叹，双腿搭在床沿上，白到近乎透明的皮肤上青一块紫一块。

郁岸借着灯光能勉强分辨，那些瘀青大概是骨头被毒腐蚀出的瘢痕。

"我看还是刮一下毒比较好。"他坐到昭然身边，戴上治疗核－柳叶刀，抽出破甲锥，用纸巾反复擦了擦刀刃，点火灼烧一阵以此消毒。

"你真敢动手啊，又不是医生。"昭然哼笑，"我怕痛。"

"我有治疗核,无痛外科手术,怕什么?我还有快速愈合核,给你缝回去就好了。"郁岸艺不高但胜在人胆大,靠目测寻找毒液最集中的伤处,用破甲锥的刀刃割开皮肉。

割开的伤口鲜红,骨骼苍白,对比之下刺激惨烈。昭然看着自己的身体皮开肉绽,后脊一阵发麻。

但郁岸专注盯着伤口,没有觉察到任何不妥和不适,表情平淡得好像在拆卸布娃娃的肢体,扎一下,伤口便涌出一股黑血,拿纸巾擦净后,等流出来的血慢慢变成正常颜色再缝合。

"真解压。"郁岸自言自语。

幸好畸体强韧扛造,换个普通人类早就被郁岸玩死了。

大部分畸体寻找人类契定者只是为了使生命长久地延续下去,保护契定者是他们的义务,可昭然总是不安,因为自己对准契定者的感情太过复杂,一方面每一次都忍不住放任自己沉沦下去,另一方面又时刻惶恐这样的想法会受到不幸的诅咒。

昭然回过头,发现郁岸挪得很近。

"……今天,嗯……你看见我真实的样子,本体成熟后的样子,怎么没反应?"

"我有反应啊。"郁岸一本正经看着他的眼睛。

"……"

"很酷,太帅了。"郁岸双手在面前比画,"你肯定没看过《数码宝贝》吧?我说,多手怪物进化,黑暗多手怪!然后……"

他注意到昭然困惑中带着好笑的表情,慢慢住了嘴,低头抠抠手指上的倒刺,脸皮有点儿烫。

昭然笑起来:"继续说,我在听。进化了,然后呢?"抬眼看了看他还有些潮湿的柔软短发,"怎么这么可爱?"

蛤白打着呵欠,没好气地端了盘炒米饭上来,走到近前,听到门里传出闷闷的声音,突然间有什么东西被推撞到墙上,然后挨了一记响亮的巴掌。

　　隐约能听见郁岸在断断续续拖着哭腔背守则："以后紧急秩序组出任务不准不听指挥乱跑，不准搜刮人质的畸核和财产……"

　　蛤白愕然，把蛋炒饭放在地上之后敲了两下门提醒。

　　虽然一见到那小子就心烦，但其实倒也不至于体罚这么重的，昭然自己都被惯坏了，哪懂怎么教小孩啊。

第 088 章
归宿

窗外天已蒙蒙亮,橙棕色的窗帘只拉了一半,一双皮手套搭在窗台的花瓶边。

昭然靠坐在床头,赤着上身,忽然完全明白了自己未来想要的是什么。

他拿起郁岸的左手,端详手背上被电击棍灼伤的疤痕。

"是勋章。"郁岸困惫地将右手垫在下巴下,歪头闷声道。

每次因为郁岸的偏执或是不听指挥而训他,他并不反驳,却永不低头,示意回家可以惩罚自己,但昭然发现他其实依赖被训诫。倔强固执,而眼睛里最深的地方,却藏着比萤火还要微弱的期待。

一觉天明,日上三竿,接近十一点,趁昭然还躲在遮光窗帘下的阴暗床角里沉睡,郁岸端着蛋炒饭的空盘悄悄向下走,偷瞄楼下是否有人。

厨房里高压锅在滋滋喷气,芬芳的肉香飘出玻璃门缝。

郁岸探头往楼梯外打量,客厅地上堆满各色彩纸,玻璃花形灯下,三个小朋友趴在木桩圆桌边有说有笑,光滑的黑色蝌蚪小尾巴翘在半空开心地摇。

蛤白蜷身坐在儿童小板凳上,叼着一根细糖棍,低头仔细给彩绘的课本包着书皮。

郁岸弄出的响动惊动了对方,大哥扭头看过来,跟着一起转过来的还有飘浮在空中的四五颗眼球。

三只小蝌蚪也好奇地仰起小脑袋朝这边望。

蛤白说了一句"你们自己玩",然后把手里东西撂下朝郁岸走过来,从他稍显僵硬的双手里接过空盘,转身放回厨房去,不料瞥见了郁岸:"你过来。"

郁岸倒也不怕,整理了一下思路,理直气壮跟过去。

蛤白洗净盘子擦干,漫不经心问他:"昭然平时在公司表现怎么样?"

这个问题郁岸没在头脑里预设过,他卡了一下壳:"还……可以吧。"

"打骂下属?"

"没有,他对所有人都很好。"郁岸不想承认这样的答案,但这是事实。

蛤白摇摇头,把盘子放回碗架上。

郁岸等了一会儿都不见他再说话,局促地搓了一下指尖,追问道:"为什么昭然在畸猎公司工作?不怕得罪畸体同类吗?"

"有得必有失。家族里总要有人为此做出牺牲。"

"为什么做牺牲的是他?他的心肠比秋柿子还要软,在那种地方工作,每天都在剿杀同类,肯定不好受。"

蛤白闻言深深看了他一眼,重重地将瓷勺扔进筷筒里:"是啊,这种事怎么会轮到亲族里最小的他?"

郁岸不明白他的目光为何充满敌意和责怪,但并不介意这样的眼神,不如说这才是常态。昭然看向自己时满眼温柔才是他遇见过的唯一的不正常,有得必有失,自己理应为被馅饼砸中的幸运付出一些代价。

过了很久,郁岸问:"以后让我做坏事怎么样?我不怕下地狱。哥哥,你有什么事要我做吗?"

蛤白挑眉讥讽:"你未免太看得起自己,你有什么本事?"

"比昭然心肠硬。"郁岸回答。

蛤白怔了一下,看他的目光多了些探究。心中的敌意和蔑视少了一些。

"那就先在地下铁站稳脚跟,再来找我。"

"好。"郁岸不假思索答应。

他们在厨房里说话时,客厅中突然爆发一阵哭声。

蛤白擦净双手匆匆过去瞧,三只小蝌蚪满地厮打成一团,我扯着你的尾巴,他揪着我的头发,甚至张开状似七鳃鳗的布满尖牙的嘴互相啃咬起来。

"二二、三三!不准扯姐姐头发!"蛤白吼了一声,空中迅速聚集起十几颗转动的眼球,视线对准三只小蝌蚪,房间立刻安静下来,小蝌蚪们被死亡目光笼罩,怎么都动不了了。

打架的原委很简单,姐姐踩到乱扔在地上的小汽车摔了一跤,但小汽车是另外两个小蝌蚪最喜欢的玩具,被踩坏简直要心疼死,于是两个浑小子撕了姐姐刚刚包好的书皮,姐姐也不甘示弱,一打二不落下风。

"天天惹事,烦不烦?我买张车票把你们都扔回冰洞里去。"蛤白拉了张小板凳过来,坐到桌前把撕坏的书皮剥掉,重新剪一张新的。

两只小蝌蚪捧着摔坏的小汽车哇哇大哭,烦得蛤白脑袋痛,买新的也不行,就要这个。

"谁让你玩完了不放好?扔地上不是叫人踩的?我又不会修。"

小孩子的哭声奇响无比,即使郁岸站在局外人的位置也无比烦躁,心跳跟着加快,呼吸更加急促,想让他们全部闭嘴,从窗户扔出去最好。

但这里是昭然的家,人一旦有了顾虑,就无法为所欲为了。

他拿走小朋友手里破碎的小汽车,来时带的单肩包里装着常带在身上的精微工具盒,盘膝坐在地上修了起来。

发动机微微变形但没损坏,只是电路板的焊点开了而已,重新接上之后将外壳扣回去,掉下来的碎片用瞬干胶黏回原位。

郁岸面无表情,食指压着小汽车放回地面上,指尖一松,小汽车又绕着圈子兜起风来。

小蝌蚪们惊奇地看着死而复生的小汽车满屋子游走，再次望向郁岸的眼神充满了崇拜。

虽然蛤白没有回头，但郁岸的表现一直落在他的视野之中。

"我要先告辞了。"郁岸把工具箱塞回背包，他还有许多事要做。

昭然更习惯夜里工作白天休息，因为日光会消磨他的体力，既然好不容易把生物钟改回来，就先不叫他了。

当下需要先回一趟家，认真读读电视橱里的日记。

郁岸背上单肩包，换了鞋推门离开，才走出几步远，两只小蝌蚪急匆匆地迈着小步子追上来。

二二提着一个打包饭盒，努力踮脚放到郁岸手里："喏，排骨玉米汤。"

三三举起一个镂空眼睛图腾配饰，塞到郁岸另一只手里："这是我偷偷给你的东西，不是爸爸给的。谢谢大哥哥。"

图腾配饰的材质既像金属又像玻璃，表面刻画着眼睛的形状，当注视它时，瞳仁似乎会跟着视线移动，会让人有种迷幻的错觉。

郁岸握住眼睛图腾配饰，再抬起头时那两只小蝌蚪已经跑回门里。

"这是……"

郁岸托着镂空的眼睛图腾配饰向前走，不慎撞到了空中浮游的蓝火虫。

蓝火虫惊醒，又浑浑噩噩飞离，没有像昨天一样放电攻击他。

靠近爬满玻璃月季藤的栅栏，郁岸小心试探伸出手向外推铁质栏杆，手指触碰到半透明的玻璃质藤蔓，那傲慢的藤条也没有像昨天一样长出半米长的暗刺驱赶他。

推开栅栏，日光照耀在眼睛上，郁岸抬手遮挡，在指缝中看见马路对面居然就是自己居住的老小区大门。

他诧异转身寻找来时的路，但身后只有熟悉的早点摊和贴满小广告的矮墙，一切恍如童话的迹象都消失殆尽。

要不是眼睛图腾配饰还攥在手里,郁岸以为自己在做梦。

他从未像今天一样好奇昭然生活的地方,人类的双眼被所谓现实的程序墙蒙蔽,而他幸运地拨开迷雾的一角得以窥见更广阔的天地,如果可以的话,真想去看看那个梦境般的世界。

第 089 章
日记

家里的摆设还和走时一样，电视橱四脚朝天放置，客厅里堆满大学毕业后从学校带回来的行李，装在打包纸箱中摞在一起，让窄小的房屋可用面积缩小了一半不止。

他不是昭然，既没洁癖也没精灵小手帮忙收拾屋子，在乱中有序的房间里倒也还算惬意。

郁岸打开空调暖风，从沙发上拿了个垫子下来，放到四脚朝天的电视橱前，盘膝坐下，从单肩包里摸出一把从竞技场赢回来的一级蓝核。

蓝核散落在两腿之间的空隙里，像一把大号的儿童弹珠。郁岸低着头在里面挑挑拣拣，挨个放进储核分析器中读取作用，把勉强有用的挑出来留下，剩下的诸如一些作用是"调制十杯好喝至极的饮品（来自蜂鸟畸体）""培育出一株新品种大丽花（来自大丽花畸体）""西红柿炒鸡蛋能力大幅提升 [甜口]（来自受到辐射突变为畸体的初级厨师）""冰镇能力，可使用二十次（来自北极虾畸体）"的核直接当作废核处理。

小蝌蚪给的眼睛图腾配饰被他穿在了项链上当作吊坠，一低头便在胸前摇摇晃晃。

其中有一枚核比较特殊，郁岸稍微犹豫了一下，从畸核表面的纹路来看，很像猫的爪子，他还惊喜了一下，如果能得到猫的敏捷和弹跳力，配合纯黑兜帽，在战斗中相当实用。

然而天不遂人愿。

  名称：怪态核－猫崽
  来源：幼年猫畸体
  种类：普通种
  等级判定：一级蓝（淡蓝）
  基础能力：提升对方好感度
  使用限制：可使用三次
  简介：什么都不会做，但你不想摸摸它吗？
  共鸣条件：未知

  感觉是个破烂，但扔了又好像比较可惜，先留着吧。挑挑拣拣也就剩下三枚可能用得到的畸核，放到一边，郁岸两两一组数了一下，接连投进了电视橱下方的圆形投币口里。
  每投进去一枚核就会弹出来一页卷成细棍的纸，郁岸将卷翘的纸铺平，找了本精装百科全书压平，按日期顺序排列，一页页阅读。

  M016 年 7 月 10 日，天气 暴雨
  天气热得能烤红薯了，终于下了场大雨，老师说临近暑假大家要注意保持心态平和。我为了保持心态平和所以今天没去上学，要他编理由给老师请假。
  老师从不担心我的成绩，就算旷课半个月班主任也不会多过问的，但我想看他不会说谎又被迫挠头编理由的样子。他支支吾吾对老师说："岸……岸生病了，我是，呃，我是他哥哥。嗯……邻居家的。"耳根憋得通红，一看就很好欺负。
  他放下电话，看我缩在床上偷笑就立刻爬上来，揪着我的领子骂我一顿。我任他骂，只要一拉他，他立刻忘了自己刚刚想说什么，这招屡试不爽。

他不敢碰我，就算递东西过来也小心翼翼，好像我有多么脆弱，会被轻易碰坏似的。

　　这个家伙总是把别人伪装的骗术当真，完全没有基本的辨别能力，我经常担心他在外面工作会不会被人骗走，也会时不时想起第一次见到他的那天。

　　他抱着一束花敲开了我家的门，我看不清他的脸，因为那些卷翘的粉色乱发完全遮住了他的眼睛，我只记得他皮肤很白，像奇幻电影里的外国精灵。

　　他看到我之后非常诧异，尖牙咬着嘴唇思考了半天，支支吾吾问我："你爸爸在家吗？我想见他。"口音怪怪的，但也能听懂。

　　我好失望，他居然是来找我爸爸的，难道也想每天挨爸爸打吗？但他见到我爸爸之后更加诧异，又把目光挪回到我身上，盯着我看了很久。我发现被好看的人盯着看，就会产生自己也很帅气的错觉。

　　果不其然，他被爸爸粗鲁地赶走了，我趁家里人不注意，偷偷跑出去，发现他还没有走，就蹲在我家单元门口，寂寞地和他的花束并排靠在墙边。

　　他发现我在偷看他，于是从花束里抽出一枝花，远远地递给我。

　　我接受了他的花，大着胆子用花梗拨开他额前散乱的头发。

　　他的眼睛几近透明，仿佛一对褪色的苍白宝石镶嵌在他的脸颊上，眼角微微下垂。他问了我的名字之后就走了。

　　我应该问问他几岁的。

　　那时候我家对门有个弹钢琴练习《钟》的高中生，据说十七岁，我猜他也十七岁。

M016年8月3日，天气 闷热

他上班太忙，好几天没来，打电话找他，他就只会打一些零花钱给我。我无所事事窝在家里开着空调睡觉，但外面总是很吵，因为小区里的闲人喜欢在窗根下的槐树荫里乘凉闲聊。

我从学校厕所窗沿底下用塑料袋套了个马蜂窝回来，用强力胶粘在窗户下面，一整个礼拜都没人来吵我，好。

晚上可以去角斗场幻室玩玩，他不让我去，但我可以偷着去，希望今天能找到点儿有意思的东西。

M016年8月4日，天气 晴

被揍了。他怎么来角斗场逮我啊？当着手下败将的面把我夹在胳膊底下带走了，真没面子，再也不理他了。

M016年8月5日，天气 雷阵雨

他给我带来了一种叫"麦克兰提"的奇怪甜点，有点儿像三角形的面包，表面生有令人忌惮的红色斑点，但口感很绵密，却比蛋糕有嚼劲，咬一口下去会冒出绿色发光的果酱夹心，很新鲜清新的浆果味道，不太甜，真香。

从来没吃过这么好吃的面包，也没在商店里见过，他说这是他们那边特有的点心。是指他的家乡吗？真想去看看。

M016年9月6日，天气 晴

楼上住着一个男的，半夜我总听见玻璃啤酒瓶砸在地板上的声音，我睡觉极轻，一丁点儿响动就会惊醒，然后心脏猛跳，头也跟着痛。我一直在想怎么不动声色地给那家伙一个教训。

直到上个月的一个晚上，我在小区门口看到他正在骚扰从补习班放学回家的女生,仔细观察了几天,我发现,路过这里的女生经常被他骚扰,其中一位是我隔壁班的文委,脾气很泼辣。

我想到一个好主意。

我做了一个球形机械抓手,原型参考了小卖部里卖的"爆丸"玩具,不同之处在于爆丸一摔会展开,而我的机械抓手一撞就会收拢,像一个球形捕兽夹,但我用的弹簧力度不大,不足以夹断任何东西。

我把这件东西和打印的使用说明书一起放到了那个女孩的书桌里。

接下来的几天,我都趴在窗台等待好戏开场,今天终于被我等到了。

我预设剧本里的女英雄从拐角出现了,隔壁班文委紧张地抓着书包背带,另一只手插在兜里,路过我家小区门口,我楼上住的男的这时候正在小区门口抽烟,看见女学生之后两眼放光上去搭讪。

他这辈子都想不到,这个女孩子会从兜里摸出一个球形机械,以迅雷不及掩耳之势掰开抓手,然后朝他扔了过去。

咔!

球形机械抓手受到撞击后触发弹簧,死死卡在了男人那地方,运气好的话不至于废掉,但绝对不好受。那人当场号叫着倒地。

隔壁班文委啐了他一口,但到底没见过这场面,吓跑了。那家伙嗷嗷乱叫满地打滚,惊动了保安,上手扒拿不下来,反而让他哭号得更响,无奈之下叫来锁匠。锁匠师傅摇摇头,说打开是能打开,但这个机括做得太精巧太恶意,必须先向中央扣一下,才能开锁。

但向中央夹一下对那男的来说意味着什么,不言而喻。

我目睹全过程，躺在地上笑得直打滚。

真是快乐的一天。

郁岸读日记读得津津有味，端着玉米排骨汤边吃边看，放在身边的手机屏幕忽然亮起来，昭然发来了一条消息。

Boss：回家了？怎么没等我？

郁岸回复：以为你要睡到晚上，我在我自己家呢。

Boss：还以为你生气了。

郁岸：？

过了一会儿，昭然居然发过来一个禁止标志图，圆形红斜杠里有两个火柴人。

Boss：我在你们的网络上找到的，你看这个标志，它下面写得很清楚，写着"禁止"。

郁岸：那就是个表情包而已。

Boss：这么严肃的标志也不用遵守吗……

郁岸找了几个网址和资源，打包发给昭然。

过了很久昭然都没再说话。

第090章 另有隐情

郁岸觉得他一时半会儿都不会回复了,把吃完的排骨玉米汤饭盒放到桌上,打开电视,悠哉地倒挂在沙发上,腿架在靠背上继续读日记。

M017年1月31日,天气 暴雪

上周是我十八周岁生日,我应该记录一下来着,当时玩得太高兴所以忘了。

如此重视我的成年礼的除了学校,就只有他了。他带来了我最爱吃的麦克兰提面包,只不过这一次的面包上做了很多装饰,插满了玻璃质感的半透明蓝色花朵和一些点燃后能散发特殊香气的长条琥珀(我之所以称之为琥珀,是因为这种状似蜡烛的透明柱状物内包裹着发光的小虫子,火焰烧到虫子的尸体时就会散发出很美妙又奇特的香味,还会像爆竹一样发出微小的爆鸣声)。

我也拿出我准备已久的礼物送给他。

我用棕色软牛皮和金属做了一条带链子的颈链,给他戴在脖子上,我知道他不懂,正因为他不懂我才要欺负他玩。

"好紧。"他一边嘀咕,一边用手指松一松卡扣,脖子上的皮肤被勒得通红。

当然紧了,我故意的。

我问:"你是小狗吗?"

他先是呆了几秒,似乎反应过来这个类似宠物狗脖子上的项圈,终于明白我在戏弄他,他抿着唇考虑了半天,然后回答我:"不要。"

他可真奇怪,正常人只会说不,不会考虑的。

最终妥协的人是我,我把项圈摘下来,从中间竖着裁成两段窄条,两端缝上金属卡扣,再去皮料市场买一张鹿皮,做成一双鹿皮手套送给他。

会想到做手套也是因为有一天我心血来潮要跟他掰手腕,他不喜欢这个游戏,但架不住我缠着他玩,只不过我真没想到,能一只手把我提起来扛到肩上的他,居然掰手腕赢不过我,没玩一会儿就满脸通红向我认输。

我后来才知道他的手很脆弱——寒假他帮我抄写语文作业的时候被作文纸划伤了手指,居然痛得直掉眼泪,我惊呆了,更让我惊呆的是他哭的时候,从左眼睑到鼻尖到右眼睑这一片区域都是红的。

对不起,我忏悔。

我在送给他的手套的夹层里贴了一张细金属网,不影响柔软度,但可以抵御锋利器具的戳刺,这样他去工作也不会受伤了。

M017年3月2日,天气 小雨(这张日记被搓得皱巴巴的)

唉,真没什么可写的,但他说记日记是好习惯,每个月起码要写两篇。实际上我知道他会趁我不在的时候偷偷翻我日记,因为我在正对抽屉的位置安了针孔摄像头。

我不介意他翻,因为这些日记就是给他写的。他偷偷翻我的日记,我偷偷回放他翻看时笑眯眯的表情。他笑起来很好看,眼睛完全眯成两条线,当看到我写一些过分的事情,他的表情就会更好玩。

他依靠我的日记来检查我有没有产生做坏事的倾向,如果有,他就会及时纠正我,比如去角斗场幻室玩。

但已经来不及了,我可以在他面前表演成乖孩子,但我知道我永远不是。

走着瞧。

M017年3月2日,天气 小雨

唉,真没什么可写的,但他说记日记是好习惯,每个月起码要写两篇。

那就回忆一下我与他正式见面的那一天吧,自从他抱着花来过我家,又无声无息消失后,我很多年都没再见过他,但在此期间,所有在学校找过我麻烦的人都被狠狠揍过。

我知道那双透明的眼睛一直注视着我,在白天他是白色的,在夜晚则是红色。我误以为他是我的守护灵,他无所不能,让我有了为所欲为的底气。

真正见到他应该是在我上初中二年级的一天,我翘了晚自习去独自探险,在西原街一条无人问津的黑暗小巷遇见了他。

他靠坐在阴冷潮湿的墙角,双手拢抱着肚子,闭着眼睛发抖,整条左腿血淋淋的。

我走过去,他很机警地抬起眼皮瞥了我一眼,大概确定我对他没有威胁,才又闭上眼睛,声音低沉地告诫我:"不要来这里玩,尤其是晚上。"

我给他拨打救护车的电话,被他按住手挂断。但我也没能力背走他,我要去替他买药,他也拒绝。

我问他:"你想我做点儿什么?"

他拍拍自己另一条没有受伤的腿。

我坐到他旁边,睡了一晚上。我一直以为他很冷,想让

我渡体温给他,后来我才明白,他担心我冷,所以整晚都在用体温暖着我。

我们都没再提过那次经历,我想那天他大概遇上了非常强劲的对手,险些没应付过来。

M017年4月16日,天气阴

还有四十多天就要高考了,不过今天因为有畸体闯进校园,破坏了不少设施,我们临时放几天假在家学习。

我和他讨论起大学去哪里上。我想随便报考红狸市的学校,课业轻松,不耽误我玩。他却坚持要我考最好的。

真有趣,他居然知道哪个学校最好。可能因为他上个月去学校参加了家长会,还加入了一些家长群和班级群,对填报志愿很有一些研究。

他虽然知道首都的大学最好,却不知道人家要求的分数高得有多吓人,对他来说分数只是一串数字,他搞不懂为了得到这串珍贵的数字人们要付出什么。

长惠大学分数着实高,高中期间我既懒得参加竞赛,也没关注过提前录取的事项,剩下四十天我只好天天恶补学习,应付顶级学府的考试光靠课本上的知识根本不够用。

可是他喜欢,我有什么办法呢?我从没在乎过的未来,他很在乎。

为了未来,他也很努力,工作一天回来还要帮我抄写一些我扫一眼题目就知道答案的作业。

一开始他的字特别难看,那字就像牛蛙蘸着辣酱在烧烤架上爬出来的,但他学得很快,只照着我的笔迹描了几遍,就能模仿得七七八八。

我多希望未来站在他身边的还是我。

手里的日记纸页看上去有些陈旧,郁岸读着上面的文字,内心五味杂陈。虽然写下这些文字的就是自己,但这些记忆已经不复存在,写日记的孩子凶狠地书写着占有欲,又惶恐地憧憬着未来。

无法嫉妒写下日记的少年,因为那个少年正在过去的时空狠狠地嫉妒着自己。

在这篇日记之后,日期最接近的就是之前自己拿到的 M017 年 11 月 20 日的那篇日记,那时候已经上了大学,记录了想用苹果核提取氰化物毒辅导员而被昭然抓包的事情。

  M017 年 12 月 8 日,天气 台风
(这篇日记的纸页上沿夹着一个回形针,从压痕的形状上来看应该是一张硬纸材质的票卡。)
  他对我说三天后会出差,但我通过摄像头意外知晓他接到了一个非常危险的任务,必须登上一艘前往公海的豪华邮轮,据说一位著名的魔术师也会参与这次公海上的聚会。
  我曾经在电影里见过这种形式的有钱人聚会,他们可能会以人命做赌博游戏,也会带着枪支弹药上船,而且那个魔术师所在的汉纳家族不是著名的黑帮家族吗?
  我觉得以他的智慧很难顺利脱身。
  我弄到了邀请函。

"汉纳家族?"郁岸在剩下的日记里翻找,但找不到任何有关上船之后的内容,距离这页日记最近的日期是次年的 1 月份,而且日记纸的款式完全变了,不再是有日期和天气栏的方格日记纸,而是普通的白纸,背面用来试笔,画了一些乱线。

  M018 年 1 月 22 日
  这一天过得实在魔幻,我想不到这种戏剧性的事件会发

生在我身上。头痛得厉害,我必须把这些事记在纸上,不然睡一觉可能就会忘。

我遭遇了车祸,从病床上醒来的时候,只看到相邻病床上的一位。我不知道怎么描述他的容貌,他很漂亮没错,但那不是人类的长相,是会让人产生恐怖谷效应的一张极其美丽的脸。

他说他是我的朋友,和我一起在同一辆车上,他也受了很重的伤,还给我看他左胸前和头上的伤疤。他说他的头撞碎了前挡风玻璃,胸口插在了前车掉落的钢筋上。

朋友,我居然会有一位朋友。

客厅电视自动播放着《武林外传》,演到赛貂蝉抱着账本得意地说:"居然是零耶!"

"……"郁岸扔掉这页日记,换下一张。

出车祸容易暂时伤到脑子倒不奇怪,但结合这个日期来看就有些玄机在里面了。

又是1月22日,似乎从这个时间醒来之后,就会忘记一些东西。

他翻了翻后面的日记,最靠后的日期在M022年,还没看内容,却发现笔迹发生了变化。

从M016年的日记开始,可以看出确实是高中生的笔迹,稍微有些稚嫩,M017年底上了大学之后笔迹有所成熟,笔画连贯了一些,而M022年初的笔迹虽然能看出都出自同一人之手,但已经是非常流畅的行书字体,一看就是成年人写出来的字。

郁岸越想越觉得不太对,发现了一个很奇怪的细节。

他翻找出一支和日记上的笔迹粗细类似的碳素笔,在纸上抄写了一段日记内容,并与每一页笔迹对比。

照理说自己现在写出的字迹理应与M022年,也就是时间最晚的日记上的笔迹最接近。

但并非如此,最接近的其实是 M017 年底到 M018 年初这两张,也就是四年前的那几页日记。

郁岸怔怔思考了一会儿,拉开洗手间的门,对着洗手池上方的镜子出神。

比起真实的年龄,这张脸确实有些青涩,就算自称十八岁,别人也无从怀疑。

昭然,似乎隐瞒了一些事情。

第 091 章
魔鬼交易

M018 年 1 月 22 日

我头痛欲裂。白天医生走进来，遗憾地向我宣布了一个坏消息，他们没能保住我的左眼。也就是说，我未来都只能与绷带和义眼为伴了。

医生走后，我还沉浸在落下终身残疾的悲痛中，邻床的人问我还记不记得这个世界上存在畸体和畸核，身体有残疾的人可以去碰碰运气，如果能成功镶嵌一枚畸核，岂不是因祸得福。

自从我醒来，他就在不遗余力地安抚我，实际上他伤得比我重太多了，白天我已经可以下地行走，他却只能躺在被窝里，连头也一起盖住，一动不动地养伤，状态很差。

趁他沉睡期间，我上网查询了一下，原来自称我朋友的这个粉头发男人在畸猎公司地下铁工作，对畸体十分熟悉。镶嵌畸核成为载体人类也算一种补救残疾的办法。我暂时不再难过。

他一直没醒，我悄悄离开病房，四处闲逛。隔壁病房正在吵架，我扒在门边看了一会儿热闹。

里面总共有四个人，都是彪形大汉。病床上躺着的那个人全身包裹绷带，像个粽子，四肢只剩一条左腿、一条右臂，身上连接着复杂的监测仪器，大概快要断气了。剩下三个兄弟在争论如何分配财产的事情。

问题的焦点在于，床上受了重伤的那个男人失忆了，说不出把财产藏在什么地方，所以剩下三人一直在奋力抢救他，不准他死。

经过我的偷听，加上去网络上查找一些他们谈话中陌生的词汇，我分析出了他们经历的始末。

他们是不受公司统一管理的游走猎人，也会去猎杀畸体，但这一次他们其中一位想碰运气去与一个畸体契定，所以进入了那个畸体的茧，其他三人在外面等他。

但进入茧后，这个人发现自己对付不了化茧期的畸体，所以拼命想办法逃出来，而他也确实逃出来了，只不过看状态活不了多久。

这个男人命不久矣，却依旧矢口否认自己进过茧，声称自己根本不记得发生了什么事，而其他三人坚持认为他在撒谎，只是想私吞他们辛苦积攒的家财而已。

同一天内失忆发生的频率怎么会如此之高，这引起了我的警觉。

M018年1月23日

他在午夜以后睡醒，睡眼惺忪地坐在床沿，脸颊稍微红润了一些，没有昨天那么虚弱了。

习惯了他的容貌之后，我甚至开始觉得他似曾相识。在冰冷的病房里，他是唯一的热源，我实在太冷，只能被迫靠近他，尽管我不太信任他。

我以为他会借此机会做点儿什么，没想到他只是关切地问："房间里很冷吗？我忽略了。"

然后他用手指在我背后打圈，我感觉到一股温热烘烤的感觉从背后出现，脊背痒痒的，就好像有什么东西文在了上面似的。很奇怪，我真的觉得不冷了，他松开我之后我依旧觉得很温暖。

我强烈地觉察到他把什么未知的东西留在了我身上，但没有证据。

他带我办理了出院手续，开车带我回家。我望着窗外一路星月，觉得这个人温柔得有点儿可怕。他眼睛里充满了一种执念，很疯狂。

到家之后，我们着手寻找合适的畸核来填补左眼的空白。他借着工作便利为我弄来了两枚不错的畸核，一枚是三级红色的幻室核-言禁咒，能力是以言语操控对方；另一枚是一级银色的装备核-无限子弹，一把能击穿畸体的枪。

可惜我都镶嵌失败了，他安慰我没关系，因为镶嵌畸核本身就存在成功率，有的人一辈子也找不到能镶嵌的畸核，这需要一些运气和等待。

他给我点了一份牛肉拉面，把我安顿好之后就去上班了。伤得这么重还要去工作，压力好大的样子。

我边吃面边在学校内网查阅畸体和茧相关的资料，众多资料显示，人是无法活着走出茧的。

畸体的茧壳自带一种保护机制，即禁止契定者以外的任何生物活着离开，这样可以有效避免茧内情况暴露，以此保护内部的畸体不受侵害。

那么隔壁病房的残疾男人是怎么活着出来的？

M018年1月28日

我在卧室的床底缝里抠出来几张设计图纸，绘图方式很稚嫩，完全不规范，只不过内容有些超出我的想象。

其中一张是毒物提取装置的设计图，应该是用来从苹果核里提取氰化物的。另一张则是球形机械抓手的设计图，这种抓手的设计很残忍，一旦抓到人身上，必须先向内扣一下才能打开，也就是说如果被它抓住了肉，就必须向下压直到咬下一块肉来才能打开。

除此之外我还抠出来一张搓成团的日记纸,上面全是一些吓人的疯话。

我去寻找这页日记里提到的书桌附近安装的针孔摄像头,还真让我找到了。

读取存储器里面的影像,首先出现的就是一位粉发男人从抽屉里翻出日记本,然后坐在椅子上一页一页地翻。

原来他会翻我的抽屉,幸好我没把这些记录纸放在那里。

这个针孔摄像头的内置存储很小,我怀疑它还连接着其他接收终端,找遍了整个卧室之后,发现了一个藏在衣柜最深处,用一块黑色纸板挡住做伪装的旧电脑。

电脑许久没启动过,出了一些故障,但这对我来说没什么难度,只花费半个小时就搞定了。

我从硬盘里找回了被批量删除的无用录像,看来针孔摄像头存在的时间比我想象中还要长,最早的录像甚至远在M014年,我看到了父亲醉醺醺的脸,手里拿着断开的空啤酒瓶,向地上猛砸。

等人走了,才有一位少年从地上爬起来,出现在镜头中,头上身上手上全是血。

少年若无其事坐在桌前,双眼无神对着墙壁发呆。我才发现,少年长着跟我相差无几的脸,那就是我自己。

后来的录像中,父亲大多数时候醉醺醺的,趁我不在来翻抽屉,然后被提前安放在抽屉上的陷阱锁绞了手指。

似乎这个针孔摄像头最初是用来防备父亲翻抽屉的。我以看父亲如何被陷阱击中取乐。

我自己偶尔也会坐在桌前讲述一些残暴的行径。

讲述这些事情时,我从不忏悔,骄傲地以此为乐趣,更可怕的是我并非出于正义,但会花时间寻找一个正义的名堂

去实施暴行满足自己的欲望。

我看得心惊胆战,这个少年多么恐怖。

在M016年1月22日的录像中,我看到了不一样的东西,这是母亲第一次出现在我的房间里,她收拾了一些衣服,将房产证之类的重要证件放到我的桌上,像要出远门的样子。

看得出她眼睛通红,收拾了一会儿就痛苦地坐到了我的椅子上,双手捂着脸,情绪崩溃自言自语。

视频没有声音,我只能勉强从她的唇动中读出只言片语,她一直颤抖地重复着:"他和恶魔做了交易,怎么办……"

她崩溃地哭了一会儿,似乎门外有人叫她,于是擦干眼泪走了出去。母亲离开后,我到书桌前的抽屉里翻找打火机,看到这里,我才明白母亲为什么会说"他和恶魔做了交易"。

因为这时候录像里的我,左眼绑着绷带,绷带上渗出血,而且可以看出绷带侧面向内凹陷——因为眼眶里没有眼球。

我的左眼并不是上周因车祸失去的,他们在骗我。

现在我更想知道恶魔是指谁,该不会是那个粉头发的家伙吧?

我合上电脑,藏回原位,装作无事发生回到床上,手脚冰凉缩进被窝里。

起初我以为我不怕,可当缩在被子里辗转反侧,戴着耳机却听不进半句歌词时,我才发现自己已经被恐惧席卷了。

没过多久,他推门而入发现我在发抖。

他太温暖,温度可以给人足够的安全感,我不争气地抽噎,他并不问我为什么哭,而是安静地哄我。

M018年2月1日

这些天我一直不敢睡熟,每一次他经过我身边,将要触碰到时,我都本能地躲开。大概我下意识的反应伤害到了他，他很难过，还去厨房做了西红柿炒蛋盖饭来讨好我。

他知道自己在家我就会很紧张，所以不管白天晚上都在公司住，很少来打扰我。

可是我自己一个人在家里也很焦虑，今天最惊险，有一头猿猴畸体扒在我家窗玻璃上向内偷窥，还用拳头用力砸玻璃。

我实在没办法，给他发消息请他帮忙解围。

那猿猴砸碎了玻璃闯进来，我锁住卧室门挡住它，然后躲进餐厅，手足无措地蹲在灶台上的角落里。

他来得比我料想中快得多，穿着工作外套，戴着一双薄鹿皮手套从厨房窗外出现，拉开窗户跳进来。他看见我害怕的样子也没有笑，而是先把我背下来，然后脱下衣服披到我身上，对我说："吓到你了？我去收拾那个家伙。"

他很快就抓住了砸烂卧室门、在客厅里乱跑的猿猴畸体，绑起来从窗外扔到车边。

处理完一切他才回来，用手腕抹掉我头上的冷汗。

我难为情地邀请他下班之后回家吃饭，他听罢笑起来，答应我下班给我带一家店里很好吃的小笼包。

M018年2月3日

我一直没回学校，花了几天补救这段时间缺漏的作业，同时也没有停止寻找我想要的真相。

在此期间他也为我带回来一些畸核，但我认为这些用于打架的核都不太适合我，他为什么老想让我镶嵌这种暴力的核呢？我告诉他，我想要一些效果比较温和的核，比如制作机械之类的。

他想了很久，表示知道了。

我听见他自言自语说："没错，不如换个思路，这一次干脆走纯智慧路线。"

第 092 章
调查

M018 年 2 月 16 日

他今天没去上班,给我准备了一桌饭菜,尤为认真地补偿我因为事故而错过的生日。

他温和优雅,从不重口腹之欲,只是喜欢陪我吃饭而已。

他对我很好……我的亲人太少,他也许可以算作一个。

M018 年 2 月 17 日

昨晚我睡下以后,半夜他出去抽了根烟,因为担心我排斥烟雾,所以从不在家里吸烟。

也不知道几点回来的,隐约听见他呼吸声很粗,身上沾满浓重的烟味和血腥味,在我身边断断续续地自言自语生闷气:"弄错了……烦死了……"

是不是我听错了,他居然会埋怨、委屈。

我总觉得他的体温是不是比从前低了一些,以前他比电热毯还暖和,昨晚我居然觉得有点儿冷。

早上起来左眼伤口又在痛,看见他给我留了一张字条在枕边,说这周要出差,让我自己在家乖点儿。还在纸上画了一对比心的小手。

关于他出差的地点,听说叫"日御镇",我打算调查一下这个地方。

下一张就是从前拿出来的 M018 年 2 月 23 日的日记，经过一个月的相处，"我"似乎完全习惯了昭然的存在，还会一起看日出。

M018 年 2 月 24 日
他拿出了一个天鹅绒盒送给我，我简直受宠若惊。
打开一看是枚畸核……
一级银色的职业核 - 推理家。我很喜欢，镶嵌的时候虽然痛苦，但他一直拉着我的手腕，轻拍后背哄慰我，我反倒有点儿不好意思，接受人家的礼物还这么矫情。

镶嵌成功了，我不用顶着一头绷带满街乱走了，它让我的左眼变得很漂亮。我很喜欢。

M018 年 6 月 3 日
我回到了学校，缺课太多需要补的东西太多，一直抽不开身。不过我在学校图书馆的畸体相关研究区域中发现了一本《新世界秩序初识》，纸质已经很旧了，却因无人问津显得十分整洁。这本书由玛丽·汉纳和她的女儿编写于上世纪中期，也就是 L950 年，译者为周万隆。

书中认为畸体是地球上除人类之外的另一种高等智慧物种，畸体生活的世界出现时间晚于现实世界，因此将其称为"新世界"。

我在里面找到了关于"茧"的一些说法——

畸体在自然生长的情况下通常会进入化茧期，以身体为中心向四周生成蚕丝状的茧壳，以保护自己不受外界影响，从而顺利度过化茧期。

越低级的畸核越稳定，化茧时间越晚，甚至有可能畸体在自然老死之前也没有化茧，所以很多低级畸体既没什么智慧，也不会化茧，一生和普通动物一样度过的畸体并不罕见。

茧壳的基因序列导致其不允许任何生物活着出去，在茧未被破坏的情况下，只有被茧判定死亡的物体才能离开。

目前已知人想要活着走出茧壳，总共有四种途径。

1. 成功杀死茧内畸体，与其契定，便不会再受此茧的绞杀。

2. 畸体自行羽化，茧壳自动破裂消逝。（但化茧期畸体狂暴嗜血，理智不受控制，会疯狂追杀进入茧内的异物，羽化后更是会进入实力巅峰状态，人类极难存活。）

3. 击破茧壳。（理论上存在可以击溃茧壳的武器，但极其稀少，且没有人愿意透露自己拥有类似的武器。）

4. 在茧内死亡后，在茧外复活。

前三点毋庸置疑，活着离开茧的前提是破坏茧壳本身，而第四点才是我注意的重点。

最初验证第四点结论的是畸体学家海伦兄妹，其中一人在身上镶嵌怪态核－断尾求生，是从壁虎身上得到的逃脱类畸核，只要在危急关头切下足够长的一截肢体，那一截肢体就会被对手判定为主要生命体，代替本人受击，从而使本体活着逃生，另一人在茧外负责接应和急救。

他们反复尝试了三次，最终两位伟大的科学家用惨痛的代价换来了极有价值的研究结论：如果真的从茧壳内活着逃了出来，这个人就会失忆——针对性的失忆，有时候他甚至不能确定自己失忆了，因为他记得许多往事，但当妹妹再提起畸体时，他的反应非常茫然。

这是茧壳的自我保护机制，就算没能处决掉逃脱者，也会让他忘记茧内的细节，忘记这个畸体曾经存在过，以免他通风报信引来天敌进而打断化茧的进程。

这个情况与医院遇到的失忆的游走猎人很像，我猜那个濒死的猎人携带了类似的复活核，但镶嵌畸核存在一个成功率，所以他在茧里拼命舍弃肢体试图镶嵌这枚复活核，最终在舍弃了右腿和左臂之后，找到了能成功镶嵌复活类核的位置。

那么，我是否可以合理猜测，我也曾进入过茧？

看到这儿，郁岸已经坐不住了。

从 M018 年 1 月 22 日开始，记日记的"我"就像变了一个人似的，从残暴任性变得胆小多疑，与其说失忆，不如说重生。

头脑里不断闪回自己最初醒来时的经历。

他趴到沙发上，抽出一张纸，在上面画下古县医院的平面地图，稍微回忆了一下进入古县医院幻室之后发生的事情。

"如果说，这个规则幻室是按照身份将人安排在不同的房间，那么……李书恪在脑外科诊室因为他是脑瘤病人，昭然在病房因为他当初受了伤来医院包扎，护士在护士站，保安在保安亭，那么我在停尸房就意味着……我曾经是具尸体。"

眼前闪回昭然把外套披在自己身上的那一幕，那时候他口袋里只有手机和香烟盒，却没有打火机。

而自己却在病房枕头底下捡到了一个救命的打火机，才能点燃酒精，在羊头人追杀下逃脱。

最初在古县医院里接受警方审讯的时候，自己提到有一位护士一直藏在停尸房里，昭然的表情忽然变得不太自然，大概是怕那护士目睹了尸体复活的一幕，出来搅乱他的计划。

如果性格的养成在醒来的第一天尤为重要，那么自己在存尸抽屉里醒来，在力量全然在自己之上的羊头人追杀下拼命逃生，想必是昭然一手策划的复健训练。他想要一个武力与智力兼顾的郁岸，完成自己蝶变的计划。

郁岸深呼吸，让自己保持冷静，继续看完手里的最后两页日记。

M020 年 4 月 20 日

我一直在思考一个问题：人类载体能否更换已镶嵌的畸核？我查阅过许多资料，如果人类载体总共只镶嵌了一枚畸核，那么强行取下畸核就会导致其直接死亡。

如果人类载体镶嵌了多枚畸核，那么强行取下已经镶嵌成功的畸核，会导致毁掉此嵌核槽。

理论上来说，换核是绝对不可行的。我想过在自己身上试验一下，因为我总觉得这枚推理核并没有与我的眼眶死死结合，有种能拿下来的感觉。

但我还是没敢动手，我缺少为科研献身的精神。

M022 年 1 月 2 日

知道的真相越多，越觉得这个世界与人们印象中的大相径庭，我仿佛一个无知的婴儿，正抽丝剥茧地理解这些异常。我目睹了他的强大，那是不属于人类世界的力量，我想拥有他的能力，但我做不到。

我有种预感，这不会是我最后一次从茧中死里逃生，我要帮助下一个"我"，不能再次陷入被动之中。

我要去一次新世界，我已经摸到了进入的途径，可以从"正门"进入，也可以乘坐一些特殊的交通工具到达那里。

郁岸捧着日记发了一会儿呆。手里的一级蓝核已经用完，不知道还能看些什么。

他忽然想起什么，跑回卧室，趴到书桌前在墙上仔细寻找，摸遍了墙壁，终于在台灯前的哥斯拉手办嘴里找到了日记中提到的摄像头。

他反身拉开衣柜门，跪在地上把下层的旧衣服都扒出来，居然真的发现柜子深处有个涂黑的挡板，挡板后面塞着一个很旧的笔记本电脑。

解决了开机蓝屏乱码的问题，电脑里有几个不同的加密文件，其中一个文件里面放的正是录像,他挑了个M016年的视频点开浏览。

视频中,十七岁的自己一个人躲在书桌前,左眼裹满绷带,血正从绷带下渗出来,看来是新伤,甚至还没止血。

他剥下一粒止痛药,就水吞进嘴里,然后趴在桌上哆嗦。脸色发白,看来眼伤让他痛苦不堪。

再点开另一个视频,是十七岁的自己坐在桌前,脱掉上衣欣赏自己的手臂,他用力握拳,年轻小男孩的稚嫩线条若隐若现,大臂连着颈侧的位置出现了一团金红色的太阳印记,孤芳自赏,开心得不得了。可他笑着笑着就哭了,趴在桌上呜咽,用力抹眼泪。

小坏蛋从不在日记里写苦涩的心情,或许只因为日记是专门写给昭然看的,字里行间只有行事最轻的调皮举动、没心没肺的快乐,痛的狠的都憋在心里。

从不诉说苦难,是郁岸自幼奉守的信条。害怕哭泣得不到回应,也怕因此动摇他的决心。

第 093 章 寻找真相

旧电脑摆弄几下就会蓝屏，郁岸耐下心把里面的加密文件全部拷贝到移动硬盘里，他打算把里面的视频和一些暂时无法解码的文件全部拷进自己的电脑里翻看一遍。

他拿起手机扫了一眼消息记录，三分钟前昭然回复自己来着，想起刚才故意给他发了几个小网址的行为，郁岸稍微反省了一下。

Boss：你经常看这样的东西吗？

郁岸现在的心情其实有点儿复杂，他关上电视，把旧电脑藏回衣柜原来的位置，倒吊着躺到沙发上，腿挂在靠背上沿，举着手机给昭然发消息。

他开始打了一句"也不经常看"，但又编辑了，改成"对"，然后发送。

对方沉默了一会儿，似乎也在思考。

郁岸笑出声。原来只需要和他说话，就可以打消一切疑惑顾虑，只要昭然没有放弃自己，那么不管被他杀多少次，郁岸都可以再爬起来挑战他。

咚、咚。

阳台的玻璃窗被敲了两下，郁岸顺势望过去，一个木头小人扒在玻璃窗上探头探脑地偷窥，巴掌大小，脸是用蘸墨水的毛笔画上去的，嘴呈O字形，表情好奇又惊讶，有种诅咒小人的诡异感。

郁岸的第一反应就是去摸手边的高傲球棒，只见玻璃窗外的小人脖子一扭，将木头脑袋扭转一百八十度，它的后脑勺上画着另一张微笑的脸，脑门贴着一张红字黄纸符。

齿轮咔嚓作响，那小人突然炸成了一道白光，整扇玻璃窗被小人炸得粉碎，无数玻璃碎碴冲进客厅，郁岸抬手挡着脸，迅速抄起藏在沙发下的手枪，给昭然弹去一条语音："有人抓我！我看见一个爆炸小木偶，能打吗？"

昭然回得很快："你打不过，快跑。"

郁岸甩上单肩包，把高傲球棒插背包里，抓起储核分析器夺门而出，跳上楼梯扶手一路向下滑，途中从储核分析器中摸出怪态核－闪电羚嵌进眼眶。红光闪过，发间立刻刺出两根弯曲的细羊角。

爆发出羚羊的奔跑能力，他没有从单元门逃，怕对方堵着出口来个守株待兔，于是从一楼与二楼之间的小窗户跳了出去，然而对方已经预判了他的逃跑路线。他一露头，守在两边的傀儡木偶各自扭转脖子，发出炸弹爆炸前的机关声。

郁岸噌的一下跳了出去，但木偶就像一个破片手榴弹，爆出许多带有杀伤力的小碎片，爆炸的余波还是波及了郁岸的左后肩，一些破片深深插在了皮肉里。

剧烈的疼痛使他僵滞了一下，但此时他只能强压伤口往闹市区的方向跑，时不时向后望一眼，楼顶上站着一位穿白鹤纹衫的短发男人，一只小木偶乖巧地坐在他的掌心里。

危急时刻他又收到昭然的提醒："应该是尔木岚在追你，他不是载体，是人类畸体，和周先生一样，受到辐射影响体内生成了畸核，职业核－傀儡师，漂移飞车雇杀手来追回你从周先生身上挖的一级金核。

"快跑，别用飞行核，他有傀线可以把你拉下来，用加速核，找人多的地方走。"

郁岸边跑边喘："畸体帮畸猎公司干活？"

"我不也是吗？你想办法逃进任何一个地铁站，地勤人员里面有很多我们的人，亮铭牌他们就会给你开专车，那趟车是畸动装备，跑

得特别快。"

郁岸已经体验过傀儡师的杀伤力，压着左肩的伤匆匆钻过小巷，沿着大街跑。

他朝着离家最近的地铁站一路狂奔，白衫傀儡师则不紧不慢地在楼顶之间轻飘飘地荡，不停从袖子里摸出新木偶，贴上黄符之后在上面写两笔，然后朝郁岸抛过来。

郁岸左闪右避，终于见到地铁站，但当看到高处的红色站名时，他刚刚松懈的心情又一次揪了起来，天有不测风云，地铁站附近线路维修，此站暂时停运。

他甚至来不及停下来想想接下来往哪儿去，直着向前继续逃跑，其他线路的地铁站最近的距离这里也足有三公里，只能闭着眼睛冲了。

地上一连十五六个脑门贴着黄符的小木偶在郁岸身后紧追不舍，滑稽地摇着木头小手跑得飞快，它们双手向前做出抛的姿势，一些细密的白丝线喷射到了郁岸身上。

傀线缠绕到郁岸双臂和大腿上，缠住他的腰，起初郁岸还没有感觉到异常，直到轻飘飘的丝线越缠越多，他跑得越来越吃力，简直像纤夫拖着一艘巨轮向前拼命挣扎。

郁岸袖中滑出破甲锥来割身上的线，但那些线数量之多根本无法一下子全部割断。

身上的丝线还在不断增加，甚至缠住了储核分析器和郁岸的脖子，锋利的线像刀刃一样割破了皮肉，过了一会儿血才开始向外渗。

郁岸已经跑不动，左手扶着墙向前一寸寸地挪，傀儡师彻底拖慢他的速度之后，从楼顶跳了下来，向着郁岸迅速俯冲接近，快到跟前时伸出机械造的右手，朝郁岸侧身抓来。

胸前挂的眼睛图腾挂坠中央泛起旋涡，郁岸脚下的地面忽然出现了一个泛着金色微光的圆环，在郁岸跨过去的一瞬间向上穿出十几条苍白的手臂，密集的手像摆动的海葵，将踩进金环的木偶死死攥在手里。

左手边的墙上突然浮现出一个成人身高的竖着的眼睛图腾,黑白眼仁生动转动,眼睛的瞳仁仿若幽深的旋涡。刹那,昭然从旋涡里冲了出来,整个人就像一道锋利的猩红光芒,以身体冲断木偶与郁岸之间的白色傀线,并将仅差毫厘就要抓住郁岸的傀儡师撞了出去。

突然失去丝线的拉扯,郁岸因为极大的惯性向前飞扑,但扑到半空时他已经反应过来配合昭然的支援,掏枪上膛一气呵成,反身朝傀儡师的脑袋崩了一枪。

傀儡师被撞飞到半空,已经放出傀线挂到周围的建筑上拉自己上高处,但一枚子弹突然飞来,打中了他的左眼。手枪的后坐力将郁岸推得更远,摔在地上,伤口的血在地上溅出一些细小的斑点。

畸体通常不惧非畸动武器,但被子弹打中眼睛的本能反应使傀儡师瞬间失去了平衡,被昭然从傀线中央一把扯了下来。

午后的阳光暴晒之下,昭然的发丝和睫毛都褪成白色,回头对郁岸道:"我对付他,你快回公司,车帮的人也在找你,因为你之前带城市巡逻组查了他们南区的货车,还抢了他们三把枪。"

"我去公司等你。"郁岸抿唇退了两步,钻进小巷里。他现在已经学会根据面试官的表情判断对手强弱,只要昭然叫他跑,他一秒都不犹豫转头就跑。

郁岸在小巷里七拐八拐抄近路,跑到街上时,隐约感觉有车在尾随,他装作没发现,从路过的玻璃倒影中观察身后的情况。有一辆面包车半开着窗户,坐在副驾驶的人右手裹满绷带,有些面熟,好像是上次被匿兰弄断右手,又被自己抢了枪的车帮混混。

不知道车里会不会有载体人类,一打多并非明智的选择,没有冒险对抗的必要,此时挂在腰间的储核分析器也开始报警,因为怪态核-闪电羚存在每日三十分钟的使用上限,现在已经进入最后五分钟倒计时了。

五分钟想跑进地铁站,挤过人群找到地勤有点儿悬,于是郁岸直

接拐进了购物十字街。

几个车帮的人在十字街附近被迫下车，但他们还没放弃，把铁棍和小刀塞在衣服里向人群中摸，留一个人守车在路边等，准备把郁岸捂嘴抓上车再好好收拾。

郁岸虽然在逃，表情却比刚刚在傀儡师手下逃命时从容了许多，而且时不时放慢脚步，确定车帮的人能及时跟上自己。

"过两天又要上班了，唉，假期好短喏。"匿兰托着腮，用小叉子拨弄着瓷盘里精致的甜点，把巧克力慕斯上的巧克力碎块拨掉。

"想想工资不就开心了。"小圆桌对面坐着两位同龄的女孩，但打扮风格截然不同。一位穿着纯黑色的包臀连衣裙，欧美风的浓艳妆容，胸前嵌着一枚深紫色畸核，畸核表面纹路是一只蜘蛛。围绕着畸核在胸前文了六条黑色蜘蛛足，低头专注地给自己涂新买的指甲油。

另一位则一看就知道是有钱人家的甜心小公主，一头浅棕色卷发，小腿在椅子下荡来荡去，抱着匿兰的手机跟里面的詹姆斯和萨兰卡互动，把两个小人拉到换装游戏里，给他们套上大蝴蝶结和小裙子。

詹姆斯很配合地哄姐姐的朋友开心，穿着小裙子撅起腰后的小尾巴配饰摇一摇；萨兰卡则一脸烦闷，顶着蝴蝶结坐在游戏背景里的桌子后，臭着脸不想搭理任何人。

"就没有个长得帅的同事给你点儿上班动力吗？"她边玩边问。

"没动力。"匿兰懒懒回答，"长得好看的倒是有，有个叫郁岸的实习生，还挺好玩的，可是我对比我小的男生没兴趣。"

游戏里，詹姆斯听到她的话，犹如晴天霹雳，扒在屏幕玻璃上满眼委屈："姐姐……"

匿兰用指尖揉揉他的脸："你不算，你是小纸片人啊。"

"我不是小纸片，我是真的，我只是出不来。"詹姆斯更难过了，怏怏地捶屏幕。

她们在商场二层的店里靠窗的位子喝下午茶，匿兰无意间向外看了一眼,隔着落地玻璃,疑惑地仔细辨别了一番。

有个人穿着纯黑兜帽在人群里穿梭,脸在兜帽里完全是一团无底黑暗。

"郁岸?"

匿兰站起来扶着玻璃,瞄到人群中鬼鬼祟祟尾随的几个车帮混混。

"姐妹们,我得失陪一下。"

第 094 章 救急

"怪态核 – 闪电羚使用时间已达今日上限。"储核分析器屏幕上显示三十分钟倒计时结束，郁岸头顶的两根闪电羊角消失，跑路的速度一下子慢了下来。

他果断把核从左眼眶抠出来，一闪身混进商场外的透明玻璃电梯里，按下顶楼的按钮。电梯飞速上升，郁岸则靠着高处的优势观察穿梭在人群中的车帮混混，大致确定了人数和位置。

算上停在道边的面包车司机，他们总共六个人，剩下五个人里除了被砍掉手的刀疤脸男人之外，有一位人类载体。

男人三十岁上下，头发几乎盖住眼睛，一副阴暗模样，双手插在裤兜里，沿着墙根低头慢慢地走。

他后颈骨上镶嵌了一枚银白色的畸核，畸核表面的花纹是一只展翅的蝙蝠。

居然是银级核载体，可能在车帮里面有点儿权力吧，幸好刚刚没跟他们正面硬刚，寡不敌众，太容易被抓了。

郁岸一直走走停停，想找机会从车帮混混身上搜刮几个一级蓝核，但现在还是先跑为妙，自己没有具备攻击性的银级核，碰上肯定要吃亏的。

他打算爬上顶楼，用怪态核 – 鹰翼逃跑。

然而就在电梯上升途中，楼下的男人突然像感应到了什么似的，慢慢抬起头，视线隔着玻璃准确地挂在了郁岸身上。

他给其他人发了个消息：截我们货车的那个小鬼找到了，你们去把商场出口堵上，我看他想从天台跑，别让他上去。

男人叫乔威，车帮在红狸南区的货车全归他管，上次不光被截了车还被查抄了一车货物，损失几十万元，他把这笔账全算在郁岸头上。

郁岸等电梯开门的刹那就闪了出去，分开人群往楼梯间跑，他都已经看见写着"安全出口"的液压门了，但那扇门就在他触手可及时突然锁闭，怎么都推不开。

"有点儿难缠。"郁岸转身往另一个方向跑去，沿手扶梯跑上商场五楼，这里非常空旷，几家密室体验店门可罗雀，其余的门脸也围着"正在装修 敬请期待"的广告牌。

眼前的客梯显示正在上升，在前几个楼层分别停留。郁岸警觉起来，抽出高傲球棒一边向后退，身后墙上有扇锁住的窗，可以勉强从窗缝爬出去。

他转身跑到窗边，扳开落满灰尘的把手将窗向外推开。不远处忽然压过来一片黑雾，黑雾团绕着一群若隐若现的蝙蝠，一股脑冲进窗内，蝙蝠和黑雾聚拢成男人的身形——乔威，他一把抓住郁岸的脖子，大手钳住他的动脉："小子，不是挺能跑的？继续跑啊！"

郁岸咬牙甩手一球棒朝他砸去，可手忽然一麻，不知哪儿来的吸血蝙蝠在他右手上狠狠咬了一口。乔威冷笑一声，长过眼睛的额发遮着他阴狠的眼神。

他注意到郁岸腰间的储核分析器，拨开腰带上的锁扣扯下来，笑道："这东西就勉强算赔偿了。"他用力一甩手，狠狠把郁岸从窗口推了出去。

高空坠亡的死因可不好查，最后只能以自杀结案不了了之，是车帮整治他人反抗的惯用伎俩。

乔威掀开储核分析器瞧了一眼，这一眼可把他乐坏了，储核分析器里整整齐齐码着八枚核，最令人咂舌的是里面居然有金级核。这一

盒子畸核恐怕能卖个天价出去，那小子什么来头，地下铁的实习生而已，手头居然这么阔绰。

他心里有点儿犯嘀咕，怕惹到了不该惹的人，可东西实在让人眼馋，不如今晚就出境，到外国逍遥快活去。

乔威把储核器揣进怀里，为了避开人群匆匆溜到电梯前。电梯这时正好缓慢到达五楼，门向两侧开启，乔威与电梯里的女孩子打了个照面——一头黑白挑染的长发，骰子耳环灵动旋转，眼角活泼上挑，第一眼就会给人留下深刻的印象，第二眼则会让人感到她来者不善。

乔威看人的眼光不差，因此没进电梯，反而向后退了一步，让对面的女孩子先走。

电梯门自动关闭，匿兰忽然伸出一只手，将差一点儿合上的电梯门隔开，过膝长靴迈出电梯，一米七四的身高加上高跟靴，甚至把乔威的气势都压了一头。

她眼神锐利，扫到乔威鼓起来的衣襟，直接抓起乔威的领口："人呢？"

乔威还想装傻，可身后的窗户居然被一球棒砸开，郁岸上半身挂在窗沿上，喊了一声："小兰姐，我储核分析器在他身上！"

匿兰握住左手小拇指上银色的装备核，向外抽出泛着苍白光辉的虚无光剑，一剑挑破乔威的衣襟。乔威见势不妙浑身爆成一股黑雾，化作成群的蝙蝠在空旷的房间里乱飞。

乔威镶嵌的是二级银核——怪态核-鬼魅蝙蝠，本体可以完全化作成群的蝙蝠，在怪物状态下，蝙蝠受伤或死亡不但不会使本体受到任何伤害，反而吸血后攻击力会上升。

成群的吸血蝙蝠朝匿兰袭来，在她裸露的皮肤上掠过就会留下一道带血的伤口。匿兰挥剑斩落十几只，蝙蝠的尸体纷纷掉落在地上，但剩余的吸血蝙蝠变得更加疯狂，成群集结朝匿兰俯冲下来，如果被它们缠住无法脱身，最终的下场就是被活活吸干。

"啊！"一只蝙蝠蹭过匿兰的脸颊，在洁白的脸蛋上刮出一道伤口。

郁岸双手一撑从窗外跳进来，矮身滚进蝙蝠群里，顶着蝙蝠的撕咬抓住储核分析器，从里面抠出昨晚刚从古县医院幻室拿到的幻室核－规则，作用是可以在封闭空间内订立一条规则。

他大声道："这个房间里只允许冷兵器贴身肉搏。"

一级红核玫红光彩流转，畸核表面形成了一个红色的斜杠禁止标志纹路，规则成立。

同一时间，空中乱飞的蝙蝠迅速聚拢，乔威被打回原形落在地上："什么？"

"狗东西敢咬我的脸……"匿兰轻轻抹了一把脸上的血，简直怒不可遏，双手握虚无光剑，双腿的力量将身体弹射出去，剑刃带出一道残影。乔威慌张后撤，胸前连着左脸都被挑出一道渗血的伤痕。

论一对一正面单挑，同龄人里难找比匿兰体术更强的，更何况她的虚无光剑是共鸣进化过的银级装备核，斩杀范围相当大，杀伤力毋庸置疑。

"撤，快撤。"乔威根本接不住几回合如此狂暴的进攻，更何况旁边还有个郁岸，举着万圣节皮肤的高傲球棒在旁边乱搅和，一会儿偷袭他后脑勺一棒，一会儿又捅在他膝弯后，他招架不住，找机会开溜，蹬开窗户跳了出去，化作成群的黑雾蝙蝠跑了。

"他们人多，我们也走。"郁岸拉上还没消气的匿兰下楼，没走直梯怕被瓮中捉鳖，只能跑手扶梯下去，快步离开商场后，朝最近的地铁站方向跑。

"我怕他人多？"匿兰恨得牙痒，高跟鞋踩地嗒嗒直响。

"他们有枪。"

"……"匿兰轻哼一声。

"你来这里干什么？"郁岸问。

匿兰一怔："救你啊。看你被围了，没有我你能出来吗？"

她说得理所应当，让郁岸有些困惑。他们的关系只是同事而已，相处短短几天。他反省自己是否会在同事陷入危机时出手相救，或许

会，但一定是权衡利弊后得出的结果。

"谢……嗯。"

"要是留了疤，我就揍你一顿出气。"匿兰边跑边还不忘拿出手机照照脸上的伤。

"好……对不起。"

想进入最近的地铁站，必须穿过商业街，从偏僻的小巷口拐出去。

郁岸观察四周和身后，那个乔威果然阴魂不散，召集剩下的几个人一起追上来，一旦进入偏僻无人区，他们就有可能开枪，抢夺储核分析器里的珍贵畸核。

"得甩掉他们。"郁岸要来匿兰的手机，在里面寻找游戏，可惜匿兰手机里游戏特别少，只有比较热门的两三款。搜寻一番之后，郁岸点开了一个，打开排位模式，对着手机说："詹姆斯、萨兰卡，你们选两个英雄挡他们一下。"

"他们又出不来，怎么挡啊？"

"金级畸体游戏之王连这么简单的事都做不到吗？跟着我，从这条路走。"郁岸带着匿兰绕了个远，购物十字街中央有两块巨大的 3D 视觉屏幕，两面相对，郁岸抓住匿兰的手腕，从两块屏幕间冲了过去。

匿兰的手机接近街头的 3D 屏时，两块巨屏受到一股力量的强烈干扰，画面转成了游戏内的场景，詹姆斯和萨兰卡在屏幕内的场景中接近，等郁岸和匿兰两人冲过界线之后，詹姆斯骑着一条圆滚滚的鲲从 3D 屏里撞了出来，在空中跃出一道弧线："这胖鱼好难控制啊！我要被甩下去了——！什么，这是人类世界的空气吗？味道和我们住的地方不太一样。"

詹姆斯撞翻乔威一行人，然后跃入对面的屏幕内消失。萨兰卡穿一身刺客装冲出屏幕，提着剑在几人周身闪现，拿枪的几人全捂着手腕惨叫着被放倒在地，萨兰卡最后冷漠地提着酒葫芦没入另一端的屏幕内，受到干扰的巨幕随即恢复正常。

"该死,那是什么?"乔威被撞翻之后立即化作一片黑雾蝙蝠躲避萨兰卡的伤害,循着郁岸和匿兰拐进的小巷追过去,几只蝙蝠脱离群体,向其他车帮打手聚集的地方传递消息。

"真厉害。"匿兰边跑边低头看手机,詹姆斯美滋滋扒在屏幕上等表扬,萨兰卡出声提醒:"别看他了,抬头看路,小心摔倒。"

购物十字街由于车帮的闯入已经乱成一团,顾客们围起来看热闹,商场里的人们也都纷纷聚到落地窗前围观,原本喝着下午茶等匿兰回来的两个女孩被挤到了玻璃前。

亚麻长卷发女孩惊讶地指着一个通往窄巷的拐角:"他们是不是在追小兰啊?他们有枪欸。小兰公司不准用枪的。"

"去看看。"蜘蛛女放下涂到一半的指甲油,大致扫了一眼匿兰的处境,拉上她拨开人群向外走,"不开你的豪车,太扎眼了。"

"不开车,开月亮去。"卷发女孩调皮地眨了下眼。

第 095 章 人情

郁岸拉着匿兰顺利逃脱，速度慢了下来，匿兰爆发力强耐力却差，十分钟下来捂着肚子怎么都跑不动了，郁岸的体力也消耗了大半，两人躲进一家小店后面。

"嘘。"郁岸侧身瞥了一眼身后确定没有人追来，才靠在墙上轻声喘气，咬住书包带忍痛把伤口里的木偶破片撬出来。

"你受伤了？"

"没事。"郁岸吐掉书包带，随便抹了两下渗出来的血。

詹姆斯在手机里敲屏幕："姐姐，刚刚挡完人，我回去把排位打完了，队友夸我是演员，是在说我长得很好看吗？"

"是……就当是吧。"匿兰无奈地隔着屏幕搓搓他的脸，"很厉害哦。"

"小兰姐，契定畸体不是拿来玩换装小游戏的。"郁岸靠墙滑坐下来，脸色泛白，嗓音微哑，"你要叫他们随时帮你。"

"可他们只是小纸片人而已，能做到的事情很有限啊。"

"不，他们真实存在，并且你是他们的主人。J·S游戏之王靠吸食恐惧来提升能力，刚刚那个蝙蝠载体被我用规则压制只能用本体和你对抗，对他非常不利，那时候他心里就会很慌，而且我共鸣后的高傲球棒击中他一次，他就会多一层恐惧情绪，我们困住他越久，他的恐惧就会积攒得越多，这时候放J·S出来就有很大概率直接拿下他。

"所以面对势均力敌的对手，你最好不要一开始就正面刚上去，先耐心牵着对手去停电的烂尾楼、废弃医院，或者半夜的学校和公共厕所，对手越害怕，J·S就越强，你顺利拿下对手的机会就越多。

"你要有意识让他们和你打配合，不然遇上这种没有实体的对手，你再厉害也要被撵着打。

"平时多带他们玩一些恐怖游戏，就算你不玩，也要让他们自己去找恐怖游戏直播间吸食情绪，遇到麻烦的时候就去找能放映画面的地方，他们会自己想办法帮你的。游戏之王是罕见的存在无限成长空间的畸体，不要浪费。"

匿兰听得一愣一愣。同样是实习生，郁岸对畸体和策略却有着自己的理解。

"你怎么这么懂啊？"匿兰双手撑着膝盖低头好奇地问他。

"我也不懂，只是没事就琢磨畸体这些事情。"郁岸喘匀了气，"歇够了，快走。"

天空忽然结成一团黑雾，成群的蝙蝠拍打翅膀从小巷上空方向下压过来，吸血蝙蝠从两人身上头上疯狂掠过。

郁岸每一次行动都会经过理智的精确计算，但这一刻，他的行动要比思维领先一步——他脱下外套，果断蒙在了匿兰头上，挡住她裸露的皮肤，用球棒驱赶着蝙蝠拉她离开，实际上他也不明白自己为什么要这样做。

吸血蝙蝠被郁岸肩后伤口吸引，凶猛地聚集俯冲下来，爪牙撕扯流血的伤口，贪婪舔舐。

郁岸换上银级核犰狳战甲，连接成功后眼眶一阵剧痛，背后的皮肤上迅速生成一层坚固甲片，蝙蝠徒劳地在甲片上抓咬，只能留下一些细微的白痕。

他们被蝙蝠驱赶着在小巷里穿梭，郁岸已经觉察到去往地铁站的路线因驱赶偏移："他大概想叫人包围我们，拖一会儿，他的蝙蝠状态肯定不能一直保持，等他一露脸就把他按地上。"

"好。"匿兰的右手随时准备拔剑。

几辆面包车开入无人的后街，从前后左右堵住出口，一群车帮打手

从车里跳下来，手里拿着铁棍和砍刀之类的武器，将两人围堵在中央。

匿兰抽剑出鞘，顺势背对着靠近郁岸，低声说："真打起来我没法保证不误伤非载体人类。"

"他们捏住这一点才敢围我们的。"郁岸穿好外套，戴上纯黑兜帽，遮住脸孔。

"那找个薄弱点冲出去？"

"不，我有新想法。"

蝙蝠聚集在一起，汇聚成身体的形状，乔威得意地眯着眼睛，朝两人勾勾手，示意可以拿两颗畸核来换他们让路。

挑衅的行为让匿兰焦躁无比，但被郁岸按住了她拿剑的手："他们人多，难保有人录像，你能空手打吗？"

"一样收拾他们。"匿兰收起光剑，细眉微挑，双拳架在身前，一个箭步冲出去，从空中旋踢，长腿如鞭，接连踹在乔威下巴上，那人口鼻喷血，向后打了个趔趄。

乔威早已领教过这姑娘的狠劲儿，除非是二百来斤的猛男练家子能跟她过几招，别的都不配。他狡猾退开，化作一团蝙蝠在空中成群徘徊。

车帮打手们根本不讲道义，举着铁棍砍刀一拥而上。匿兰根本不惧，她在赌场长大，什么世面没见过，左手架住前面砸来的铁棍，右腿后踢，将偷袭的踹出三米来远。

郁岸没贸然跟着冲进缠斗的旋涡，他跟不上匿兰的动作，不如躲在旋涡之外注视每个人的动向。

在一帮人混乱厮打的吼叫声中，郁岸却敏锐地捕捉到了一声咔嗒——子弹上膛的声音。

他立刻根据站位判断出拿枪的人站在什么位置，目光投向躲在面包车后边的一个车帮混混身上，那蠢货居然真敢举枪，枪口瞄准了人群中央的匿兰。

没有容他思考的时间，这个距离足够一个枪法最烂的人打爆目标。

郁岸冷漠举起手枪，利落上膛，伸直手臂，一枪点了那人的手。

爆鸣声让所有人为之一震，面包车玻璃上溅了一团血，车帮混混抱着手满地哀号。

"你怎么会有枪？"匿兰才意识到发生了什么，惊诧地望向郁岸。

郁岸面无表情，所有举动都是精确计算选出的最优结果，所以他做什么事都不会后悔。

但这声枪响也激怒了那些亡命之徒，他们一拥而上，心想不把两人抓回去狠狠调教誓不罢休。

郁岸举起高傲球棒也加入了混战。

"小兰！往后撤！"——清脆嗓音从身后半空传来，郁岸循声回头，一位亚麻色大波浪卷发的少女飘浮过来。

楚如耀侧坐在一个不规则月牙形的陨石上，陨石整体散发着月亮柔光。镶嵌装备核－月陨石的畸动装备"月船"，是楚如耀的十八岁生日礼物，据说楚先生在拍卖会上豪掷三千万元拿下这件珍贵的交通工具，只为讨小公主欢心。

月船会不断生长不规则的陨石边缘，楚如耀掰下月船上的陨石块，朝人群里一通乱丢。

发光陨石块落地，就像手榴弹一样炸开，在落地点爆开数簇明亮的烟花，晃得人根本睁不开眼睛，围拢起来的队形一下子被冲散了。

郁岸遮着眼睛跑到安全的地方，当视力恢复后，街上的景色全变了，从房子到路面，仿佛皑皑白雪降临，仔细辨认就会发现，覆盖了整条街道的并非雪，而是厚重如棉被的蜘蛛丝。

柔软坚韧的蛛丝铺天盖地降临，甚至落在路灯和电线杆上，人们被裹成了雪人，那些在空中飞舞的蝙蝠被黏在蛛网上奋力挣扎，动弹不得。

铺天巨网斜织在空中，有位浓艳的黑裙女人挂在蛛网之上，双手戴着黑色天鹅绒手套，黑发优雅盘起，她下半身却完全是蜘蛛的形

态,尖刺锋利的蜘蛛腿在蛛网上行走来去自如。

织珩胸前的深紫色畸核呈现蜘蛛纹路,三级紫畸化种怪态核-蛛后。

畸化种畸核不能完全以等级评定威力,它必然会拥有普通种畸核不具备的一项优势,比如蛛后的极强黏滞力——完全克制乔威化身的蝙蝠群。

乔威被迫回归本体,蹚着黏稠的蛛网狼狈逃跑,其他人见老大都跑了,赶紧丢盔弃甲如鸟兽散。

其实郁岸最初盯上的就是乔威的畸核,怪态核-鬼魅蝙蝠很适合自己,搭配纯黑兜帽一定能达到出其不意的效果,耐心周旋这么久,就是为了这枚核。

他想追,却被匿兰揪住后领抓了回来。

"你怎么这么大胆子,敢在闹市区开枪啊?"匿兰戳着脑袋骂他,"没看过公司规定吗?"

郁岸背着手不说话,他并不习惯解释自己每一次行动的思路,还眼馋惦记着乔威的核,有点儿心不在焉。

旁观者清,楚如耀和织珩早已把郁岸开枪的理由看得清清楚楚。

织珩恢复原形,慢慢走到郁岸面前,修长指尖探进纯黑兜帽里,摸了一把他的脸,替他摘下兜帽,端详这张年轻的脸,五官甚至还带着些学生的乖态。

"指甲油还没干,都蹭花了。"织珩挑眉,对郁岸伸出手。

郁岸愣了一下,接过指甲油,细细地替她补上蹭花的地方。

"这弟弟还不错。"织珩忍不住笑起来,戏弄心思烟消云散。

"能给你拍张照片吗?"楚如耀从包里拿出一个正方体拍立得,抚着脸颊,"我会收集很多有意思的人的相片。"

她的拍立得也是一件昂贵的畸动装备,恐怕到手至少几十万元。

楚如耀对着郁岸咔嚓拍了一张,相片慢慢打印出来,郁岸表情有点儿呆滞,相片下自动附带着一句话:英雄向死而生。

"哇,真有意思,为什么是这句话呢?"楚如耀惊喜地拿着相片欣赏了一番，递给郁岸。

"这是你写上去的吗？"郁岸不解。

"不是，这个相机给每个人拍照都会出现一句评价，很好玩的。"楚如耀从毛绒包里翻了翻，"我还拍过你们昭组长。"

相片里的昭然微微偏头微笑，透过相片，郁岸仿佛看见了他温柔说着"拍我吗？我不太好看"的样子。

他的相片下也写着一句话：像太阳镶嵌在天上。

日落前日光开始泛红，变得有些刺眼。郁岸接连翻找了三条巷子，一直从购物十字街沿途找回家门口附近的地铁站。废弃工厂楼与临近关闭的地铁站之间交叉遮挡出一小块阴影，阴影两边照映着火红的斜阳。

昭然就坐在那只够容纳一人的小块阴影里，教堂雕像似的苍白，背靠着水泥墙。

他的容貌处在半异化状态还没恢复，四条手臂垂在地上，嘴角狭长，张开嘴时两颊的口裂处粘连的黏膜上露出一些孔洞，身上的毛发全部褪成雪白色，眼睛却冒着猩红的光。异化的脸介于人脸与骷髅之间，手臂和腿都比平时长和细了许多，是彻头彻尾的怪物。

昨晚与羽化蝎女厮杀消耗的能量都还没恢复，今天又与傀儡师缠斗一番，有点儿疲惫。

他好像被阳光困住了，手肘不慎伸出阴影外，被光灼了一下便迅速收回去。远远地看见拐角出现熟悉的身影，昭然低下头，试图催化体内的畸核恢复能量，好加速容貌复原，然而没能成功。

郁岸跑过去，蹲跪下来脱下外套撑起来盖到两人头顶上，撑过日落的时间。纯黑兜帽的外套防风保暖，但里面只有一件无袖而且很短的黑色紧身小背心，尽管有胸前的太阳纹替他保温，可被冰冷寒风一吹，皮肤上还是生出一片鸡皮疙瘩。

视线忽然进入清晰的黑暗中，昭然褪色的睫毛上翘，黯然深沉的

眼神立刻温柔起来。

"真好啊，人类小人儿。"昭然闭上眼睛嗅出一股淡淡的血腥味，他忽然睁开眼，猩红瞳仁更显得凶恶。

他碰到郁岸背上被木偶破片炸伤的地方，一些半干的血黏在手套上，有些皮肉向外翻，轻轻碰一下，郁岸眉头立刻拧紧到一起。

"……"昭然喉咙里发出低沉的咕噜声。

"嗯，别凶。"郁岸扳过怪物的脸，学着他发出恐吓的叫声，但学不像。

其实他到现在都还没来得及关注背上的伤势，甚至直到现在才感觉到疼。

平时昭然碰到他都会感到很凉，但今天不一样，他在发烫。

大概伤口发炎了。

昭然拉着他站起来，慢慢向前走。今日日落结束，傍晚天色擦黑，他走在阴暗无光的小巷里，小心保护着身边珍贵的东西。

郁岸把昭然褪色的长卷发拢到一起，绑上一根从购物十字街买的粉红小皮筋，浑浑噩噩地问："你打赢了吗？傀儡师去哪儿了？"

"被我宰了。"

"这不像你。"

"因为你看到了太多假象，我终究是怪物，与同类厮杀抢夺地盘和资源习以为常。漂移飞车靠傀儡师压制西区边界，除掉他，我家族的弱者就可以从那里安全穿行。"

"……要不然，我还是把周先生的金核还给他们吧。挖了那枚核好像给你惹了许多麻烦。"

"不还。你凭本事抢的就是你的。我看谁还会因为这点儿小事来我这儿找不痛快。"昭然垂下眼睫哼笑，"你还有力气想这些。有件事等一会儿要你回答我。"

路上的行人逐渐稀少，没人在意一头似人非人的雪白怪物游走在夜色中，四条细长手臂护住身旁小人，褪白发尾绑着粉红的小皮筋。

第 096 章
朋友

昭然带郁岸回了家，替他脱掉沾满灰尘血渍的衣服扔在门廊的脏衣篓里。藏在黑暗中的小手们纷纷聚集到昭然脚下，不过昭然并未分神瞧它们，纷乱的小手们便自动让出他落脚的位置。

古灵精怪的小东西们沿着昭然的裤腿向上爬，关切好奇地碰碰郁岸。

昭然喉咙里发出咕噜咕噜的低吼，小家伙们如鸟兽散，爬到远处，在家具后和门缝里偷瞄着他。

昭然派出离谱和靠谱趁着夜深去郁岸家换窗户玻璃，让害羞和纯情去给郁岸修补破损的纯黑兜帽，自己则带他走进卧室，只开一盏黄光的小台灯，安静坐到床上。

人类多么脆弱，会被碎木片轻易炸伤。郁岸皮肉翻卷向外渗血和组织液，明明身体在发热，却冷得直哆嗦。

小手们拖来药箱给郁岸消毒包扎，昭然盯着它们，谁稍微多看郁岸一会儿，都会被他低吼呵斥。酒精挨在伤口上痛得郁岸打了个激灵，昭然急匆匆用四只手护住他。

"郁岸。"昭然时不时摇晃一下他，恐怕脆弱的小生物就这样在高热中死去。

"嗯？"郁岸仰起头，黑溜溜的眼睛困惑地凝视他。

被他那双残缺的眼睛望着，昭然一下心软了："我去给你拿消炎药。"

"我不吃我不吃。"

"听话。"昭然把烧得眼睛已经有点儿迷离的小子提起来，四只手轻易把他固定住跑不了，然后拿来一板消炎药，掰开下巴喂给他。

郁岸最怕吃药了，他不光嗓子眼细，舌头味觉还异常敏感，一点儿苦味都受不了，吃一颗药得就半瓶水加三颗糖才能顺下去。

他控制不了向外呕，不过在这一点上昭然从不心软，直接喂了一口水然后捂住嘴，强迫他抬头往下咽。

郁岸终于艰难地吞了药片，又被灌进来几口水，塞了颗软糖。

因为以前强迫喂他吃药弄不好就会被挠出两道指甲印，昭然早都研究出一套成熟的喂药流程了。

"嗯……"郁岸半睁眼睛，睫毛被濡湿，一簇一簇地黏在一起。

昭然无措地看着他湿漉漉的眼睫，愣了几秒，忽然手忙脚乱起来，一边给他抹抹眼泪，一边扶着他的肩轻拍后背，四只手忽然不够用了，他又立即生出一双新的手，一只去抽纸巾，另一只撑着他。

怪物的力量太大，一旦他忘记要用捏起一朵蒲公英的力道对郁岸，郁岸就会明显感觉到骨骼外充满焦虑的挤压感。

郁岸在家里养了两天伤，白天昭然在家休息，他就在昭然身边说话捣乱，搅和对方做带回家来的工作，晚上昭然去公司上班，他就窝在小手堆里研究那些已拿到的日记和摄像视频。

分析了一遍又一遍，郁岸觉得日记里提到的公海豪华游轮是自己人生的一个关键转折点。

他在网上仔细搜索 M017 和 M018 年关于豪华游轮的相关新闻，再加上汉纳家族魔术师之类的关键词，居然真的在一则新闻上找到了蛛丝马迹。

"汉纳家族惊天魔术巡演：缪斯号起航。"

同年还有相关报道说魔术师查理·汉纳将家族传承的职业核-魔术师交给了养子瑞恩·汉纳，也就是说魔术师老查理可能死在了 M018 年。

他又搜了一下"缪斯号"这个关键词，奇怪的是当年的新闻几乎全部消失了，唯一能找到的是一则已经挂了好几年的招募启事。

恩希市码头招募能人志士破解一艘游轮幻室，报酬 3000～5000 元，详细信息可面谈，电话××××。

在这则招募启事下，零星几条回复都是在嘲讽："招募人在做梦……一个十几平方米的小幻室破解都得五千元起。"

"这种应该是在钓鱼骗回复，别理。"

郁岸趴在床上咬下纯情递过来的苹果，离谱在给他按摩，正想仔细研究一下这则招募启事，忽然有人发了个消息过来，以为是昭然在催自己不要熬夜好好睡觉，没想到居然是匿兰。

"你在闹市区开枪的事被市民举报到城市巡逻组了，我给你压着呢，明天先不递上去，快过来商量商量怎么办。"

郁岸不以为意："能把我怎么样啊？"

匿兰："嗯？当然是通报你领导，扣绩效扣奖金，昭组长那脾气，不发火还好，发了火不得弄死你？"

弄死不至于，但别的惩罚方式很有可能。郁岸放下苹果："来了。"

他们在一座独栋别墅里碰头，郁岸头一次见穿着制服开着车来门口接人的管家。

不，实际上只有一件燕尾服开车过来接他，这件衣服自己会动，就像穿在人身上似的，活灵活现的样子让郁岸瞠目结舌。

得知这里不是匿兰家，而是楚如耀大小姐专门开派对且朋友们现在全聚在这儿的时候，郁岸拔腿就想跑，但已经晚了，她的燕尾服管家戴着白手套站在自己身后，一副很不好惹的样子。

他站在门口，望见比婚礼殿堂还宽敞的华丽内厅，里面灯火通明，长桌两侧放满各色鸡尾酒和美味佳肴，女孩子们穿得很随意，边喝边聊，听见动静便齐刷刷地朝郁岸望过来。

郁岸："……"

郁岸表情僵硬："我是送外卖的，放我走吧。"

Extra
番外卷

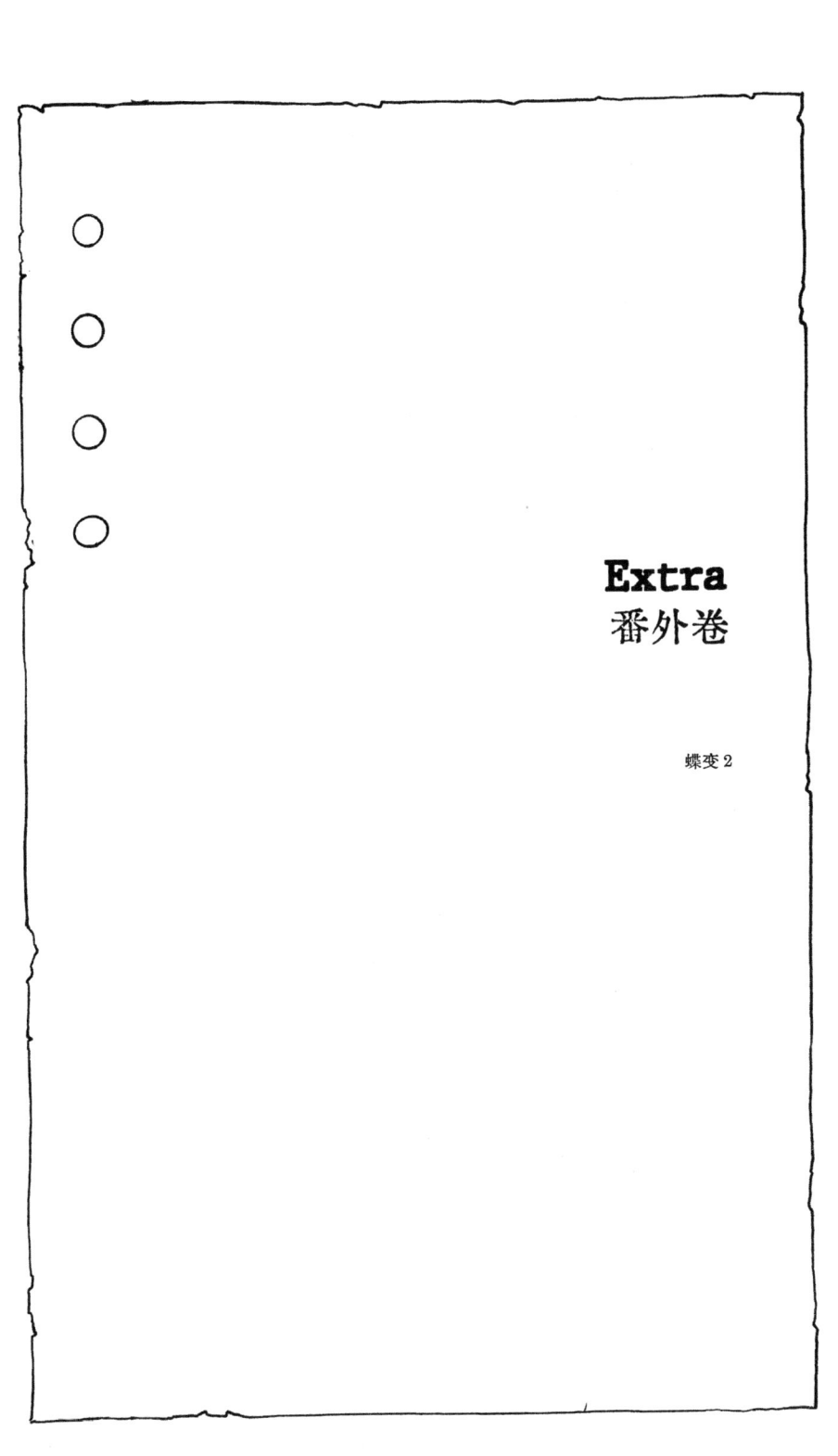

蝶变2

番外

小狗的惊喜

匿兰回家前,给詹姆斯和萨兰卡打电话:"我今天要回家晚一点啦,郁岸他们把我拉去开会了。会议超无聊,好像也没什么正事嘛,可他们非不让我走。"

"姐姐很无聊吗?那我陪你聊天吧,你喜欢什么颜色的花朵啊?"

"嗯……橙黄色的吧,明艳又有朝气。怎么啦,你要送我花呀?"

詹姆斯给萨兰卡使眼色,两人开始行动。

詹姆斯举起双手,所有电子数据受他召唤,住宅内部的景象完全清除,被拆成零散的数据串,所有数据碎片在面前铺设开来,一座华丽古典的城堡凭空落地。

萨兰卡手忙脚乱地搬起数据块,先捏成花朵的外形,然后复制粘贴,堆成拱门的形状,再拿起喷枪,把那些灰色的花朵模型喷涂成橙黄色,然后捞起一些像素块,吹鼓成气球,再喷涂成明亮发光的橙黄色,放飞到天上。

"姐姐,我有一个朋友打算参加舞会,你觉得她穿什么款式的裙子最好看?"

"你,你们两个小纸片还有朋友呢?"

"哦,就是恋爱游戏里的女主,我们是好朋友。"詹姆斯说。

"唔……我倒是想穿一次人鱼姬色的鱼尾裙,缀满宝石的,灯光一照特别闪亮的那种。"

"哦哦,听起来不错。"詹姆斯用肩膀夹着电话贴图,看向萨兰

卡，萨兰卡在换装游戏的衣柜里一件一件翻看，用气声说："没有人鱼姬色的裙子啊。"

"别慌。"詹姆斯从游戏里掏出一架织布机，然后从奇幻游戏里的背景中扣出一卷人鱼姬色的闪亮丝线，织成布并且裁剪版式，把碎片递给萨兰卡。

萨兰卡拼装出像素缝纫机，在旁边用力踩踏板，顺利织出一件人鱼姬色的鱼尾裙，并复制粘贴满名贵的钻石。

"鞋，还有鞋！"

"马上。"萨兰卡抓起一把钻石，在手中融化重组，立体打印成一双钻石高跟鞋，比灰姑娘的水晶鞋还闪耀十倍，放在礼服旁边。

"那、那舞会上的蛋糕呢，翻糖蛋糕怎么样？"詹姆斯对电话里问。

"唔，翻糖蛋糕好看是好看，但是好像不怎么好吃吧。还不如冰淇淋蛋糕，哈哈，每层都是不同口味，一定很好吃。"匿兰和他闲聊着，"好饿啊，有点想吃杨梅排骨和砂锅虎皮鸡爪了，这会到底什么时候开完啊？郁岸难得这么多话，他到底想说什么嘛，加强夜勤工作的事都说了三遍了。"

室内的场景已经切换成了厨房，詹姆斯、萨兰卡两位主厨头戴高顶厨师帽，萨兰卡负责烤蛋糕坯，然后专心抹冰淇淋奶油，再在上面铺满新鲜的树莓、蓝莓和草莓，做出一层浆果、一层坚果、一层沙冰、一层肉松的四层美味冰淇淋蛋糕，并在顶上放上自己和小兰姐姐的翻糖模型。

被詹姆斯发现后，萨兰卡不情愿地加上了哥哥的翻糖模型。

詹姆斯忙着蒸炒烹炸弄晚宴上其他的菜。

"还有，还有礼物呢？我们送她什么礼物比较好哇？"詹姆斯又问。

"嗯……既然你们都是游戏小人，不如送一头独角兽？哈哈，公主都喜欢独角兽。"

"独角兽？"萨兰卡在旁边听着，对詹姆斯匆忙比手势，"我们哪有独角兽，独角鲸行吗？你问姐姐想不想骑鱼。"

詹姆斯捂住贴图电话的听筒，低声说："骑什么鱼啊，快去抓，去下载有独角兽的游戏。"

萨兰卡毫不犹豫立刻行动。

他终于找到了建模极美的奇幻游戏，但里面的独角兽是 boss，萨兰卡和詹姆斯进入游戏里，化身两个手无寸铁的勇士角色冲出新手村，一路寻找装备打造武器，驯服恶龙坐骑，齐心协力终于打败了那头终极 boss——人鱼姬色的天马独角兽。

他们骑着独角兽回来时，已经精疲力尽，趴到地上睡着了。

匿兰终于回到家，在玄关换上拖鞋，然后推门进屋："我回来啦……啊？"

房间里的摆设完全不一样了，面前只有一望无际的粉蓝色的天空，门前停着一辆童话里才有的南瓜马车，拉车的马竟然是一头长着翅膀的独角兽！

匿兰愣愣退出房门，仰头瞧了一眼门牌号，没进错啊，是自己宿舍。

"肯定又是那两个小纸片搞的鬼。"匿兰只好上了马车。

她才迈上一只脚，脚上的拖鞋就自动幻化成了璀璨透明的钻石鞋，身上的荷官套裙也幻化成了幻彩的纱裙，人鱼姬色的鱼尾裙包覆在身上。

独角兽扇动翅膀，拉起马车翱翔天际，在一座雍容典雅的城堡前停下。

绚烂盛开的花朵橙黄耀眼，仿佛一圈小太阳，匿兰走下马车，环顾周围的一切，微风吹拂，橙黄色的花瓣飘落，气球慢慢升空。

地毯在匿兰脚下向城堡大门铺开，她走过的地方长出奇异的花朵，蝴蝶飞舞，将花朵插在匿兰发间，风像一双手，将匿兰的长发编织成长辫，点缀满果汁般的花朵和蓝紫相间的蝴蝶。

两位骑士站在城堡大门前，等待她多时，替她拉开了大门。

匿兰新奇地向里面张望。

砰！嘟嘟嘟嘟！

一簇彩纸礼花在匿兰面前爆开，詹姆斯戴着尖尖彩纸帽举着小礼

花,萨兰卡同样的装扮淡定吹喇叭。

"生日快乐!姐姐!"

"今天是我生日?我自己都忘了。"匿兰惊讶道,"原来你们商量好的啊,郁岸在外面拖着我,你们好在家里布置。哼,他肯定仗着自己组长的身份翻看过我的简历才知道我生日的。"

"当然不是了,以郁岸的情商怎么可能想得到主动去翻简历,是我告诉他的。"詹姆斯笑着说。

独角兽展翅飞来,让匿兰侧坐在自己背上,向城堡里缓行。

匿兰抚摸着独角兽幻彩丝线般的鬃毛:"从来没人给我过生日,小时候只有师兄会记得给我煮碗面条,分开后再也没有过了。你们好了不起,和你们在一起,所有不切实际的美梦都能成真。"

公主从马背上俯下身,给两位骑士一人一吻。

萨兰卡红着脸,低着头不说话;詹姆斯快乐地引路,带匿兰去宴会现场。

冰淇淋蛋糕的香味在露天花园里飘散,长桌上摆满各国风味菜肴。

匿兰开心下马,到桌旁享用点心。

"咦,宫廷宴会居然还有杨梅排骨和砂锅虎皮鸡爪?"匿兰甚至还看见了大米饭。

"好好吃,你们也来吃啊。你们干吗呢?"匿兰扎起一颗腌制浆果放进嘴里,冰凉酸甜。

萨兰卡双手背后,挡住一只正在拉小提琴的烤乳猪。詹姆斯用脚拨走地上正在用肩膀走路的茄子。

他俩创造的代码场景过于复杂,bug 太多了,根本修复不完。

图书在版编目（CIP）数据

蝶变.2／麟潜著.——北京：国文出版社，2025（2025.7重印）.
ISBN 978-7-5125-1633-5

Ⅰ.I247.5

中国国家版本馆CIP数据核字第20244XK081号

蝶变2

作　　者	麟　潜
责任编辑	张　茜
责任校对	唐雯雯
出版发行	国文出版社
经　　销	全国新华书店
印　　刷	嘉业印刷（天津）有限公司
开　　本	880毫米×1230毫米　　32开
	10.5印张　　　　　　　287千字
版　　次	2025年6月第1版
	2025年7月第2次印刷
书　　号	ISBN 978-7-5125-1633-5
定　　价	52.80元

国文出版社
北京市朝阳区东土城路乙9号　　邮编：100013
总编室：（010）64270995　　传真：（010）64270995
销售热线：（010）64271187
传真：（010）64271187-800
E-mail：icpc@95777.sina.net